纽伯瑞国际大奖小说

Johnny Tremain

自由战士

[美]埃丝特·福布斯/著 刘晓丹/译

团结出版社

图书在版编目(CIP)数据

自由战士 / (美) 埃丝特·福布斯著 ; 刘晓丹译
. -- 北京 : 团结出版社, 2022.4
(纽伯瑞国际大奖小说)
ISBN 978-7-5126-9383-8

Ⅰ. ①自… Ⅱ. ①埃… ②刘… Ⅲ. ①儿童小说—长篇小说—美国—现代 Ⅳ. ①I712.84

中国版本图书馆CIP数据核字(2022)第077198号

出版: 团结出版社
(北京市东城区东皇城根南街84号 邮编: 100006)
电话: (010) 65228880 65244790 (传真)
网址: www.tjpress.com
Email: 65244790@163.com
经销: 全国新华书店
印刷: 大厂回族自治县德诚印务有限公司

开本: 145×210 1/32
印张: 67.75
字数: 1070千字
版次: 2022年11月 第1版
印次: 2022年11月 第1次印刷

书号: 978-7-5126-9383-8
定价: 198.00元 (全九册)

出版说明

纽伯瑞儿童文学奖(The Newbery Medal for Best Children's Book),又称纽伯瑞奖,是以英国著名出版家约翰·纽伯瑞而命名。于1922年由美国图书馆学会(American Library Association)的分支——美国图书馆儿童服务学会(Association for Library Service to Children)创设建立,专用于表彰在美国儿童文学界有伟大贡献的作家们。至今已成为整个美国乃至全世界公认的儿童文学大奖。

纽伯瑞出生在英国的一户农家,他是自学成才的儿童文学作家和出版家。他打破当时保守的风气,崇尚“快乐至上”的儿童教育观念,开辟英美儿童文学之路,所以被后人称为——儿童文学之父,纽伯瑞的贡献对于儿童文学,可以说是个重要的里程碑。

纽伯瑞奖每年评选颁发一次,奖励前一年度出版的优秀英语儿童文学作品。此奖项设立金、银两个奖章,每年金奖设立一部、银奖设立一部或多部。设立至今,几百部优秀儿童文学作品已经荣获此奖项。

我们本次通过精心挑选、细致编辑,为大家整理了此套纽伯瑞国际大奖小说丛书,全套九册,多为历届获奖作品中的金银奖章作品。

选取故事也多元丰富，或滑稽、玄妙，或温存、美好，或是展现不畏艰难的生活态度，亦或是在民族历史背景下的奋进。本本都各具特色，引人入胜，下面让我们先睹为快吧！

《老烟草店的故事》（又名《弗雷迪历险记》）以小男孩弗雷迪的视角，叙述他进入烟草店后的种种奇遇，结识了许多奇奇怪怪的朋友：店主托比、阿曼达姨妈、平奇先生、两个怪老头、水手等……在弗雷迪偶然一次偷吸了中国烟草而召唤出水手米曾后，他和朋友们进行了一次跨时空的魔法冒险。而文末笔锋一转又恰似一场梦境，梦醒回到现实更增添的是对时间的感悟。

《银色大地的传说》由十九个独立成篇的南美洲印第安民间传说组成。作者结合自己独特而丰富的南美洲旅行经历，从幽暗的丛林到无边无际的草原，从万里无云到白雪纷纷，俯瞰耸立的怪石，探索神秘的海底……让我们尽情遨游古老而神秘的异国大陆。同时书中人类与巨人、怪兽、女巫等超自然力量的斗争，又让故事惊险而有趣，堪称世界儿童文学中的珍品。

《海神的故事》是一部由幽默风趣的美国人讲述的中国民间故事，充满传奇色彩的故事扣人心弦。筷子的诞生、风筝的来历，呈现出似真似假的传说；买儿子的温父、懒汉阿喜、正事反干的真傻，一个个鲜活的人物看似可笑，却又从不同层面传达了中国古代人民数千年的智慧和思想精髓。

《扬子江上游的小傅》是一个充满着冒险和奇遇的励志故事。真实地再现了在军阀割据的年代，一个初到大城市重庆的农村少年小傅，被大名鼎鼎的铜匠唐老板收留为徒、视为义子，与同命相连的小李结下了深厚友谊，跟随年老傲骨的王秀才读书认字……小傅面对生活艰辛、城里人的歧视、时局动荡等等一系列问题，用淳朴的灵魂不断挣扎、成长，最终站稳脚跟。

《银顶针的夏天》故事发生在富有人情味的田园乡村，十岁的小女孩加内特在酷热的夏天，从干涸的河床上拾到了一枚银顶针，仿佛银顶针带来了魔法，使她的生活发生了一系列奇妙的变化：久旱的农场迎来酣畅的大雨，流浪汉埃里克成为她家里的一员，小猪提米荣获展会蓝丝带……这么多幸运的事情都在拾到银顶针后的夏天到来了。我们体会了纯真的乡间生活的同时，也感悟到人情的美好。

《消失的湖》讲述一对表兄妹朱力亚和波西娅暑假探险途中，无意间发现了大沼泽边矗立的一片颓废"鬼城"社区，开启一段神奇的冒险之旅。他们结识了乐观开朗的明尼婆婆和品达爷爷，得知了沼泽曾是美丽的湖泊，"鬼城"曾是考究的社区的秘密，这个奇妙的假期，他们用善良、勤劳、乐观的态度，创造了自己的"世外桃源"。

《风之丘》讲述了小伙子奥利弗因假期从舅舅家赌气出走途中，在风之丘结识了养蜂人，这个优美的地方和有魅力的人深深吸引他多次前往。从养蜂人讲的故事中揭开了整个家族的秘密，最终奥利弗用自己的智慧帮助舅舅解决了风之丘的问题。同时他自己的内心也得到了反思和洗涤。

《城堡镇的蓝猫》这是一个充满想象和寓意的故事，主人公是一只在蓝色月光下出生的蓝色小猫，它有着丰富的内心世界，因为特殊的毛色而有了特殊的使命——把《河流之歌》传达给城堡镇的居民，这首歌饱含人类友爱、善良、美丽、和平和知足常乐等最基本的价值观。在它到达城堡镇时，发现那里的人们心中充满着仇恨、不满、欺骗、互不信任。蓝猫历尽艰险，用积极坚强的品德最终完成了使命。故事有趣，情节悬妙，蕴藏哲理，也揭示了人们在面对真理、谎言、诚实及贪婪时的挣扎。

《自由战士》是一位少年跌宕起伏的成长史，也是美国历史的片段缩影，曾经恃才傲物、天资聪颖的银匠小学徒约翰，因意外事故断送了银匠生涯，从此命运改写，跟随爱国人士投身美国独立革命的洪流之中。“人，应该活得顶天立地……”他带着新的梦想为美国的历史增添了浓墨的一笔。

我们本次重新对“纽伯瑞国际大奖小说丛书”的整理出版，本着尊重原典的精神，所选篇目既符合青少年的年龄特点又触及心灵深处，读中有趣、读后有感，连成人也会跟随每部作品追忆那逝水般的美好年华。全书译文细腻传神，适合青少年与家长围炉共读。由于编者水平所限，在编辑过程中，书中疏漏之处在所难免，请广大读者不吝赐教！

目 录

导 言 …………………………………………………… 1
第一章 晨起活动 ………………………………………… 9
第二章 因势力而有的骄傲 …………………… 47
第三章 黄铜之地 ……………………………………… 74
第四章 家族标志 ……………………………………… 107
第五章 《波士顿观察家》报 ………………… 139
第六章 倾茶入海 ……………………………………… 168
第七章 反叛的代价 ………………………………… 205
第八章 迎接新世界 ………………………………… 246
第九章 血雨腥风 ……………………………………… 285
第十章 “叛军,散了吧!” …………………… 314
第十一章 扬基·杜德尔 ………………………… 339
第十二章 人,应该活得顶天立地 ………… 370

导 言

《自由战士》首次出版时，美国正在经历第二次世界大战，当时，没人知道，战争还会持续多久。德国已经征服了欧洲，当时的大英帝国也深陷战争泥潭。美国军队正在北非激战，尚未登陆欧洲。在太平洋战场，战事告急。反法西斯的战火，烧遍了太平洋诸岛。为了这场战争，美国付出了惨重的代价。罗斯福总统通过广播发表演说，安抚美国人民的情绪。民众意识到：只有付出沉重的代价才能获得自由，这场战争，全国上下没有哪个家庭、哪个人能够置身事外。

在战争的血雨腥风中，这部文学作品横空出世，鉴于当时的局势，它的问世和出版，实在令人震惊。埃丝特·福布斯是历史学家，并非作家，当然更不是儿童文学作家。1943年，在她出版《自由战士》的那一年，她的作品《保罗·瑞威尔和他生活的世界》（1942）获得了普利策奖，不过，这部作品是写给成年人的历史书。作者用到了《保罗·瑞威尔和他生活的世界》一书中的史料，尝试创作了一个美国内战期间，在波士顿长大的男孩儿的成长历程故事。本书的创作，仅仅基于一件小事：一个男孩儿，把英军的行动信息传给了保罗·瑞威尔。这件事虽小，却足以成就一个伟大的故事。

这部作品的问世，也是一波三折。福布斯的创作，困难重重。她不得不克服读写困难，在这种情况下，完成草稿变得异常艰难。一个单词，她很少有两次拼写得一样。她的标点符号用得也不标准，破折号应用较多，那正是她的特点。作者的脾气也很大，足以把编辑气哭：编辑给了她修改意见，她概不接受；编辑让她使用规范的标点，她不同意；编辑让她纠正写错的词语，她也不改正。

这些还不算什么。作者决定把全书最为重要的一句话，也是这部作品的精髓所在，通过一个有些疯癫的人物说出来。这句话就是："人，应该活得顶天立地。"

然而，也许正是这些看似令人费解的事，成就了这部伟大的作品，恰恰有了这些困难，才使埃丝特·福布斯成为这部作品的不二作者。作者在创作《保罗·瑞威尔和他生活的世界》期间获得的历史学家视角，对创作这部作品大有裨益。只有对美国独立战争中的波士顿十分了解的作者，才能引导读者穿越当时那些狭窄的街道，尽览大小店铺的标志，去波士顿码头上看孩子们游泳，到波士顿公共马场透过高而繁茂的蓝莓丛偷看英国士兵训练，经过英国士兵把守通向查尔斯敦的城门。

在《自由战士》这部作品中，作家不仅凭借着历史学家的优势，也充分发挥了小说创作的天赋，塑造了小说中那些鲜活的人物形象。开始，约翰傲慢、让人厌恶，他手艺高超，聪明过人，不仅帮师傅打理家务，还指挥其他学徒。他自信满满，已经规划好自己的人生：他会成为富裕的银匠，成家立业，那些像约翰·汉考克先生那样富得流油的商人，都会央求他给自己做银器。然而，事情并没有像他计划的那样发展。约翰被迫放弃了银器事业，他的手被烫伤，别无选择。接下来，他又主动选择放弃了自己的贵族血统，加入革命队伍，不仅为了追求本民族的自由，也为了实现全人类的自由而为之战斗。他最终成为一名自由的美国人。

他会继续战斗，为了世界各地的人们，都能够挣脱专制统治，过上自由的生活。

《自由战士》描述了一七七五年的美国，小说主人公约翰·特雷梅恩的成长历程。这部小说，历史性和趣味性贯穿始终，节奏轻快。阅读这部作品，犹如骑着约翰的马高博林，带给您天马行空、酣畅淋漓的阅读体验。

然而，埃丝特·福布斯创作的这部小说，还另有用意。

她想通过这部作品，对那些身处战乱年代的美国年轻人说一些话。他们知道，自己的国家深陷战争的泥潭，认识来自同一城市、城镇和社区的那些陆军、海军和空军士兵、认识周围的教堂、犹太教堂、学校和商铺甚至还有他们的家人，他们在反抗世界上最残忍、最黑暗的法西斯战争中献出了生命。他们走在街道上，看到各家各户的窗户上都悬挂着星条旗，那就说明家里有孩子上了战场，为了美国而战。埃丝特·福布斯想通过作品，告诉年轻的美国人，这就是他们为之战斗的理由。这就是与邪恶势力抗争的真谛。所以，在小说中，她让约翰铭记詹姆斯·奥提斯的那句话："人，应该活得顶天立地。"她还让瓦伦医生作出回应，"我们之中，有些人会牺牲——只有这样，其他人才会像男子汉那样，活得顶天立地。为此，会有很多人流血牺牲，就像在我们之前，献出生命的先烈，在一、两百年以后，为了自由，献出生命的义士。愿上帝保佑，这样的勇士会不断涌现。"

这些话听得让人心潮澎湃，想要投身战争。当时正值第二次世界大战，美国人响应国家号召，为了国家战斗，为了美国人民、为了全世界人民能独立自由而战。因此，这部书的结尾显得很庄重，却也充满了希望：约翰明白了“很多人会牺牲，可是，他们为之奋斗的东西，将永存于世。”

这就是埃丝特·福布斯想传达给她的第一批读者的精神，以及多年以后，每一位读到这部《自由战士》的读者。那时，他们依然会响应国家号召，为国战斗，“这样，人才能活得顶天立地。”

然而，作者想表达的要义虽然宏大，却并没有以轻松的形式传达给她的读者，因为在现实生活中，大部分的事情并不容易。英国士兵也并非都是欺压别人、一心报复美国人的反派恶人形象。英军占领波士顿，也并不靠暴力统治，直到作品的结尾部分，他们才对美国人争取独立的运动加以阻挠。有很多英国士兵，都与美国的革命者站在一边；比如：英国士兵南瓜的想法很简单，他只想用自己的军装，换一身农民的工作服，去找一块属于自己，可以耕种的土地。有很多像南瓜一样的英国士兵，都有这样简单生活的向往，英军很难把士兵留在波士顿。而约翰也很喜欢斯特兰奇中尉，中尉不仅救了他的马，还在公共马场，和约翰一起骑马、教约翰骑马时如何跳过障碍。

书中并非所有的美国人都是高尚的。萨姆·亚当斯为了实现自己心中的事业，不惜采取一切手段，即使手段并非光明正大，他也不会介意。自由之子组织尽其所能排斥詹姆斯·奥提斯，即使他是这个组织的创始人之一。从这件事来看，他们也难逃欺负人、压迫人的窠臼。约翰还亲眼目睹了自由之子的成员残暴地对待跟踪他们的托利党人。波士顿的很多民众，他们对自己生意的关心，远远超过了对席卷生活的革命浪潮的关注。

而约翰所关注的、也愿意为之奋斗的事业，是一个理念：每个人都有享受自由的权力。对于他来说，自由比他的手艺更为重要、也比他的友谊更为重要。他想让瓦伦医生为他受伤的手做手术，切除结疤的组织，这样，他的拇指就可以自由活动。他这样做是觉得，只有自己的双手能够活动自如，才能投入到争取自由的战争。他的挚友在莱克星顿战争伊始就不幸中枪身亡，对此，约翰悲痛万分。不过，他暂时放下了对挚友的哀思，全身心地投入到战争中，因为此时，他还有更重要的事请要做。

我是在看过迪士尼拍摄的同名电影之后，才第一次阅读了这部作品。迪士尼于一九五七年，将小说改编成电影，搬上了银幕，我恰好在那一年出生。迪士尼拍摄了几部有关早期美国历史的英雄人物和探险故事的影片，《自由战士》就是其中一部，这一系列的影片还包括：《美国爱国者：沼泽之狐》（1959–1961）、《丹尼尔·布恩》（1964–1970）、《

佐罗》(1957–1959)。我第一次观看这部影片，可能是通过每周日晚播出的《迪士尼经典系列》节目。当时，我家的电视机还是黑白的，根本看不到任何色彩，可我试着在脑海中想象着约翰生活的名叫波士顿的多彩世界。那种感觉令人振奋。约翰勇敢坚毅、足智多谋——而且，他骑马骑得很棒。他不愿过莱特家那种纸醉金迷、安逸富足的贵族生活，而是选择了奋斗的生活，不想当坐享其成的贵族，而是做一名靠努力奋斗，实现自身梦想的美国人。约翰获得了保罗·瑞威尔等革命党人的信任，他化装成印第安人，参与了“波士顿倾茶事件”；北教堂塔楼悬挂给自由党人的灯笼信号时，他也在场。

我心里大概知道，同名电影并没有真实地再现那段历史：在革命党人将茶叶倾倒进波士顿港后，自由之子的成员并没有在波士顿的大街上穿行，吹奏笛子、敲起鼓，炫耀他们的壮举。也许，他们也没有提着灯笼，照亮自由之树的标志，唱着那首歌：“这是一棵老树，粗壮高大。”时至今日，我依然记得那首歌，我还记得那棵自由之树，在黑暗中发光的场景也历历在目。我记得，我当时觉得自己就置身其中，心中激荡着自豪感。

我认为，埃丝特·福布斯也会同意我的说法。毕竟，她想向一代代美国人诉说，希望他们能通过这部作品，理解美国力图实现的民主的真谛：美国将崛起，向罪恶势力宣战、称颂高尚的为国牺牲的义举、并会奋斗始终，为了实现所有人都获得自由的目标，不分男女、不分老少。

——纽伯瑞儿童文学奖得主 加里•施密特

第一章　晨起活动

洛矶岛上，海鸥醒了。该起来做点正事了。它们悄无声息地在城镇的上空飞翔，冷峻的眼睛四处搜寻，它们发现一条死鱼，又或者瞥见船只和码头附近的一点垃圾，就会尖叫，争食吵闹。

这时候的波士顿，家家户户后院的公鸡早已报晓，母鸡也都醒了，它们抓抓这儿、刨刨那儿、忙着下蛋。

在麦芽厂里、谷仓里、船舱里、豪宅里、寒舍里，猫抓完了老鼠，便安下心来，梳洗皮毛，安然入睡。在白天，猫才不工作呢。

马厩里，马儿们摇摇笼头，开始嘶鸣。

牛棚里，母牛俯身等人们挤奶。

波士顿缓缓睁开双眼，抻抻懒腰，也睡醒了。太阳从东方投射出光线，照在风向标——那些铜质的公鸡和箭头上。有些地方，风向标是带玻璃眼珠的印第安人铜像，有些地方是铜蚂蚱雕像。接着，教堂尖塔里的钟声响了起来，“叮叮——铛铛——”，那是在提醒人们，该起床活动了。

千百户家庭里，睡眼惺忪的妇女们，都忙着叫她们昏睡的孩子们：“该起床了，该干活儿了。”“伊法连，快到水泵那儿去，给妈妈提桶水来。”“安，快到牛棚去，先挤牛奶，再去放牛。”“西拉斯，快去生火。”“詹姆斯，穿件儿干净的衬衫。”“多莉，我数到十，你要是还不起来……”

汉考克码头在拥挤的菲什大街上。在一进码头的地方，有一间歪歪扭扭的小屋，小屋里住着拉帕姆一家。拉帕姆太太正站在梯子旁边。梯子通向阁楼，她公公的几个学徒就住在阁楼里。这几个男孩儿能在她家当学徒，比大多数在别家当学徒的男孩儿幸运。如今，师傅年老体弱，不能再爬楼梯叫学徒们起床了，而女主人虽是中年，体态却过于丰腴，爬不动楼梯，只能凭借吼声，而不是靠她粗壮的大手，叫学徒们起床。

“小子们，起床了！”

没人回应她。

“多弗？”

“来了，夫人。”多弗嘴上答应着，翻了个身，又睡着了。

拉帕姆夫人发现没人理睬自己，很是沮丧，她用力地摇了摇梯子扶手，只恨自己太胖，爬不动楼梯，真希望她能摇醒那些好吃懒做的家伙。

“脏小子米勒——给我个动静儿。”

“我在这儿呢。”米勒尖声尖气地回答。

拉帕姆夫人的声音由强硬转为祈求。

“约翰，快叫那两个懒虫起来，让他们快下来。把那个没用的多弗叫醒。帮我踢脏小子一脚，我还等着他去打点儿干净水回来，准备早饭呢！”

约翰·特雷梅恩站在那儿，听女主人的吩咐，可却并没答复女主人。他转过身，看了看还在床上呼呼大睡的男孩儿。他身材臃肿、脸色苍白，头发颜色很浅，差不多是白色的了。

“听到了吧，多弗？”

“哎呀，真烦人……就不能让我多睡一会儿吗？”他一边抱怨，一边把双腿挪出了床。那张床，是他们三个人睡觉的地方。

约翰已经穿上了他的皮马裤、换上了粗布衬衫，正在往马裤里掖衬衫边。他很瘦，对于一个十四岁的孩子来说，他的身高算是中等。他的脸型瘦削，因为刚刚睡醒觉，脸上还泛着红晕。他的眼睛炯炯有神，嘴角歪向一边，一头金黄色直发。虽然他比肥胖的多弗小两岁，比他矮几厘米、也比他瘦很多，可是他知道，师傅老拉帕姆先生、拉帕姆太太和她的四个女儿也知道、就连多弗和脏小子米勒都知道，在阁楼里，约翰·特雷梅恩说的算，在这个家里，差不多也是如此。

脏小子只有十一岁。他倒是听约翰的指挥。每次，约翰告诉他，“机灵点儿，脏小子。”，脏小子一听到，马上打起精神。可是多弗（他的真名，他自己早就忘了）讨厌被自己岁数小的学徒呼来喝去。听他告诉自己，什么时候该睡觉、什么时候该起床、还对他在银器店的工作指指点点，他俨然成了银器店的师傅了。多弗愤愤不平，他已经为拉帕姆先生工作了四年，而约翰只来了两年，凭什么在这儿颐指气使？再说了，那小子是什么来头？不光手艺了得，就连嘴皮子也那么厉害。

“听好了，约翰，你让我起床不管用，我是听拉帕姆太太喊我，才起来的。”

“行了，”约翰面无表情地说，“起来就行。”

阁楼上只有一扇窗户，约翰习惯站在窗前穿衣服。他喜欢在汉考克码头的一端向外看，码头上的景色，他可以一览无余。看看码头上的那些账房、商铺、帆布制品店，还有那些刚刚结束航行，满载而归的大船，它们一艘接一艘，像是等着人挤奶的奶牛。约翰看着飞翔的海鸥，它们那么凶猛，却又那样美丽，在大船之间争食打斗、不停嘶叫。在码头的尽头，是无尽的大海和布满礁石的海岛，海鸥就在海岛上筑巢。

约翰几乎只用了一秒钟，就算好了另外两个学徒起床、穿好衣服还需要多长时间。他来回晃了晃，不用看前路，就纵身跳到了楼梯口，准备下楼梯。不料，多弗的一只大脚伸出来，绊了他一下。约翰见自己快要跌倒了，马上稳住了身体，默默地围着多弗转了几圈。

“老天啊，约翰。真对不起。”多弗一边道歉，一边窃笑。

“对不起？哼……看我一会儿怎么收拾你……”

“我刚才真没注意……”

“你要是再敢放肆，我就打得你满地找牙。你这头蠢猪，你这个……”话到他嘴边，他忍住没说出来。他师傅拉帕姆先生不许学徒骂人，可是约翰想教训谁，根本用不着骂他。他只说了一句“你这头蠢猪”，就恰如其分地描绘出多弗那臃肿苍白、肌肉松垮、好吃懒做的形象。

看到两个大孩子争吵，脏小子吓得动弹不得。他知道，约翰想什么时候打败多弗，就能什么时候打败多弗。他崇拜约翰、讨厌多弗，但是，他和多弗都得听约翰指挥，在这一点上，他和多弗又同病相怜。在这场争吵中，脏小子既想站在约翰一边，又不想看多弗败下阵。他觉得，人人都喜欢约翰。老拉帕姆先生喜欢约翰，是因为约翰能干；拉帕姆太太喜欢约翰，是因为她觉得约翰可靠；拉帕姆家的四个姑娘喜欢约翰，是因为他知道怎么制服女孩儿：他先顶撞她们，再对她们赔上笑脸。汉考克码头的那些学徒，也都喜欢约翰，不过他们之中，有的一看到约翰，就得跟他打一架。只有多弗一个人恨约翰。有时，他会把脏小子逼到一个角落里，用沙哑的声音小声告诉脏小子，他会用剪刀，把约翰·特雷梅恩的心脏给挖出来。他只是嘴上说些狠话，充其量用脚绊倒约翰，然后马上求饶，免受皮肉之苦。

约翰又恢复了好脾气，他说："总有一天，我会杀了你，多弗。不过，现在留着你还有用呢。拿着这些水桶，快去北广场，打些干净水回来。"

拉帕姆家住在海边，所以他们家的井水有咸味，不能饮用。

"我说，拉帕姆太太可吩咐了，让脏小子去……"

"让你去你就去，别废话。"

打水、扫地、在厨房当帮佣、给熔炉添柴火，这些杂活儿都留给那些笨手笨脚的学徒干。拉普汉银器店里的手工活儿，全靠约翰做，所以他自然不用干这些没什么技术含量的杂活儿。他有一年多的时间，没去捡木炭、打水、扫地、帮拉帕姆太太酿酒了。约翰的手艺了得，所以他在家里的地位很高，人人都高看他一眼。而约翰也自知技艺傍身，洋洋自得。如果他想跟那蠢多弗交朋友，简直易如反掌，因为多弗很孤独，他对约翰，是又羡慕、又嫉妒。只是，约翰不想跟多弗交朋友，只想欺负他。

约翰带头，两个服服帖帖的跟班紧随其后，先后滑下了梯子。约翰左边，是拉帕姆先生的卧室。卧室门关着。现在，老拉帕姆先生年事已高，早饭之前已经不工作了。喊学徒们起床、家里和店里的大事小情，他都交给儿媳打理。约翰了解老拉帕姆先生（他打心眼儿里喜欢拉帕姆先生），他知道师傅已经起床、穿好了衣服。每天的这个时间，他都在读《圣经》。

约翰的右边，是家里另外一间卧室。卧室的门开着。拉帕姆太太和她的四个女儿就在这间卧室里住。拉帕姆太太称她的女儿们是“没爹的可怜姑娘们”。两个年龄稍大的姑娘已经在厨房帮妈妈干活儿了。

卧室里有几张床，床上的被褥都没叠好，希拉就坐在其中一张床上，她正在给妹妹依萨娜梳头。依萨娜的头发很漂亮，是金黄色的，她是这个家里最漂亮的孩子了。希拉轻柔地给妹妹梳头，故意把她那奇怪的小脸儿扭到一边，假装不知道约翰站在门外。约翰呢，倒也没指望希拉和依萨娜能礼貌地问候他一声“早安”。他有意在门口停留了一会儿，准备迎接姐妹俩清早对他的冷嘲热讽。

希拉放下梳子，故意拿起了一个发带（要知道，像拉帕姆这种条件的家庭，是买不起丝带这种奢侈饰品的，不过希拉不知道用了什么方法，让妹妹头上总有发带可戴）。在此期间，她连眼睛都没抬一下。接着，她认认真真地为妹妹的卷发系好了发带。她跟依萨娜说话的声音太小了，差不多是耳语。

“看看是谁来了，是了不起的约翰·特雷梅恩。”

伊萨娜马上反应过来，顿时兴奋得蹦蹦跳跳的。

“原来是宝贝疙瘩约翰·特雷梅恩来了！”

“伊萨娜，如果你觉得约翰没那么了不起，可以问问他啊。”

“喂，约翰，你自己说说，你到底有多了不起啊？”

约翰并没回答，而是站在原地，咧嘴一笑。

拉帕姆家的两个小女儿总喜欢取笑他，不仅揶揄他聪明，还嘲笑他自认为聪明。对两个女孩儿的冷嘲热讽，约翰并不在乎。有时候，姑娘们会说些惹他生气的话，约翰生气了，她们就会齐声喊：“约翰疯了！”

学徒的待遇比奴隶好不了多少，除非，为师傅工作年满七年。这七年学徒时光不仅没有工资，而且连身上穿的衣服都是师傅的。可是，约翰要求并不高，他自己形容自己是那种“没什么要求的人”。

拉帕姆家里，只有四个房间，二楼是两间卧室，一楼是厨房和制作银器的作坊。约翰在一楼楼梯口站下了，他看见他那身材粗壮的女主人费力地把腰弯向炉台。梅婕长大了，也会像她的母亲这般体态，可是她现在年方十八，相貌还算周正，只是有些粗陋。她脸盘通红、膀大腰圆。朵卡斯十六岁，身材和梅婕差不多，但是，她说话并不像她姐姐那样粗声大气的。不过，她的脾气，可绝对不算好的。可怜的朵卡斯，明知自己不是淑女，却偏偏追求优雅。她在脸上抹上面粉，想让自己看上去，像她在街上看到的那些时髦女子那样白。她穿的衣服太紧了（希望看上去身姿纤细轻盈），惨不忍睹。大家在开会时，朵卡斯的衣服突然崩开，大家笑作一团。朵卡斯称呼妈妈，不喊“妈”，而是叫“母亲”，或是“尊敬的夫人”，还刻意避开汉考克码头的人说话时用的那种粗俗、随性的说话方式（她意识到自己说话粗俗了，马上纠正过来），努力使自己成为谈吐优雅、举止得体的淑女。

约翰对梅婕的印象不好，他对朵卡斯的印象更糟。不过，他会时常想到她们的优点。他倒是不介意有她们这样的姐姐，她们都是踏实卖力的干活好手——朵卡斯刻意扮淑女的时候除外。

拉帕姆家已经决定了，等约翰成长为一名优秀的银匠（拉帕姆先生认定，约翰一定能成大器），就会把希拉嫁给他，让他们二人继承拉帕姆家的银器生意。希拉与约翰同岁，不过二人都觉得，这个决定有些侮辱自己。约翰倒不是极力反对。他知道，那些聪明能干的学徒，都是靠迎娶主人家的女儿，反仆为主的。因此，当拉帕姆太太告诉约翰，他可以娶自己的一个女儿时，约翰自然是受宠若惊。当然了，要是能娶梅婕，或者朵卡斯（两个姑娘都很漂亮，身材结实）当太太就更理想了。不过，他不觉得两个姑娘年龄有点儿大了吗？希拉虽然还是个小丫头，没出落成美人，不过他也能接受。伊萨娜年纪尚小，等她长大还早着呢，所以他只好选希拉了。

约翰经常听拉帕姆太太说，养伊萨娜，比不上养个儿子。每次妈妈说这种话时，小姑娘总会瞪着那双漂亮的棕色眼睛，眼睛里透出好奇的眼神，她好像从来不把妈妈那些伤人的话放在心上。不过希拉倒是很在意，每次听到妈妈这么说妹妹，她都会哭。希拉很疼爱伊萨娜。走在大街上，人们会拦住她，问她，“那个像小天使一样的小姑娘是你妹妹吗？”每到这时，希拉都感觉很骄傲。伊萨娜体格不好，这一点，希拉毫不介意。伊萨娜吃很多东西都不消化——像猪肉酱啦、肉馅饼啦，还有新酿的啤酒啦，她吃下去就会吐出来。如果伊萨娜淋雨了，就会感冒——如果她感冒了，就会发烧。

约翰像往常一样，告诉多弗“机灵点儿”，打发闷闷不乐的多弗拿上水桶，去北广场打水了。接着，他从兜里掏出了银器店的钥匙，好像他是银器店的老板似的。脏小子表现很好，他一声不响地跟着约翰。

“机灵点儿，脏小子，”约翰说。“把熔炉烧好，再去煤仓看看，拿点儿木炭来，这回你得自己干这些事儿了。我得赶在早餐前，把这个搭扣修好。”

码头上已经熙熙攘攘，热闹非凡了：商贩在卖鱼，水手们用绳子拉升货物，一位妇女的孩子掉进了水里，她心急如焚地冲落水的孩子喊叫着。一只鹦鹉清晰地说出，“国王汉考克。”

约翰能闻到大麻和香料、焦炭和海水，还有快晒干的鱼的味道。他喜欢汉考克码头。他坐在自己的工作台上，工作台前，摆着做活用的各种工具。约翰的手虽长得瘦，却很有劲儿。那些工具，他握在手里很合适：他这双手，生来就是拿工具的材料。拉帕姆先生时常告诫他，应该感谢上帝，是上帝让他成为一名手艺高超的银匠——他不应该自恃技高一筹，就对其他学徒颐指气使。约翰只是把师傅的训诫当成耳旁风，根本不放在心上，就像他不把很多事放在心上一样。

多弗回来了，他嘟着厚厚的嘴唇，桶里的水洒了出来，浸湿了他的马裤，顺着他的裤管淌下来。

“拉帕姆太太不想让你进厨房？”约翰头也不抬地招呼多弗。

“是啊。”

“对了，你昨儿下午做的勺子得熔了重做，你弄错模子了。”

“是拉帕姆先生说做得不对吗？”

“不是，你就是做得不对。做好的勺子应该是这样的，你自己看看吧。”

多弗看了看，没再说什么。

“去拿个坩埚来，等脏小子烧好了熔炉，你就去把那勺子熔了，重新做一把。”

我倒是想把你塞进坩锅熔了，多弗心里想着，往门口走。我真想把你塞进合适的模具。看看他那副样子，比我小两岁，竟敢对我发号施令！

伊萨娜跑进来，告诉两人，爷爷坐好了，在等他们吃早餐呢。她那双温柔的棕色眼睛和那一头金发搭配起来虽然奇怪，也算搭调。她好漂亮，真像天使啊，约翰心想——难怪人们总是这么跟希拉说。她还那么优雅，身姿婀娜、步态翩跹，跑起来就像仙女在飞。

看到她的人，怎么能想到，她呕吐时候的狼狈样儿呢。

拉帕姆先生是一家之长，德高望重、受人尊敬，此时，他端坐在餐桌主位的扶手椅里。他是一位祥和、善良、却有些漠然的长者。尽管他的儿媳总是喋喋不休地催促他去催账，让他帮忙干活、管教学徒，不过儿媳的话从不让他心烦，他甚至都不听她说什么。

徒弟们排队进来吃早餐，拉帕姆先生那看似迟钝，实则颇具洞察力的双眼温柔地看着他们。

“早啊，多弗、脏小子。早啊，约翰。”

“早安，先生。”

他花了点时间做了餐前祷告，他是科克雷尔教会的教徒，十分虔诚。

早餐不错，尽管，只是穷手艺人的家庭能吃得起的标准早餐——牛奶、麦芽酒、燕麦粥、香肠，还有玉米面包。不过，每种食物都量足、味美。虽然他们不是富裕之家，可是厨房的整洁程度丝毫不比那些大户逊色。家里的每个成员，都穿着干净的衬衫或是衬裙。拉帕姆太太把家管理得井井有条，但是她并不拘泥于礼数。一听到多卡斯说些装腔作势的话："妈妈，能不能麻烦您——再帮我倒点儿枫糖浆，好吗？"拉帕姆太太准是第一个笑出来的，她倒更习惯听："帮我把糖浆壶拿来"这样的话。

早餐结束后，拉帕姆先生叫梅婕把家里的《圣经》递给他。

"约翰，今天请你为大家读经。"

三个学徒，要数约翰读经最流利，读得最好了。他的母亲在有生之年，教会了约翰读书写字。多弗读经，总是磕磕巴巴的。脏小子总是读《创世纪》第一章，他读过很多遍，已然把内容烂熟于心。

梅婕和朵卡斯这两个丫头，连尝试读经都懒得去试。拉帕姆夫人只会写自己的名字，她总是说，"读书也当不了饭吃。"希拉敏而好学（她还想教伊萨娜识字），每次约翰读经，她总是把身子探到《圣经》前面，跟着约翰默念。约翰坐在希拉旁边，为了帮她识字，约翰特意用手指指出他读的文字。

约翰把《圣经》摊开，放在他和希拉之间。

"师傅，我该从哪儿开始读？"

拉帕姆选择的《圣经》内容，都是有用意的。他想通过《圣经》里的经文，让家里人，特别是读经人，认识到自身的错误。多弗读的，总是关于懒惰和焦躁的。

这次拉帕姆先生让约翰读的，是《利未记》里的内容。

“你们不可作什么虚无的神像，不可立雕刻的偶像或是柱像……”（约翰心想：师傅让我读这个是什么意思呢？难道一个银匠不能在巧克力盒上放个龙鼻子像吗？）

很快，约翰抑扬顿挫地读起了拉帕姆先生让他读的经文。他的声音清晰、悦耳，他索性不去看经文中所指的实物了。希拉的身子向约翰这边倾，努力想跟上约翰朗读的节奏，急得喘起了粗气。拉帕姆夫人则呆坐在一边，她说，听约翰读《圣经》，还以为家里来了一位布道的牧师。

“把第十九节读完。”

“……我必断绝你们因势力而有的骄傲，又要使覆你们的天如铁，载你们的地如铜。”

“翻到《箴言》第十一章，读第二节。”

“骄傲来，羞耻也来。谦逊人却有智慧。”

“第十六章，第十八节。”

“骄傲在败坏以先，狂心在跌倒之前。”

“现在，合上《圣经》。站起来，跟我们解释一下，上帝智慧的言语。”

约翰站起身。他自尊心很强，能感觉自己脸羞得通红。

看来师傅又想教训他，告诉他，不要那么骄傲了，是吗？

“换种说法——上帝想表达的是——是，人骄傲了，就会跌倒。”

“没错，为什么这么说呢？”

“因为上帝不喜欢骄傲的人。”约翰悻悻地说。

“你觉得上帝喜欢你吗？”

“不那么喜欢。”

脏小子先窃笑起来。

“那上帝喜欢什么样的人？”

“谦卑的人，”约翰压抑着心头的怒火，“骄傲的人，他必责罚。”

“约翰，现在，举起你的右手，跟着我起誓：我，约翰·特雷梅恩……”

“我，约翰·特雷梅恩……”

“自今日起发誓……”

“自今日起发誓……”

“无论对神，还是对人，都会更为谦卑。”

“无论对神，还是对人，都会更为谦卑。”

说完誓言，师傅又语重心长地告诫约翰，“不能因为有些人不那么聪明，”（他说话时，有意用怜悯的目光，看了看多弗和脏小子），“其他人就冒冒失失地取笑他们愚昧。”

多弗和脏小子，都没有怨愤地偷偷在桌子下，踢约翰一脚。倒是梅婕和多卡斯咯咯地笑了起来。拉帕姆太太已经开始收拾桌子，继续干活儿了。她并不认同公公“拷问心灵”那一套。

拉帕姆先生带头，多弗和脏小子紧随其后，走出厨房，去作坊干活儿了。

约翰听见，希拉发出了一声叹息，那声音很虔诚，不过有些夸张。于是，约翰停下了脚步。

希拉又挖苦起了约翰来，“等到温顺的人掌管世界那一天，我看约翰连块草皮都别想得到。”

约翰觉得这话说得太过分了，于是转过身，面对着小姑娘们。

“那得有那么一天！”约翰怒不可遏，接着，他咆哮着：“希拉，在那之前，你最好把嘴闭上，等到那一天来了，再开口说话吧！”

“知道吗，你站在那儿，说爷爷让你说的那些谦卑话的时候，看上去那么滑稽。”

伊萨娜喜不自胜，她跳着、笑着，连围裙都掉下来了。

“约翰气疯啦，”她唱着，“约翰气疯啦。”

“是啊，”希拉一边低声说，一边用批判的眼神，打量约翰，“你说得没错，亲爱的，他的耳朵都红了，他耳朵一红，就说明他气疯了”。

“约翰的耳朵都红啦！”伊萨娜大叫着。

约翰大步流星走出了厨房，他气得两腿僵直，像一只准备打架的公猫，气势汹汹，两个耳朵气得通红。

约翰决定，早晨什么都不做了，免得又遭人嘲笑，可是，他根本闲不住。还有一堆事儿等着他做呢。首先，如果他不催促脏小子，那熔炉就不会烧好。接着，他还要跟师傅汇报，多弗把勺子做错的事情。他在汇报的时候控制自己，尽量用谦卑的语气陈述，很快，他就表现自如。他站在拉帕姆先生面前，手里拿着笔记本，读着笔记本里记录的，客户订勺子的具体要求。

拉帕姆先生手艺高超，可他有个缺点：他从不记录客户订单的内容，也不会认真听客户对货物的具体要求。客户订了船形的酱碟，他就会做出一个精美的成品——只是，可能比承诺的交货时间晚了一个月。有时，成品不是比客户要求的重了一些，就是轻了一些。有时，客户订做的银器明明是圆形的，他却做成了八角形的。拉帕姆太太都受不了了，她嘱咐约翰，在客人下订单时，跟着拉帕姆先生，详细记录下客户的具体要求。这是必要的，但是让一个十四岁的孩子告诉自己的师傅该做什么、不该做什么，未免有些过分。

约翰命令每个人开工(包括拉帕姆先生),在那之后,他想去煤仓一趟,看看是不是应该再订些木炭。订木炭这种事情,拉帕姆先生是不会想着的,除非木炭都用完了,他才会想到。

还剩两篮木炭,地板上散落的木炭,至少也有半篮子了。肯定又是脏小子干的好事儿。约翰成了制作银器的主力,所以,搬木炭这种粗活儿不用他干。他刚想把脏小子喊来,可是转念一想,还是作罢了,于是自己干起了装木炭的脏活儿。

等他当上了店主,才不会用篮筐装木炭呢。他会自己开一家柳木筐加工厂——比如说,在米尔顿开。那样的话,每筐木炭,至少能省下两便士,那样的话,一年就能省下——他开始在心里盘算起来。而且,到了那个时候,不是随随便便哪家的孩子想跟他学艺,他就会收下。他的徒弟,他会精挑细选的。他仿佛看到自己功成名就的情形:他坐在工作台上,他的银器店里,挤满了来拜师学艺的学徒和他们的父母。父母们都祈求他收下自己的孩子。他不会跟那些父母说话的,只会问那些孩子们几个问题:想当我的徒弟吗?那好吧,跟我说说,你们去哪家教堂?是去国王教堂吗?好的,跟我描述一下,在吃圣餐时,用到的至少一种银器。如果他们答不出来,那说明他们不是当银匠的料。可是,他要怎么才能发现，哪些学徒日后能成为能工巧匠呢……？

“约翰！”梅婕一声吼叫，把他从无尽的美好遐想中，拉回了现实。

他把一双脏手在皮马裤上蹭了蹭，走出了窄小的后院，来到阳光下。

“怎么了，我的姑娘？”他总是这么傲慢地称呼师傅的孙女儿——要知道，她们可是他的小主人。

“妈妈让我来找你，约翰。汉考克先生大驾光临。他是来订什么东西的吧。快去听听他要订什么，免得爷爷又要出错了。”

朵卡斯不顾自己的矜持，她太兴奋了，一下扑向了约翰。

“约翰，快点儿，快去啊，那可是汉考克先生啊。他要订个糖盆。你动作就不能快点儿吗？麻利点儿！”

伊萨娜围在约翰身边蹦蹦跳跳，像个野丫头。

“救命啊！救命啊！”她尖声叫了起来。

还是希拉明事理。她看到约翰在院子里的水泵前，洗掉身上脏兮兮的炭灰，就递给他自己的围裙，让约翰擦脸。

哦，没时间想这些，他必须抓紧了！拉帕姆先生敲了敲厨房的窗户，示意约翰进去。约翰慢慢走进屋子，女孩儿们叽叽喳喳地议论起了约翰。

在商店门口附近，有个瘦小的黑孩子，牵着一匹灰色的瘦马，手里握着缰绳。约翰注意到，汉考克先生的手臂伸出了马车门。他自视甚高，反复嘱咐那黑孩子，“把马看好了，别让它把花踩坏了。”

拉帕姆家的院子里，根本没种花儿。

“是，遵命，先生。”那黑孩子一边回答，一边翻着白眼。他倍受女侍们的关注，因此约翰判断，这个黑孩子来头不小。

约翰静静地溜进了店铺，汉考克先生连头都没抬起来，因此并未发现异常。整个汉考克码头、那些五金店，还有那些停靠在码头的漂亮船只。帆布店、商店，还有一进码头的那些房子，也归汉考克先生所有。他是整个新英格兰地区最富有的人，有了汉考克先生这样富有的客人，拉帕姆一家可以一夜暴富了。

汉考克先生舒舒服服地坐在了一个扶手椅里，那是银器店专门为主顾准备的。约翰心想，等他当上了店主，他就会在店里准备两把扶手椅，一把给客人坐，一把他自己坐。

约翰麻利地拿出了笔记本和铅笔，多弗和脏小子被汉考克先生的气势吓到了，呆呆地站在一边。“快去找点儿事儿做，”约翰小声提醒他们。他觉得师傅的银器店应该显得忙碌热闹才对。脏小子的眼睛直勾勾地盯着汉考克先生穿的那件绿色天鹅绒外套，还有带有树枝形图案的白色马甲，那银光闪闪的纽扣和搭扣。他拿起烙铁，又因为紧张，把烙铁弄掉了。

“……下周一就得交货——也就是一周以后，”汉考克先生说：“我想把它作为生日礼物，送给我尊敬的姑妈莉迪亚·汉考克夫人。这个，是这套餐具中的奶油壶。就在今天早晨，家里一个笨手笨脚的女佣把糖盆烧坏了。我想让你们给我做个新的，大概这么高、这么宽……”汉考克先生一边说，一边伸出手比划，约翰瞥了他一眼那双细嫩的手，袖口上还有蕾丝饰边。他快速预测了客户要求的货品尺寸，记录下来。

拉帕姆先生低头看了看自己那双粗糙的手，点了点头，沉默不语。汉考克先生把奶油壶放在了工作台上的时候，他连看都没看一眼。约翰的手虽小，却粗糙有力，对于他这个年龄的孩子来说，他的手过于有力、过于成熟了。约翰伸出手，迅速地摸了摸那精美的奶油壶。他看了一眼，就猜到，那是上好的银料制成的。摸了以后，验证了他的猜测。壶是旧式的，比现在的银器样式更为精美。罐上的花环印花是压花工艺。约翰还没学会这门手艺，他看了看罐子的把柄，糖盆需要两个这样的把柄，而且要比奶油壶的大。约翰打算用蜡塑型，做出模子。从他跟拉帕姆先生学艺以来，已经做出了几百个小件器具的模子，这是他第一次见到这样繁复、这么精美的银器呢。奶油壶上有个仙女，两个翅膀是收起的，身体恰巧在把柄的位置。这样精美的银器，一定出自四、五十年前，哪位银匠大师之手。约翰本来没打算和汉考克先生说话，可是他没忍住，便不假思索地问："这是约翰·科尼做的吗？"

汉考克先生转过身，看了看约翰。他仪表堂堂，只是看上去很疲惫，也许是他身体不好，也许只是没休息好。

"好好看看银器上的标志，孩子。"

约翰把奶油壶翻过来，本以为会看到熟悉的考克尼兔子。他没想到，映入眼帘的是一个小球浮雕，和一个大写字母"L"，还有另一个小球浮雕。

"这个奶酪碟是你师傅做的——那是四十年前的事儿了。当时，他做了一整套餐具。"

"是你做的，师傅？"约翰没想到，这样精美的餐具，居然出自拉帕姆先生之手。

拉帕姆先生抬起了头，他的眼球突起，慢慢答道："我记得，当时那套餐具是你的姑父托马斯·汉考克先生订的，他说：'把我的餐具做大点儿、做气派点儿，比波士顿人用的餐具都大、都气派，就像我太太的体型那样，又壮实，又气派，那才能显得我财大气粗呢。’”

约翰·汉考克听了，大笑起来。“听着确实像我姑父说话的口气。”他自认为有良好的教养，一听是姑父那种暴发户的粗俗说话风格，就不由自主地笑了起来。他感觉那样亲切，是姑父收养了他，他能过上现在这样富足的生活，也是因为继承了姑父的遗产。

汉考克先生站起身，他又高又瘦，走路有些驼背，一身华服穿在他身上略显肥大，他声音轻柔、低沉。

“你还没告诉我，能不能给我做出糖盆来呢——得赶在下周一之前做出来。我可是第一个就想到你了——因为我原来那套餐具，就是你做的。不过这儿不缺银匠，也许你不愿意接这个……”

拉帕姆先生思忖着，“时间倒是够用，材料也充足，我的徒弟们可以帮忙。我马上就能开工。不过，说实话，先生……我不敢保证，也许我手艺不如从前了，我已经有三十年，没有做出过这么精美的东西了，看来我是江郎才尽了。再说……”

拉帕姆家的门厅连通着银器店，银器店的门开着，从门那儿可以看到拉帕姆先生家的门厅。师傅和汉考克先生谁也没注意，不过约翰从门那儿能看到门厅里的情景：拉帕姆太太穿着围裙，她的脸因为兴奋得通红，四个姑娘围在她身边，都静静地听着作坊里的对话，还一边对约翰打着手势“快说可以啊，”五张焦急的脸（大人和孩子）都一起默默地告诉他：“说可以……可以……可以。”

她们把晨起祷告的事儿都忘记了，多期盼约翰能把这桩买卖应承下来。

“我们能做出来的，汉考克先生。”

“我的天啊！”汉考克先生赞叹。师傅犹豫不决，学徒竟然做出决断，这让他觉得不太寻常。

“真的，先生，再过一周，下星期一，七点整，餐具会送到您家里，我们会完全按照您的要求做的。”

拉帕姆先生感激地看着约翰，“当然了，先生，您对我们的慷慨我们感激不尽。”拉帕姆先生为人谦和，约翰能挺身而出，帮他解围，他感到如释重负。

汉考克先生鞠躬、转身离开，不过男孩儿们都没想到跑去为他开门，拉帕姆夫人先人一步，跑出来为客人开门。她穿着围裙，莽撞地走进作坊，她发红的胳膊袒露出来，胳膊肘都露出来了。她光着脚，脚上的毛毡拖鞋碰到脚跟踢踏作响，向大家请安。

还没等门关上，就传来了敲门声，黑孩子迈着碎步，走了进来，穿着色彩艳丽的衣服。他煞有介事地拿出了三个银币，放在了离他最近的工作台上，念念有词地说：“我的主人，约翰·汉考克绅士，让我留下这些钱币——每个学徒都有份——希望他们为主人的健康举杯、辛勤工作。”说完就走了。

“等他们长大了，口袋里有足够的财产——他还希望他们投他一票呢。”

“您为汉考克先生投过票吗，先生？”约翰问拉帕姆先生。

“从来没有，道不同不相为谋。这些人总想教唆我们敌视英国。也许英国的统治并不完美，不过我觉得挺好的。像汉考克先生和萨姆·亚当斯之流，自称为爱国人士，说了太多煽动民众的话。他们不像他们的长辈，接受上帝的教导。《圣经》教导我们，做人要谦卑。不过他是我的房主，我不便多说。”

约翰根本没听师傅说了什么，他坐在那儿，手里拿着那个奶油壶。真没想到，眼前这位谦卑的老人，以前还能做出这样精致的东西！在他入土前，一定还能再现往日的辉煌——约翰决定帮师傅完成他的杰作，即使需要他逼迫师傅，他也愿意。

艳阳高照，热浪从空中倾泻而下，好像硕大的热铜盆罩住了小镇。空气似乎凝滞了，风小得可怜，连一艘单桅船都吹不动。

拉帕姆家的所有的门、窗都敞开了，尽可能让码头吹来的海风吹进屋子里，带来些清凉，可是，就连一丝微风都没有。

老拉帕姆先生早晨的工作很顺利，他说，如果约翰能做出把柄，他就能按时做出糖盆盆身，不过吃完早饭，他就靠在煤仓后面的老柳树后面，用篮子遮住头，呼呼大睡。多弗和脏小子也偷懒，去游泳了。约翰用蜡模，做出了糖盆把柄的复制品，只是把它做大了一些。他反复试验，始终对自己的作品不满意，不过他相信，做出把柄还是不成问题的。

午餐时间早就过了，约翰才走进厨房。炉火灭了，餐桌也收拾好了，只有约翰的午饭还没收拾走，希拉留下来，不管约翰什么时候想吃饭，她就给约翰准备好。汉考克先生的订单，全指望着约翰呢，即便他吃午餐晚了一小时，也不会有人责备他的。约翰坐好了，希拉在板子上画画，一看见约翰来吃饭，立刻放下手里的画板，帮约翰端来了一块肉饼、一块黑麦面包、苹果干，还跑去地窖，给约翰拿了一瓶凉麦芽酒。约翰喝完了酒，又不紧不慢地吃起了肉饼。

希拉一言不发，回到刚才伊萨娜待着的地方，捡起了画板。希拉的画画得很好，不过这也不算什么了不起的事儿。

约翰心想，应该教她写字。

“她是在替你干活儿呢，约翰。”伊萨娜终于开口说话了。

“你替我干什么了，希拉？”

“她在帮你设计漂亮的标志，等你长大，成了店主，就能在你做的银器上印上你的标志了。”

“等我长大，还得五年呢，不管我的手艺有多好，都得用你爷爷的商标，两个小球和大写字母L。”

“约翰忘记做晨祷和那些谦卑的人了，”希拉说，“你看看，在这个标志里，我把你姓和名的首字母J和T交织在起了。”

“那样就太难读了，等我长大了，也难读（他不知道为什么会把藏在心里秘密说出来），等我当了店主，我会把我姓名里的三个首写字母都用上。”

“三个字母？”

“J、L、T。”

姑娘们都没听说过，一个穷小子的名字，还有三个单词的。“你该不是瞎编的吧？”希拉不解地问，带着一丝尊敬之情。“我只听说故事里的人物，名字里有三个单词，可是，还没见过现实生活里，谁叫这样的名字呢。”

“那就看看我吧，姑娘。”他说着，起身去了作坊。

“等等，约翰，那你的中间名是什么呢？以L开头的？”

“你猜猜看吧，也以L结尾。”

“我猜，一定是什么难听的名字，你都不好意思说出来，像‘瓢虫’啦，‘跳蛙’啦这类的词。我看，该不会是‘可悲’吧？”

约翰笑了笑，并没有因为希拉挖苦他生气。

作坊里太热了，热得约翰没法弄好蜡模。只有他一个人在工作，这让他感觉很沮丧。他第一次产生了恐惧，害怕自己没法做好把柄。因为天热，镇上的作坊都停工了，他能听到别的学徒在街上奔跑、戏水，从码头跳进凉爽的水中。他索性关上了作坊门，连拉帕姆先生想进入作坊，都得先经过他的同意。约翰觉得心烦意乱，跑去游泳了。等到日落，凉爽一些，他再安心做他的蜡模，看来，他得点灯熬油的工作了。

约翰工作了很久，最后才吹灭了油灯，他已经做出了那个长翅膀的仙女的完美复制品，只不过比原品大了一些。约翰看了看他的作品，他知道，有什么地方不对劲儿，但他又说不上问题出在哪儿。他没回阁楼睡觉，而是去厨房，拿了一个旧垫子。午夜时分，约翰才睡下。

等他一觉醒来，天还没亮，作坊里还有别人，约翰以为是贼进来了。

“谁在那儿？”约翰粗声喊道。

“是我，约翰，我没想吵醒你，如果你睡下了，可是……”

“怎么了，希拉？”

“约翰，是伊萨娜，她又吐了。”

“她妈妈怎么说的？”

希拉哭了起来。“我不想告诉妈妈，她又该说，‘养个病病歪歪的孩子有什么用’这样的话了。”

约翰很累了，此时此刻，他觉得他赞同拉帕姆太太的说法，因此还同情起她来了。

“她哪儿不舒服？”

“她很烫，她说喘不过气了，要吐了。”这种病症很常见，不过出现这种症状，说明病情很危险。

“码头那儿可能有绒毛，把绒毛拿给她。”

约翰觉得，每次他一遇到麻烦事儿，身心俱疲，希拉就会来找他帮忙照看妹妹伊萨娜。尽管很累，他还是再次帮助了希拉。他用瘦弱，但结实的双臂抱起了伊萨娜。伊萨娜八岁了，对这个年龄的孩子来说，她特别瘦小。她那淡淡的金色头发跑到了约翰嘴里，虽然约翰平日里很喜欢那头金发，可现在他真希望伊萨娜是个秃子。伊萨娜咯咯地笑了。

废弃的码头一边，是一些仓库，另一边是一些停靠的船只。码头上只有他们三人，约翰抱伊萨娜时间长了，觉得她愈发沉重。

“想下来走走吗，伊萨娜？下来走走能凉快一些。”

“我想骑大马。”

“好吧——那样你就满意了？”

“约翰，”希拉生气地质问约翰，“你怎么能对小孩说话这么刻薄？”

“是啊。”

“你感觉怎么样，亲爱的？”

“我觉得我要吐了。”

“哦，那就下来吧，”约翰催促。“就这么定了。”虽然约翰嘴上说让伊萨纳下来，还是坚持把伊萨娜抱到了码头尽头。

到了码头尽头，约翰突然感觉凉爽的风吹起了贴在他额头上的湿漉漉的头发。汗水顺着他的胳膊滴落，流到了他的胸前，又很快蒸发，那种感觉真舒服。

伊萨娜大喊：“起风了，风来了！风啊，快快吹吧！”

可是，风并没吹起，而是从他们身边飘过，给他们带来了些许清凉。三人并排坐在码头尽头，他们把脚在水面上荡来荡去。开始，三人还保持距离坐着，张开双臂，尽情享受着海风的清爽。

他们默默地坐在那儿，很久很久，谁都没说话，后来伊萨娜把头枕在希拉的腿上，希拉则靠在了约翰身上。两个姑娘快要睡着了，约翰却很清醒。

“约翰”，伊萨娜小声说，“能给我们讲个故事吗？”

“我不会讲故事。”

“约翰，”希拉央求他，“能给我们讲讲你中间名字的故事吗？”

“那不是故事，是事实。”

“事实是什么呢？”

要是在白天，希拉挖苦他，他绝不会把实情告诉她们的，可是在黑暗中，他们又在离家这么远的地方，他对两个女孩儿心生怜爱，姑娘们也喜欢约翰，把一切都改变了，约翰此时愿意跟她们分享他的故事。

他沉默许久，然后回答：“是莱特。”

“这么说，你叫约翰·莱特·特雷梅恩了？”

“不是，我的受洗名字是乔纳森，人们常叫我约翰。我给你爷爷证件用的也是约翰的名字，但实际上，我叫乔纳森·莱特·特雷梅恩。”

“哦，是商人莱特那个莱特吗？”

“没错。”

“你说，你们会是亲戚吗？”

“这个我还真想过。但是，我不能确定。莱特不是个寻常的名字。我们又都叫乔纳森。当然了，这个我想到了……我想过——我看到他坐着马车，穿着带蕾丝装饰的华服、拄着金子装饰的拐杖，昂首阔步时，就会想我们是亲戚，但我也没抱多大希望。”

伊萨娜快要睡着了。“快讲啊，约翰。”她轻声说。

“商人莱特非常富有……”

“有多富有？像汉考克先生那样富有吗？”

“没有那么富有，但也差不多。他家的金银多如尘土。”

“你是说，在莱特大宅里，莱特夫人把家里的金银像尘土那样，扫进撮子里吗？”

“莱特夫人才不扫地呢，小傻瓜，她那尊贵的手是不会亲自去干这些粗活儿的。首先，她去世了，再说了，只要她招呼一声，她的那些女仆就会跑来，戴着硬挺的白帽，她们首先为主人鞠躬，尖声回答：“是，夫人，听您吩咐，夫人。”而莱特夫人会回答：“你们这些脏兮兮的懒家伙，去看看床底下那些金子尘埃，落得都像灰土那么多了！壁炉架上面的镜子落的银屑那么厚，我都能在上面写字了。快去拿拖布和抹布来，你们这群长着罗圈腿、斗鸡眼的猴子！”

“他家里也有钻石吧？”

“多得得用扫帚清扫。”

“哦，约翰，再给我们讲讲。”

“有一次，他家的红宝石撒了一地，家里的厨娘（我见过她——一个丑陋的婆娘）把红宝石错当成了葡萄干，把它们放在了水果蛋糕里，富商莱特咬到一个，把门牙都咯掉了一个。”

“你说的是真事儿吧，约翰？”

“富商莱特掉了一颗门牙，这是真事儿，我站在那儿观察他的时候，亲眼看到的。”

希拉问：“我看，你没少观察他吧？”

约翰痛苦地回答：“我尽力不去想他，可我好像控制不住自己。”

伊萨娜喃喃地问：“那他们拿家里的珍珠做什么？”

“他们把珍珠喝了。”

“你说什么？”

“就像我妈妈活着的时候，给我讲的埃及女王的故事。她把珍珠泡在醋里喝掉——这么做是为了炫富。拉维尼亚·莱特也爱炫富。”

伊萨娜睡着了。

“你从未说起过你的妈妈，约翰。你刚来的时候，她刚去世几个星期吧，从没听你提起她。是因为你太爱她了——还是因为你根本不爱她？”

约翰沉默良久，才回答：“我非常爱她。我们生活在缅因州的汤森，她靠接缝纫的活儿养活我俩，但是，她知道自己要死了（她得了重病，她自己知道），就想让我去学手艺，我只想当个银匠。所以，我们来到波士顿学艺，妈妈又给我找了个好师傅。后来，她还能缝纫，却不停地咳嗽。再后来，她身体虚弱得连针都拿不起来了，还继续做活儿，她教会我读书写字，教我学知识。她不想让我变成没人管教的孩子——就像多弗和脏小子那样。她想让我出人头地。”

“所以，你这么努力工作。”

“没错。妈妈下葬的时候，拉帕姆太太答应我，会让你爷爷教我手艺。妈妈死后，你爷爷就教我手艺了。这就是有关我妈妈的事情。”

“她叫什么名字呢？她一个穷苦的缝纫女工，怎么会那么有文化呢？”

“在这儿，她都称呼自己为特雷梅恩太太，可是，她的真名叫拉维尼亚·莱特，她出生在高贵人家。”

“就像莱特先生的女儿？”

“是啊，她曾经告诉我，一百多年来，莱特家的人都会选乔纳森和拉维尼亚这两个名字。”

“约翰，她没去找过那些富有的亲戚们，和他们相认吗？”

“没有。妈妈还告诉我，不要去找他们——永远不要去。除非……除非我走投无路了。她告诉我，‘约翰，如果你身无分文，没有手艺，疾病缠身，被上帝抛弃，才能去商人莱特家，给他看你的杯子，告诉他，你妈妈临死前，告诉你是他的亲戚，他就会明白的。他会可怜你，也许会帮助你的。’”

“你的杯子？”

“他说，无论如何，都不能卖掉杯子——永远不能卖。宁可饥寒交迫，也不能卖杯子。”

“那你的杯子放在哪儿了？”

“放在阁楼的储物箱里，所以，那箱子我一直锁着。”

“能让我看看那杯子吗？”

“你得对天、对地发誓，不能告诉别人，不能告诉别人我的真实名字，也不能告诉别人杯子的事儿。”

“就连伊萨娜也不告诉吗？”

“如果她听到我刚才说的话，会以为那是我编的故事——就像我说那个在水果蛋糕里放红宝石的故事。”

天快亮了，远处传来公鸡报晓的啼鸣，接着，是另一只公鸡的啼鸣。清晨的微风从海上吹起，黑夜泛起灰沉的色调。希拉打了个冷战，站起身，约翰背起了伊萨娜。

约翰兑现了他对希拉的诺言。他把伊萨娜放到床上，然后溜进了阁楼，打开箱子，把装在法兰绒口袋里的杯子拿下了楼，装杯子的口袋，是他的妈妈亲手缝制的。他把作坊朝向码头的门打开，虽然屋子里还很黑，可是屋外愈加明亮了。

岛上的海鸥飞过来，寻找食物。

希拉跟着约翰走出门，约翰示意她到晨曦中，然后从包里掏出了杯子。

约翰小时候，认为那个杯子是世界上最漂亮的东西了，所以他才恳求母亲，让他去跟银匠学艺（那时候，在缅因州的汤森还没有银匠呢）。不过，现在他觉得，这杯子没那么漂亮了，还有些笨重。杯子的一边，刻有莱特家的家族标志：一只从大海中升起的眼睛。眼睛放射出万丈光芒，那光芒遮住了杯子的一部分。莱特家族的这个标志，刻在了这个家族的一切物品上——莱特家在朗恩码头的账房上有这个标志、莱特家的所有银器上都印着这个标志，就连莱特家的狗项圈和马具上，都印着这个标志。拉维尼亚小姐命人在她戴的那副用西班牙产的皮料做的手套上，也印上了这个标志。约翰知道，这个标志，是刻在莱特家族在考普山墓地的墓碑石板上的。

“这杯子上的标志，跟莱特家族的标志的一模一样啊。”希拉惊奇地说。

“连上面的格言都一样，快看啊！”

希拉慢吞吞地读起了杯子上的字：“莱特家族长存。”

短短的几个字，希拉却念得结结巴巴的。太阳从海上升起，天亮了。

两个人站起身，面面相觑。希拉的脸上满是兴奋之情——不过也难掩疲惫。希拉的脸尖尖的，小而精致、样貌甜美，她的眼睛是浅棕色的，不像伊萨娜的眼睛，颜色那么深，她的头发也不是淡金色的。

约翰轻声说：“就像在那边，太阳从海里升起，光芒万丈。”

希拉提醒约翰（显然，她认为约翰有点忘记了自己的身份），“说不定是落日呢？”这是整个晚上，希拉说出的第一句酸溜溜的话。

“不，不是，我妈妈说，那是冉冉升起的太阳。但我得保密，保持沉默。你也是，希拉……你答应我了。”

“我对天、对地发誓，绝不告诉别人。”

第二章　因势力而有的骄傲

一周时间就这样一天天过去。现在是七月，每一天都像前一天那样，酷热难耐。每天，吃过早餐，拉帕姆先生都会用篮子罩住头，睡一觉。他睡着了，会打鼾，可鼾声很轻，就像他做其他事情那样轻柔。约翰会让师傅睡上一小时，然后叫醒他、责备他，让他干活。拉帕姆先生的手艺很好，他很快就做好了糖盆盆身，然后开始压花，图案是水果组成的花环，用的是四十年前，给汉考克先生做餐具时用的技艺。

约翰对自己的工作也不满意。他已经在蜡模里增大了糖盆把柄的尺寸。拉帕姆夫人和她的女儿们，都说约翰做得已经很好了，就连拉帕姆先生也肯定了约翰的工作，说他做得不错，让他进行下一步，做好银铸模具。只是，约翰自己觉得不满意。

周五晚上，天色渐暗，约翰结束了一天的工作，拿起奶酪壶和他自己做的蜡模，走出了作坊。他来到菲什大街，在保罗·瑞威尔家的银器店外面停留了一会儿。他不敢敲门，可他知道，店主随时都可能关门，回自己在附近北广场的家休息。店主是个富庶的银匠，他的作坊和家不在同一个地方。

最终，他看见了瑞威尔先生。瑞威尔很健壮，他面色红润、有一双乌黑的眼睛，他关上了店门，拿出钥匙，准备锁门。

“晚安，瑞威尔先生。”瑞威尔先生听到有人问候他，立刻微笑起来，露出了洁白的牙齿。他表情机敏，身手敏捷。

“晚安啊，约翰·特雷梅恩。”约翰很尊敬瑞威尔先生，早就认定，他是波士顿最好的银匠。他不知道，瑞威尔先生还知道自己的名字；他不知道，所有的银器大师都很喜欢他，有意收他为徒。

“瑞威尔先生，我想找您谈谈。”

“两个男人之间的谈话。”瑞威尔先生同意了，他打开店门，示意约翰跟着进来。

进了屋，约翰环顾了一下瑞威尔先生的作坊，他看见上好的铁砧、渐渐冷却的熔炉上的炉罩、整洁的坩埚。等他长大，也要开一家这样井然有序的银器店。到时候，他的银器店绝不会像拉帕姆先生家的那样，乱七八糟的。

虽然保罗·瑞威尔先生在波士顿算是忙碌的人，不过，他把一切事务都打理得很好（一件事、一件事解决），有条不紊，现在，有学徒来找他，说要跟他谈谈，他就停下要做的事情，花时间去满足男孩儿的愿望。

“先生，”约翰说，“我想向您请教，怎么做好手柄。”说着，他从包布里拿出了银壶和自己做的蜡模，告诉瑞威尔先生，汉考克先生订单的事情。

“这么说来，我们的谈话，是两个银匠之间切磋手艺啦？”瑞维尔先生说着，拿起了约翰做的蜡模——他的手腕很粗，手却很小，显得很不协调。“你师傅是怎么评价你的作品呢？”

“拉帕姆先生都没怎么看。不过，他觉得做得还不错，可以进行下一步，明天就可以铸型了。不过，明天必须得铸型了，因为明天就是星期六了，星期日不能工作，星期一早上七点就得交货。虽然我师傅觉得还行，可是我不太确定……”

“那他就错了，你是对的。你看，你只是照猫画虎地复制了银壶的把柄——只是把它们放大了。你看看你做的这个带翅膀的仙女，跟原品一比，是不是显得粗糙了些？如果我来做，我会把每个奶油壶把柄上的雕像做得一样大——空白的部分，用涡卷形装饰加以填充。而且，你做的这两个把柄，弧度也不对。糖盆的弧度，要比奶油壶大得多，你不能生搬硬套。你看看，你做的这两个把柄，弧度太大、粗笨不堪。是各部分的比例没把握好。”他说着，拿起了纸和笔，一气呵成，画了张图，加以解释。“我会选择这种弧度——看到了吧？我刚才说，会在长着翅膀的仙女雕像下，加上涡卷型装饰，这样，雕像看起来，就会像飞天的仙女；我不会简单的放大雕像，因为那样，雕像就像粗手笨脚的波士顿渔妇，而不像仙女了，明白了吧？”

“我明白了。”

瑞威尔先生好奇地看了看约翰。

然后说：“过去，这些应该是师傅教给徒弟的。”

“拉帕姆先生他……他身体不好。”

“那他现在不怎么做工了？”

“依您的标准，肯定不算多。”约翰想替师傅辩护，“没做多少精美的空心银器，不过搭扣啦、勺子啦这样的小物件儿倒是做了不少。”

“你的作坊有几个学徒？”

“算上我是三个，先生。”

“我觉得，他不需要三个学徒。如果他不需要那么多人了，你替我转告他一声，你剩下的学徒时间，我会花钱，替你赎满。我觉得，你我合力——能做出一些精美的作品的。”

约翰的脸“唰”的一下就红了。他不敢相信，保罗·瑞威尔这样的大师想要他当徒弟！

他站起身，该走了。

“我不能离开拉帕姆家，先生，”他一边向瑞威尔先生道谢，一边婉拒，“我要是离开了，就没人干活儿了，他们一家就要饿死了。”

“我懂了，当然，你做得没错。可是，要是老先生去世了，或者，你想换个师傅了，就来找我。那么……”他说着，转过身，和约翰握了握手，接着说：“希望还能见到你。”

到了周六中午，约翰按照瑞威尔先生的指导，采用了瑞威尔先生说的弧度，做出的把柄模型分毫不差。他闭着眼睛都知道，这次做的错不了。作品堪称完美，他很快又做了个复制品，一旦熔融银倒进了模子里，就会熔化、挥发，所以，他要给每个手柄都做一个银模。

不管他要花费多久（如果一切进展顺利，应该不会花费太长时间），他必须铸好模、把模子清理干净、还要把做好的把柄焊接到拉帕姆先生做好的糖盆盆身上。每到周日，银器店就会关门，歇业一天，也不烧熔炉。拉帕姆一家像往常一样，都穿上最好的衣服，在拉帕姆先生的带领下，去科克瑞尔教堂做礼拜，中午回家吃冷餐。下午去不去参加教堂下午的活动，由拉帕姆先生定夺。反正拉帕姆先生每次都会去参加的，梅婕和朵卡斯都会趁机去见情郎。拉帕姆太太则会呼呼大睡。希拉会带伊萨娜去海边玩儿，而约翰、多弗和脏小子也会溜出去游个泳，不过，这些拉帕姆先生并不知情，他还以为，家人们会静静地坐在家里，听约翰大声朗读《圣经》呢。

周日就这样过去了，如果他星期一早晨三点或者四点起床，还有时间把银器擦拭擦拭，七点再送到汉考克先生家，什么都不会耽误的。

吃完周日的早饭，拉帕姆先生又像往常一样，准备去打个盹儿，他在银器店的一把扶手椅上伸了伸懒腰，在头上扣上了篮子，这样，苍蝇就不会打扰他睡觉。也许，约翰这一周太过严厉，激怒了老先生——拉帕姆先生觉得，事情做没做完，都没什么区别。

“多弗、脏小子，”约翰又嚷嚷起来，“去给炉子生火，拿点儿木炭来。嘿，你们这些好吃懒做、一无是处的家伙，我看你们只配擦盘子！”

多弗往煤仓跑了，他回来的时候，脸上带着难以捉摸的喜悦神情。

“木炭都用完了，约翰大人。”

“用完了？”

“是啊，刚才我没吱声，因为在这儿，你总喜欢对人呼来喝去的。”

“快去拿个桶！快去！跑到朗恩码头的哈姆伯林先生那儿买，如果那儿没有，就到西斯伯恩码头，到西斯伯恩木炭店买，总之，无论如何，今天都得把木炭买回来。快去快回！”

多弗并没快去快回，直到太阳落山，他才回来，用推车拉回了一个大桶。

桶里的木炭，是约翰见过的最糟糕的木炭了。

“这种货色的木炭怎么能烧银器呢？这是残次品，可能只能炼铁——充其量只能炼铁。这你应该知道啊，多弗。”

“不，我哪能知道这个啊？我什么都不懂——不是吗？你不是总这么说我吗？”

“我要柳木木炭。”

“你刚才又没告诉我。”

“我还是自己去吧，不过，你耽误了时间，大家都得加班加点赶工。你是上帝创造的最最愚蠢的动物——我看你根本不是上帝创造的。我真不明白，你还是个小崽子的时候，你妈妈怎么没把你淹死？等安息日那天，我腾出空的，竟敢跟我耍花招，看我到时候怎么收拾你，我让你……”

罩在拉帕姆先生头上的篮子动了，他把篮子拿了下来。

拉帕姆先生平静地说：“孩子们，你们一直在争吵。”

约翰正在气头上，满肚子的话一股脑儿地向拉帕姆先生倾诉，他跟师傅讲了多弗和木炭的事情，还顺带批评了脏小子几句。

师傅示意多弗出去：“我想单独跟约翰说几句话。”接着，他又语重心长地告诉约翰：“我不希望看到你总是这样，你对他们太严厉了。多弗已经很努力了，只是，他不那么聪明。那不能怪他，是吧？如果上帝想让他成为聪明人，就会把他做成聪明人。我们在上帝面前，不过是卑微的蝼蚁之躯，你忘记了自己卑微的身份——之前我已经提醒你，你还是那么骄傲，上帝一定会重重地惩罚你的。”

“是的，先生。”

“你的问题是，你还没碰到像你那样优秀——或者比你优秀的孩子。你不能认为，自己是这家店铺里——乃至汉考克码头最优秀的，就认为自己是这世界上最优秀的。”

约翰急着干活儿——多弗把原来的计划都打乱了，他根本没听进去师傅的话。

“还有，小伙子，别因为像订单这样的小事儿就心烦意乱的，因为琐事就扰乱了心绪，这是一种罪过。我希望你能静下心来，回忆一下，我让你读的那些《圣经》里的内容，上帝有关骄傲的训诫。今天的工作到此为止。”

“您说什么？”

“是啊，按照老规矩，主日应该是从周六落日就开始，我决定在这个家里，延用老规矩。”

“拉帕姆先生，今晚我们必须得工作，我们答应了汉考克先生，会按时交货的。”

“我觉得，上帝不会在意，汉考克先生的银器是不是能按时交货。失信于汉考克先生，总比失信于上帝好吧？”

约翰累了，头嗡嗡响，手微微颤抖。他走出银器店，用力关上了门，怒气冲冲地走进厨房。他知道，拉帕姆太太并不赞同他公公那种虔诚的信仰。约翰在厨房找到了拉帕姆夫人和四个姑娘。梅婕在做玉米饼，朵卡斯正在拧干酪包布。希拉在布置餐桌，而伊萨娜在和小猫玩耍。

拉帕姆夫人看了看约翰，问道：“孩子，你这副样子，这是撞见鬼了吗？”

约翰坐下来，跟拉帕姆夫人说了事情的经过。只是这次，他不像平常那样，说话咄咄逼人，滔滔不绝了。

姑娘们用怜悯的眼神看着他，惊得张大了嘴。拉帕姆太太听了，也是相当惊愕。

“朵卡斯，关上门。别让你爷爷听见。约翰，你还需要工作多长时间，才能做完那个糖盆？”

“大概需要——七个小时吧。我周一早上两点就能起床。”

“那就给你七个小时。不管什么安息日了，糖盆必须得按时做出来。我可不能让老顽固的作风，把这桩十年难遇的大买卖给毁了。要是汉考克满意了，就会继续来这儿订货。我可不能为了让孩子的爷爷高兴，就眼睁睁看着我那几个没爹的可怜孩子饿死。这次，我说的算。”

“周日下午，拉帕姆先生会像往常一样，不仅要参加午后的祷告活动，还会参加助理祭祀的会议、晚间冷餐会，再去牧师家，参加晚间祷告。那样，你就有五个小时了，约翰——就在明天下午。”

约翰知道，在安息日工作，既违反法律，也有悖于教规教义。他会因此万劫不复，或是下地狱的，可是拉帕姆太太问他，“你有胆量吗？”他还是坚定地回答：“当然了。”

“记住，这件事儿别告诉老头子。”

“一个字儿也不说。”

“姑娘们，你们要是敢多嘴……”

“我们不敢，妈妈。”

拉帕姆太太还收买了多弗和脏小子，他们答应，等糖盆做好了，就把它送到汉考克先生的府上。汉考克先生总会给他送货的孩子赏钱的。

拉帕姆太太着实费了不少心力，累得气喘吁吁，不过，她把一切都安排妥当了。就这样，事情解决了。

“伊萨娜，”拉帕姆太太小声说，“去叫爷爷和男孩儿们过来吃晚饭。希拉，去地窖，把凉麦芽酒拿上来。”

拉帕姆太太的嘴，连同嘴角的皱纹、她的鼻子和眼睛，都透出钢铁般的坚毅。

周日下午的工作十分顺利，没出问题。就连多弗和脏小子都规规矩矩，异常听话，不过多弗也半开玩笑地威胁，等“老师傅”回来了，就会告诉他实情。约翰才不在乎拉帕姆先生会怎么说呢——不过，他祈求上帝，能让他们按时给汉考克先生交货。那样，汉考克先生才会再来订货的。如果拉帕姆先生生气了，他可以把约翰卖给保罗·瑞威尔先生。

四个姑娘还穿着漂亮的连衣裙，准备参加主日活动的，她们都用痴迷、钦慕的眼神，看着约翰。拉帕姆夫人把她们打发走，让她们出去放风，看看从码头能不能看到他家锅炉冒出的烟？从菲什大街能不能看到？让她们去街上探听风声，有没有人议论他们？

约翰找到了柳木木炭，他的铸模工作进展得很快。他把两个的蜡模放在湿润的沙土里。锅炉烧得正旺，他的双手很稳，他很自信，他能完成工作，可是他的内心却很紧张不安。

拉帕姆太太在他身边，紧张忙乱，约翰给她分配了些简单的任务。

“拉帕姆太太，现在不需要风……现在去弄好风箱。”

他还告诉女主人，得“机灵点儿，”不过，拉帕姆夫人并没生气，而是谦卑地答道，“是，约翰。”

“现在，给我拿个坩埚。”

拉帕姆夫人转身问多弗：“小子，他说的，是哪个坩埚？”

“我去拿吧。”

多弗说着，来到坩埚架前，坩埚是盛装熔银的。约翰没注意多弗的举动。多弗站在凳子上，从架子的最里面，翻出了一个带裂隙的坩埚，然后小心翼翼地拿了下来。这一切，脏小子都看在眼里，他看着多弗，咯咯地笑了。他知道，那个坩埚上的裂缝很小，如果不仔细看，根本看不出来。带裂隙的坩埚也许禁得住炉子上的温度，也许无法承受温度而裂开。所以，拉帕姆先生把它放在了架子的最里面。脏小子和多弗都认为——如果坩埚裂了，滚烫的银液流出来，溅得锅炉上到处都是——那也是约翰活该——谁让他那么专横，把这屋子里的人指使得团团转，真让人无法忍受。约翰忙里忙外，要是出了这个小插曲，那他就白忙活了，那样，就会显得他很无能。

约翰接过坩埚，没有一点怀疑，把银块放在里面，然后把坩埚放在了熔炉上。

希拉跑进来，“妈妈，外面有个人，在那儿看我们家的烟囱呢。”

“他穿的什么衣服？”

“是水手服。”

“水手是不会介意有人在安息日做工的。不过，你们要是看见了助理牧师，或者警察，就得当心了。”

熔银的工作继续进行着。

伊萨娜静静地坐着，怀里抱着小猫。她肯定地说：“约翰会下地狱的。”就连约翰自己也是这么想的。

他告诉拉帕姆太太“机灵点儿”，然后把银质钟表放在自己能看到的地方。银块必须以一定的速度熔化，因为它需要充足的冷却时间。

拉帕姆太太一心想帮助约翰，约翰都有些喜欢女主人了。他没注意到，脏小子和多弗在角落里窃笑呢。

有些用来制作蜡模的蜂蜡放的地方太靠近炉子了，融化了，蜡液淌了一地。约翰向来都是一边干活儿、一边收拾，可是今天，他着急干活儿，来不及收拾了。

“约翰，”拉帕姆太太嚷道，“该把银液倒出来了吧？银都化了，都开始闪了。”约翰看了看，是该把银液倒出来了。

约翰稍稍往前走了走，伸出右手。坩埚开始下沉，突然裂开了，熔银像牛奶一样，倾泻而出，淌到了炉子上。约翰本能地往后跳了一下，可是，他伸出的右手并没缩回来。接下来发生了什么，他就不知道了。他伸出脚，手放下来，碰到了炉子上。

约翰的烫伤很严重，他一开始都没感觉疼痛，只是傻傻地站在原地，盯着自己的右手。在银液冷却下来之前，他感觉自己的右手，从手腕到手指间，都包裹在凝固的银液里。他看了看手背，倒没发现什么异常，只是闻到了烧糊的肉味。他感觉屋里一片漆黑，天旋地转，耳边嗡嗡作响。

约翰苏醒时，发现自己平躺在地板上。多卡斯在给他灌白兰地，拉帕姆太太一边把他烫伤的手浸到装满面粉的平底锅里，还一边冲梅婕大喊，让她快点把做药膏用的面包屑拿来。

他看见了希拉那张因为受到惊吓，变得发青的脸庞。她舔着发白的嘴唇，怯生生地问："妈妈，我去请瓦伦医生来看看吧？"

"不行——不，不能去……哦，等等，让我想想。我不想让医生知道，我们违反了安息日的规矩。只是烫伤，用不着请医生来看。希拉，去码头，把老助产士格兰斯·霍普找来。治这种烫伤，这些老太婆比医生厉害。约翰，你觉得怎么样了？"

"还好。"

"感觉疼吗？"

"还没有。"

他知道，现在没有感觉，可是，很快就会觉得疼的。

约翰躺在"病号屋"里，说是一间屋子，其实是厨房外面的一个小隔间，只有很小的一扇窗户。平时，用来当仓库，存储东西，如果有人生病，就成了病号屋。约翰烫伤的手涂上了亚麻籽儿药膏，包扎了起来。亚麻籽儿发出刺鼻的味道，在他烫伤的第二天，疼痛感才渐渐袭来。他的胳膊从手到肩膀，都抽筋似的疼。他听到格兰斯·霍普在厨房里，跟拉帕姆太太说话。

“记住，得保持药膏湿润，包扎不能拆开，还要时不时地用青柠水润湿一下。这种烫伤能不能治好，全靠运气。要是这样治不好，我就得做个符咒了。”

要是在前些年，格兰斯·霍普会被当成女巫绞死。她年事已高，笑起来，露出了光秃的牙床，她的牙都掉光了，还长了胡子。现在，她已经不施法术了。不过她经验丰富，见过不少疑难杂症，在接生和治疗小儿疾病这方面，波士顿的医生都没有她有经验。虽说在治病救人方面，她并不比医生逊色，可是，治疗烫伤，她就不那么专业了。她让约翰把烫伤的手握起来——蜷缩成一团。这样，就不会像把手伸开那么疼。

到了第四天，创面开始溃疡。据说，这是大自然在治愈创伤。格兰斯·霍普不停地让约翰喝鸦片酒。约翰只觉得终日昏昏沉沉，白天与黑夜似乎混为一谈，他感到，耳畔始终有嗡嗡的声音回荡着。他身体里似乎空无一物，只剩下疼痛感和药物的麻醉作用。

等到他的烧退了，药量也减少了。自从约翰站在炉子前，看到他的右手沾满了滚烫的银液后，就没敢再看他那只烫伤的手了。格兰斯·霍普告诉约翰，第二天，她会亲自打开包扎，还乐观地说，想看一看，“剩下的手是什么样。”

疼痛、药物和高烧让约翰觉得浑浑噩噩的。他没考虑未来，对于一个银匠来说，一只手残废了，他还有什么用呢？可那天晚上，他脑海里一直回响着格兰斯·霍普的话，等到明天，她就能看到“剩下的手是什么样”了。

终于到了拆开包扎的时候了，约翰的手放在老助产士系着围裙的膝盖上。包扎拆开后，约翰还没做好心理准备，看自己烫伤的手变成什么样了。拉帕姆太太、梅婕和朵卡斯都挤进了狭小的病号屋里，想一探究竟。希拉和伊萨娜躲在厨房里，她们不敢靠近约翰，看他那只烫伤的手。

倒是梅婕先开口了，“天啊，样子看起来倒是挺怪的，是吧？约翰，你手的上半部分看起来挺正常的，就是窄了一些，可是，约翰啊，你的大拇指和手掌好像都长到一起了。”

她说得没错。约翰试着弯了弯手指，把两个手指交叉在一起。他的拇指没法碰到食指，这样的手根本没法用了。他第一次要面对，自己的手残废了这样残酷的现实。

“哦，让我看看！”朵卡斯挤了进来，弯下腰，看了看约翰的手。她竭力用优雅的腔调，发出一声尖叫，就好像淑女看到了一只老鼠。

“天啊！”拉帕姆太太也感到震惊，“我没想到，你的手变得这么糟糕！太可惜了！约翰这么聪明的孩子算是毁了。银匠的手废了，就像马的膝盖坏了，这辈子就毁了。”

约翰听不下去，跑出去了。那天早晨，他第一次穿好了衣服（完全依靠拉帕姆太太的帮助）。他站起身，身体僵直，把那只残废的手揣进了马裤兜里。

“我出去一趟。”他低声说。

希拉和依萨娜紧挨在一起坐着，她们看到约翰时，都吓坏了，抱在了一起，吓得说不出话。约翰粗鲁地说：“你们怎么没进来看看啊——多有意思啊。”

希拉惊恐地看着约翰，想开口说些什么，可是话到嘴边，又咽下去了。

“你们两个——坐在那儿——看着像一对木鱼。”

约翰夺门而出，重重地关上了门。他一向不善于摔门。外面空气清新，他感觉好了一些。拉帕姆太太从窗户大喊，让他回去，可他装作没听见。拉帕姆太太一喊，整个菲什大街都能听见，可是约翰不想理她。

他把波士顿走了个遍，那只受伤的手深深地插在了马裤兜里。他想让自己精疲力竭（他现在身体虚弱，做到这点并不难）。这样，他就不会胡思乱想了。

他回到银器店，发现厨房里静悄悄的，觉得很奇怪。他胆敢违抗拉帕姆太太的命令，可是居然没有人责备他。他知道，大家刚才一定是在议论他。

希拉第一次，对他以礼相待。

“哦，约翰，”她轻声说，“我现在真的感到抱歉，比以前都要抱歉。”

伊萨娜说：“是真的，妈妈说，你以后只能捡垃圾了。”

希拉转身，对伊萨娜说，“你疯了，约翰才不会去捡破烂呢。可约翰，这真是太糟糕了，我感到很抱歉。还有……”

约翰的脸，羞得通红，他质问道：“你们能不能别再提这件事了？”

伊萨娜接着说：“听梅婕说，你的手看起来很糟糕。”

约翰咆哮起来：“你们这几个姑娘，有谁再敢提我这只手，我就，我就找个船逃跑，再也不回来了，我受不了你们成天用可恨的声音，像个小孩子似的喊：‘哦，太可怕了。’”

说完，他去了作坊。

他看到多弗坐在自己的工作台上，就气不打一处来，他怎么敢用自己的工作台。约翰已经有一个月没来过作坊了，当然，他应该能想到，多弗会用他的工作台，至少在他回来之前会用。

拉帕姆先生正在干活，他发现约翰来了，就抬起头，温柔地冲他眨了眨眼睛，又摇了摇头，叹息一声。脏小子在一个角落里干活，弄出了很大的噪音。

约翰站在那里，看着多弗笨手笨脚地干活。他尽量忍着不作声，最后，他还是没忍住，脱口而出，“多弗，你怎么能那么拿卷边烙铁呢？”

多弗向后一靠。他那张肥胖、苍白的脸，露出了无辜的表情，他朝约翰挤出了一个笑容，那笑容显得那么夸张。

“谢谢你提醒，约翰大人。我知道，我没有你那么能干，能不能请你给我示范一下，该怎样拿卷边烙铁呢？”

约翰走出了作坊，从他出来的那扇门一直往前走，就可以到码头。他再也没给别人示范过该怎么拿卷边烙铁。如果连自己都做不到，最好把嘴闭上。他想要摔门，不过，又作罢了。如果自己做不到，最好别摔门。

约翰就这样闲逛，一直走到了码头的尽头，码头边停靠着一艘从牙买加来的大船。约翰悠闲地看着那些搬运工人把装糖浆的大桶，一桶桶地从船上滚下来。他看见约翰·汉考克站在人群中间。他订做的那个糖盆并没有交到他手里。拉帕姆先生得知，自己去参加主日活动期间，家里发生的事儿，还有上帝对约翰·特雷梅恩的惩罚，便下令，把做好的糖盆熔掉。他亲自到汉考克先生家，归还奶油壶，没能按时交货，他只是轻描淡写地说，自己技艺大不如前，没法做糖盆了。也没作任何解释。

学徒们已经习惯了，每天从早上八点，工作到晚上十二点，有时一天要工作十四个小时。他们没有节假日，连周六下午也不放假。约翰没受伤之前，经常想，要是能在汉考克码头上闲逛，该有多好，就像他现在这样闲逛。整天无所事事。双手揣在兜里。其他的学徒——他的那些朋友——都会抬起头，用羡慕的眼光看着清闲的约翰。约翰看到了几个熟悉的面孔。他觉得，大家都在谈论他受伤的事儿——都因此同情他，码头上男孩儿，约翰都认识。有些是他的朋友，有些是他的敌人。他跟他们玩耍过，或是跟他们打过架。他看见索尔和戴瑟尔正忙着用桶装腌鲑鱼；安迪手里拿着一枚皮质顶针，忙着缝制风帆；汤姆·丁科尔（当地的小霸王）帮着运送木桶。这里曾是约翰的世界，如今，他径自走过这里，却成了异类。大家都听说了约翰受伤的事儿，所以约翰闲逛，他们并不羡慕他。约翰看到，他们看到自己时，互相推了推，小声议论着自己——他们都可怜自己。戴瑟尔的主人，那个腌鱼商，还冲约翰喊了些关切的话，可是约翰并没有回应他。短短的一个月的时间，他似乎成了大家眼中的陌生人，成了被汉考克码头驱逐的人。他的手残废了，而他们，都是健全人。

约翰走到码头尽头，来到用于卸载大型船只的机器下面，脱掉了衣服，跳进了水里。正值下午时间，波士顿没有哪个学徒，会在这个时间游泳。只有盛夏，酷热难耐的时候，有一两次，学校会放假，而各个作坊也会歇业，让他的学徒们到码头去游泳。有时候，像拉黑先生家的学徒，会偷着跑出来游泳，不过那得等周日下午，通常都是他们结束了一天的工作的情况下，而且他们也只敢在黄昏时分溜出来游泳。

约翰跳进水里，开始游泳，不过，独自游泳的感觉很奇怪，他并不喜欢这种与他正常的生活格格不入的感觉。

可是，有一件事情让他很高兴，他在水里时，那只烧伤的手，和健全的手一样好用。只有在游泳的时候，他才能暂时忘却，他的手残废了。

一开始，拉帕姆太太称呼约翰“可怜的孩子”。约翰喜欢住在病号屋里，不想和多弗，还有脏小子同住在阁楼里，拉帕姆太太只能让约翰继续占用病号屋。约翰这辈子还没单独睡过一张床——更别提能自己住一个房间了。受伤以后，他只想一个人待着。

不过，新的住所有一点不好，拉帕姆太太下楼准备早餐，准会把约翰叫起来。

“穿好衣服——你这懒孩子。去迪肯·帕森的商店，买一品托牛奶，再去镇上打点水。”

很快，拉帕姆太太对约翰的称呼就变成了“懒惰、一无是处的笨蛋”“没用的小恶魔”说者无心，听者有意，要知道，以前她从没有这么轻蔑地称呼过约翰。

家里最没用的人就得干杂活儿。现在，就连多弗和脏小子都比约翰能干了。每天早晨，约翰都得背起沉重的扁担，费力地走到北广场，给大家打水喝。他第一次学会了怎样用扫帚打扫屋子，他挑来烧熔炉用的木炭和厨房烧饭的柴火，他忙前忙后，做这些苦差事的时候（他经常做不好），希拉和伊萨娜都默默地在一边看着他，不过不说什么，连一句挖苦他的话都没有。约翰已经明确告诉过她们，他想一个人待着。

梅婕和朵卡斯总是想方设法地给约翰找些杂活儿干，无休无止，因为约翰“闲着没事儿做”。一次，胖梅婕让约翰坐在自己对面，给她撑毛线，她好把毛线缠成线团。约翰不愿意把受伤的手伸出，来让大伙看，他感觉很难受。因为这件事儿，梅婕说了约翰，约翰一怒之下，把线扔给了梅婕，转身走开了。

一天，拉帕姆先生找到约翰，把他带到煤仓后面那棵老柳树下，柳树下有个工作台。拉帕姆先生从未因为约翰违反了安息日的规定责备过他，也没再提醒约翰，骄傲在败坏以先。

“我的孩子，”拉帕姆先生轻柔地说，“快到九月份了，夏天过去了。”约翰点了点头。“我觉得，我必须得找你谈一谈了。约翰，当初我跟你签下学徒契约，收你当徒弟，是我跟你妈妈之间达成了约定。不过，她过世了，那就相当于我和你之间达成了约定。我答应过你们，会让你吃饱、穿暖、好好管教你，只要你能力所及，我会传授你制作银器的手艺，把你培养成一名银匠……我……我从没有教过像你这样聪明伶俐的孩子，可是……你也答应过我，会勤勤恳恳地为我工作七年。这一切，你都做到了，约翰。可是……可是现在……我不能遵守我们之间的约定了。我没法让一个手有残疾的孩子当上银匠。”

约翰只是沉默不语。

“拉帕姆太太说得没错。”师傅接着说。

“你是说，她想让你把我打发走？”

“那倒没有，可是，她觉得，像我们这样穷苦的人家，养一个孩子做杂活儿，未免太奢侈了。不过，我已经明确地告诉她了”——拉帕姆先生说话时，那双衰老却敏锐的眼睛中投射出坚毅的光芒。我告诉她了，只要你愿意跟我们待在一起，我永远不会……把你赶出去的。我还记得，你妈妈带着你，来我的银器店……她是位可爱的夫人……彬彬有礼。她告诉我，你一心当个银匠，还告诉我，你是个聪明的孩子——你的确是个聪明的孩子。约翰，我现在跟你说的这番话，都是为了你好。你必须另寻谋生的技能。我希望你到处走走，到各家店铺看看，找个体面的、即使手有残疾，也能从事的行业。你是个聪明的孩子，约翰，说不定，结绳店铺的老板，或是做桶的工人，或是纺织厂的人会教你手艺。你受伤的手也会渐渐恢复力量，不过，你要付出比常人更多的努力才行。”

约翰看了看自己受伤的手，不过，他很快又把手插回了裤兜里。

“您说得对，”他告诉师傅，“我得走了。”

“约翰，我不想让你觉得，是我们催促你离开。你做零活儿，如果我们给你工钱，差不多够维持你的生活了。不管拉帕姆太太跟你说什么，你都别在意。去四处走走，找一个自己喜欢的行业，找一个喜欢的师傅。如果找到了，就替我转告你的新师傅，你余下的学徒时间，我分文不收。”

就在两个月前，瑞威尔先生曾经说过，要买下他余下的学徒时间。

“拉帕姆太太不想让你四处闲逛、去游泳，做那些你喜欢做的事儿——所以，你可以先把活儿都干完，然后就安安心心地到处走走，去发现新的行业。还有一件事儿，我希望你能答应我。”

“听您吩咐，先生。”

“我希望你能像个基督徒那样，原谅多弗。”

“原谅他？他做什么了？”

“你不知道吗，你让他去拿个坩埚，他给你拿的，是那个旧的、带裂隙的坩埚。”

“您是说……他是故意那么做的吗？”

“不，不是，约翰，他那么做，只想羞辱你。他都告诉我了（是拉帕姆太太让我质问他的）。他说，你违反了安息日的规定，他觉得很气愤，觉得应该教训教训你。我觉得这件事我有责任，是我教育徒弟，做个虔诚的基督徒的。”

约翰难以抑制怒火，他觉得自己的声音都变了，“拉帕姆先生，我要让他……”

“嘘，嘘，小声点儿，孩子。我刚才说了，《圣经》教导我们，要原谅他人。他告诉我这件事的时候，是真心悔改了。他没想伤害你。他跟我讲述这件事的时候，泪流满面。”

“等我收拾完他，他会流下更多的眼泪。那个长着结痂、满身虱子、虚情假意的小人……”

“注意你的用词，孩子。我还以为，你遭此劫难，会变得耐心一些。”

“我是变得耐心了，”约翰说，“君子报仇，十年不晚。”

不过，约翰立刻平静下来，他感谢师傅的关爱和谆谆教诲。他经过作坊时，看到多弗和脏小子在那窗口张望，他们闲得无所事事，正在四处找他呢。

多弗说：“约翰·特雷梅恩先生，能不能麻烦你，帮我们打点儿水喝？拉帕姆太太说了，我们太宝贵了，不能离开工作台。让我们有事儿就找你。”

约翰一言不发，走进后门，背上了沉重的扁担。

以前，多弗和脏小子被约翰呼来喝去，如今他们看到约翰挥舞扫帚，挑木炭、煤块、忙着打水，别提有多开心、多解气了，不过，这情有可原。约翰走出了屋子，他们依然在窗口张望。

“机灵点儿，约翰。”

“嘿，小子，机灵点儿。”

两人发出一阵笑声，接着，吹了个低沉的口哨。

约翰始终都没说什么。

第三章　黄铜之地

时间一周、一周地过去了。转眼间，九月就要过去了。约翰一天的大部分时光，都在兜兜转转，他称之为“找工作”。他只想当个银匠，对别的行业都不感兴趣。他看不起煮皂工、皮革护理工、制绳工这类工作。他并没首先去汉考克码头和菲什大街上找工作。那里的人都认识他，也都知道了他受伤的事情，那儿的店主同情他，都会愿意雇佣他的。于是，他来到波士顿城边寻找工作机会。

拉帕姆先生告诉他，要多看看，观察各个行业的手艺人整个工作流程，反复观察，直到确认自己能胜任哪种手艺。然后，找个师傅，礼貌地说明来意、告诉他，自己的手有残疾，请求他收下自己当徒弟。不过，约翰有些性急，考虑事情不周全，又自视甚高，看不起别的行业。他沿着大码头走，把沿路和科恩希尔大街和橙子大街、安大街和船街、码头广场、国王和王后大街上，大大小小的店铺都走了个遍。每到一个店铺，他就冒冒失失地走进去，把受伤的手藏在裤兜里，随口问一句："请问这儿的老板还招学徒吗？"

他反应机敏、彬彬有礼，大家对他的印象还不错——特别是，当他提到了他给拉帕姆先生当了两年学徒之后，一位老钟表匠表示，愿意收他为徒。

"但是，孩子，拉帕姆先生能放你走吗？想必，他现在一定很器重你。"

"我的一只手残废了。"

"让我看看。"

约翰不想把那只残废的手拿出来，可是那些店主非要看看。约翰只好迅速地掏出那只在裤兜里隐藏了好久的手，满足那些店主、学徒、路人和女主顾让人生厌的好奇心。经历了这样伤自尊的事情，约翰有时索性就闲逛，或去游泳。有时，他也会忍气吞声，继续到下一家店铺试试运气。

他进一家店铺前，很少会看店铺门口的标牌。如果店铺门口有剪刀的标志，说明那是一家裁缝店；如果有羊的标志，说明是一家毛线店；如果有水盆标志，说明是一家理发店；如果是带有颜色的木制书本，说明那是一家装订商；如果店铺门口，悬挂着一个巨大的指南针，说明是工具制造商。虽然读书识字的人越来越多，手艺人还是会在门口挂上店铺的标志，不想因为顾客目不识丁，而错失一位顾客。

一家钟表店的店主告诉约翰，他不适合做这份工作，约翰又去找了另外两家钟表店，得到的答复是一样的。

一个屠夫（店铺标志是镀金的牛头骨）倒是愿意收下约翰，可是一想到要去屠宰动物，约翰就觉得恶心。他是一个不折不扣的手艺人——即使一只手残废了，依然如此。

约翰不回家吃午饭了，拉帕姆夫人、梅婕和朵卡斯总说约翰吃得太多、干活儿太少。他知道，拉帕姆太太在寻觅成年银匠，可以给拉帕姆先生当合伙人，她说过（她说话时，故意盯着约翰），她不会让约翰和多弗、脏小子一起住在阁楼上，约翰会住在病号屋里。一天，她向大家宣告："我宣布，单靠一个虚弱的老头儿，和波士顿三个最没用的学徒，成天就知道好吃懒做——店铺是难以维系下去的。"

拉帕姆太太似乎正在和一个叫推迪的先生谈判。推迪先生刚来到波士顿，孑然一身，不过，拉帕姆太太必须弄清楚，他究竟是没结婚呢，还是中年丧偶。显然，她给公公找的这个合伙人，日后要迎娶她的一个"可怜的没爹的孩子"。店铺必须传给自家人。

所以，约翰尽可能少吃东西，直到正午，大家都吃完了午饭，他才回家。他有件夹克衫挂在衣钩上，总有人偷偷地往夹克兜里塞一些吃的东西，有时，是一片硬面包，有时是奶酪、一条风干牛肉、一条腌鱼、或是一块玉米饼。他知道，是希拉偷偷给他塞东西吃，可他从没跟希拉提起过这件事。他每天都沉浸在自己悲惨的遭遇里，已经完全和周围的世界切断了联系。

有的时候，他会躺在贝肯山庄或是柯帕岗（在坟地里），享受阳光，或是躺在码头上的一卷缆绳上，享用着希拉偷着留给他的食物。那时，他会梦想着，等自己长大了，会帮希拉做些了不起的事请。希拉想要三样东西——金项链、灰色的小马驹拉的小马车，还有小帆船。约翰梦想着，自己长大后，会功成名就——变得非常富有，不会像拉帕姆太太说的那样，沦落为挖下水道的工人，或是捡垃圾的人。

有时，他的兜里空空如也，那他只能忍饥挨饿了。

这一天，他又没有东西吃，就在索尔特大道上闲逛。在他周围和联合大街之间，有很多印刷社。正值中午，波士顿的各家商铺都休息了，人们不是回家吃午餐，就是找个有名气的小酒馆休息，只有他在街上闲逛。一家小店铺上的标志引起了他的注意，那个标志是一个小个子男人，穿着亮蓝色的外套和红色马裤，透过小望远镜，看着索尔特大道，表情严肃。这里就是《波士顿观察家报》报社了。拉帕姆一家不看报纸，约翰曾经听拉帕姆先生提起过，邪恶的《波士顿观察家报》，说这个报纸，试图煽动波士顿民众的不满情绪，从而推翻英国人温和的统治。不过，这个滑稽的小个子男人看起来很和善，似乎愿意张开双臂，欢迎所有人，于是，约翰毫不犹豫地走进了报社。

约翰已经有心理准备，这次又是白费功夫。不出所料，报社的负责人出去吃午饭了，不过，约翰很喜欢报社的标志，还是进了报社，都没仔细想想，印刷的工作，他到底能不能做得了。

他看到那低矮的印刷机，像虫子一样，一个个印刷板，还有一根根绳子上挂着的印刷好的报纸，像衣服那样等待晾干。一个工作台上，是一个用于印刷通知单、公告、传单、商业名片的小型印刷机。这里的所有东西，都有油墨的味道。

约翰看到一个男孩儿，比自己高、也结实一些，看样子，比他大几岁。那个男孩儿站在柜台里，正在和一位女顾客说话。那女子身材敦实，穿着皱皱巴巴的红裙子，是个在市场卖东西的商贩。她说，家里的小猪从院子里跑出去，找不到了，她想登一个寻猪启示。那个男孩儿忙着记录女子的话。

“寻猪启事——一头母猪，带有斑点，于维特布雷特大街走失。”男孩儿重复了一遍启事的内容。

“她是这世界上，最最可爱的小猪了，”那女人说，“它一听到口哨声——就会像小狗那样，跑过来。我的几个孩子教它‘装死’。我们从没想过要，要杀了它，吃它的肉——只想让它下小猪仔儿。我们都叫她‘米娅’。”

这些话，男孩儿并没有记录，他抬起了黝黑的脸，他那双黑色的眼睛，透露出慵懒的眼神。不过，他眨了眨眼睛，表明他在饶有兴致地听那个胖女人讲话。

“小猪不好训练吧，夫人？”

“不，当然不是了！猪很聪明！”

“这我还是头一回听说。那它们跟狗比起来，哪个更聪明？”

老妇人又滔滔不绝地说了起来，她先说起了普通的猪是什么样子，又说起了她的米娅有多么出众。

报社的男孩儿气定神闲、不紧不慢地听她讲完。他个子很高，体格结实。他动作随意，说话时，声音慵懒——好像在韬光养晦，积蓄体力应对突发事件，平时遇到的寻常小事，他才不会费心费神呢。

那个胖女人发现那男孩儿愿意听她讲述，还会不时提些机智的问题，显得很满意。约翰站在门口，也被二人吸引，竟然忘记了自己来报社干什么了。他不知道，小猪和在市场上卖货的妇人居然会这么有趣。那个男孩儿——报社的学徒，就站在柜台后，身穿皮围裙，白衬衫，一张黝黑、周正的脸像印第安人那样，他表情严肃、若有所思，正是他为爱八卦的妇人和小猪的话题徒增了魔力。

约翰走进了报社，那男孩儿漫不经心地冲着他点了点头，他并没有跟约翰说话。直到那妇女离开，他又打了几行字，才走过来招呼约翰。约翰觉得，这看似是怠慢，不过绝非粗鲁的行为。他和那男孩儿好像一见如故，心有灵犀。男孩儿虽说有些奇怪，却没有波士顿学徒身上那种市侩的作风。短短一个月的时间，约翰经历了太多人情冷暖，深感世态炎凉。那些学徒明知你是去找工作的，却偏偏告诉你，你不适合，只用几分钟就打发了你，你又得到处谋求工作。

男孩儿确认了启事内容，从柜台下面拿出了一个有盖的篮子，放到了桌子上，又搬来了两个凳子。

他问约翰，“怎么不坐下？吃点儿东西吧。我家店主夫人——是我姑姑——她总给我装很多吃的，我一个人根本吃不完。”

看来，他那双懒散的黑眼睛只匆匆瞥了约翰一眼，就知道了约翰的来意。他并没有仔细观察约翰，就知道他饿着肚子，还知道，他很喜欢约翰。他十分友好，却显得很冷淡。他不动声色地掏出他的折叠小刀，从一长条面包上切下一大块，递给了约翰，又拿出了奶酪、苹果和火腿。

看到火腿，那男孩儿似乎想起了，来刊登启示的女商贩说的那些八卦消息，还有她的小猪。

他说："我在农场长大，不过，没听说过，猪还能学会把戏。再吃点儿面包吧！"

约翰觉得很为难。从他走进报社到现在，他那只受伤的右手就放在裤兜里，始终没伸出来。可是，现在，如果他不伸出那只手，就只能挨饿了。他用左手拿着小刀，偷偷地伸出右手，扶着面包。用左手切面包不容易，可是他做到了，不过，花了好些时间。那个男孩儿什么也没说。感谢上帝，他也没提出，要帮约翰。他肯定看到了约翰的右手，不过，至少他没盯着那只手看，也没问什么问题。他似乎什么都看到了，却什么也不说。约翰觉得，那个男孩儿这点品质难能可贵，便开口说，

"我想找个工作，我能做好的……一只手也能做好的工作。"

"你一定是最近，才受伤的吧。"无论是大人、还是孩子对他伤情的评价，这是约翰听到的第一个聪明的评论。

"是七月份烧伤的。我……我当时给一个银匠当学徒。是被滚烫的银液烫伤的。"

"我明白了。这么说，你学的手艺都用不上了？"

"是啊，我倒不介意当个钟表匠，或者去做工具。可

是，我可不想，也不会去当屠夫，或是煮皂工的。”

“是啊。”

“我得干点儿自己喜欢的事儿，否则……否则……”

那个皮肤黝黑的男孩儿一直想问这个问题，不过，他刚才一直忍着没问。

“否则怎么样呢？”

约翰抬起了他瘦削、白净的脸。他张开嘴，不知道该说什么。

“我还不知道，我没法想这些事。”

显然，那个男孩儿也不知道这个问题的答案。他只是说：“再来点儿奶酪吗？”

约翰开始讲述起了他的经历。他告诉男孩儿，自己在拉帕姆家的遭遇，希拉偷偷给自己留食物，自己都没说声谢谢。他变得暴躁易怒。大家说些同情他的时候，他却粗鲁无礼地回应他们。他还承认，找新工作时，很不理智。他讲述了他受伤的经过，不过不像之前，有好心人问他，有关他受伤的问题，他都会用那种盛气凌人的态度回答。他跟拉伯说话时（当时那男孩儿告诉他自己叫拉伯），才真切地感觉到，这是他受伤以后，第一次从自己的遭遇中走出来——正视自我。

两人说话时，罗恩先生——拉伯的姑父回来了。他年纪不大，文质彬彬，脸型又瘦又尖，看着像狐狸。拉伯看见老板进来了，并没有立刻起身问候、忙前忙后，表现自己的勤奋上进。他并没有像其他学徒那样，“先生”长、“先生”短的惟命是从，只是平静地吃着他的面包和奶酪。

罗恩先生身后，跟着两个小男孩儿，穿着大号围裙——他们是韦伯双胞胎兄弟。看样子，他们在对面的索尔特大道的饭馆吃过了午饭，回到报社，便忙碌起来，而店主的侄子留下看报社，与此同时，他还能悠闲地享用午餐篮里的美食。

韦伯兄弟开始了工作。罗恩先生开始在印刷版上刷墨。约翰觉得，自己得走了。拉伯把他送到了门口，嘴里还吃着面包和奶酪。

“我不知道你是怎么想的，”拉伯安慰约翰，“你一定能找到工作的——只要你能接受。”

“我知道……那些不需要手艺就能干的活儿。”

“是啊，只不过那些活儿，你不想做而已。”

“可是，”——拉伯请他吃的这顿饭，让约翰燃起了对生活的希望——“我觉得，我肯定能找到我想干的活儿。”

在约翰头上，那个拿着望远镜、穿着红马裤的小个子男人的标志在风中摇摆——他可以从不同的角度，观察波士顿这座城市。

拉伯说：“这儿也有你能做的活儿。不过，不是那种手艺活儿。只是替我们跑腿儿——到波士顿各个地区送报纸，你应该不会感兴趣的。不过，如果你找不到别的活儿，就回来吧。”

“我一定会回来的——不过，我回来，是来告诉你，我找到了一份好工作。”

“你没有亲戚吗？”

“一个也没有。”

“我有好多亲戚呢，”拉伯说，“不过，我父母都过世了。”

“哦。”

“你要回来呀。”

“我会回来的。”

重新让约翰对生活燃起希望的，不仅仅是食物，还有拉伯，和他流露出的那种轻松感、那种自信，这些对他身边的人来说，是一种无形的支持。那卖东西的妇女本来还在担心她丢的那只小猪米娅。她和拉伯谈话后，那种担忧，就消失得无影无踪。拉伯是第一个能让约翰敞开心扉的人。

帕西沃尔·推迪先生是来自巴尔的摩的银匠，他已经出徒了。推迪的到来，成了拉帕姆家讨论得越来越多的话题。他和拉帕姆先生的合作协议正在起草中，在此期间，他住在菲什大街一家便宜的民宅里。吃完早餐，约翰就出去了，直到天黑才回家。很长时间，约翰都没见过这位推迪先生，可是，只听别人没完没了的谈论他，约翰就觉得厌烦了。大家似乎都在谈论这位推迪先生，什么“推迪先生准备签下拉帕姆先生起草的合作协议啦”——“推迪先生不肯签协议啦”——“推迪先生来银器店，似乎喜欢上了朵卡斯啦”——“才不是呢，他喜欢的是梅婕啦”这类闲话。虽然，推迪先生快四十岁了，他还是单身呢——这可是拉帕姆太太打探出来的。

每次听到推迪先生的名字，约翰就感到十分厌恶，一天清晨，在早饭前，他终于见到了推迪先生本人。推迪先生畏缩在银器店旁，希望拉帕姆太太请他进屋吃早餐。他不停地用手指摸着刚刚送来的，要做新扣环的口袋书，肚子饿的咕咕直响。

“喂！”约翰粗鲁地招呼他。那胆小的家伙像一只受子弹惊吓的兔子，吓得跳了起来，把口袋书掉在了地上。

“你在这儿干什么呢？”约翰质问道，假装在抓小偷。

推迪先生咽了咽吐沫，他的喉结因为紧张，一起一伏的，一句话也说不出来。

“你究竟是小偷呢，还是那个我所听说的推迪先生？”

“我是推迪。”

“我是约翰·特雷梅恩。”

“我知道。”

“我去告诉拉帕姆太太一声，你来了——来这儿吃早饭。”

“我只是路过而已——想进去打声招呼。”他的嗓音很奇怪，说话尖声尖气的。约翰觉得，他比自己想的还要讨厌。一个大男人，这么软弱无能、胆小怕事，让约翰觉得气不打一处来。

“哎呀，让你进来你就进来吧，”约翰不耐烦地说，“你都在这儿蹭饭，蹭了两个礼拜了，现在又想来蹭早饭。不过，我才不管呢，跟我没关系。我去告诉那女人，再加个餐盘。”

推迪先生没说什么，不过约翰看到，他露出了恶狠狠的表情，那是对他的憎恶，约翰觉得很诧异。他并没猜到，推迪先生为什么这么仇视自己。

拉帕姆太太拖着沉重的身体，走下了楼梯。这是她第二次上阁楼。她不知道多弗和脏小子起来没有。家里似乎乱了套，早餐晚点、梅婕的手得了甲沟炎，没法干活儿了、朵卡斯抱怨个没完，因为早餐没有黄油了。拉帕姆太太扇了朵卡斯一巴掌，朵卡斯跑出屋，大哭一场。约翰没受伤的时候，家里的一切是那么井井有条！银器店每周的盈利的钱，足够买两次黄油和肉。现在，拉帕姆太太看到约翰·特雷梅恩站在大厅，无所事事、一无是处，就怒不可遏。

“快点儿。”她哼了一声，摇摇晃晃地走进厨房，约翰紧随其后。炉子开始冒烟，她蹲下来处理。这种事儿，她在楼上的时候，约翰就应该做好的。

虽然，约翰被家里人当成败类，拉帕姆太太也不再说，他以后会去捡垃圾的话了，而是说，约翰会被绞死的。虽然，拉帕姆太太对他的态度恶劣，可约翰觉得应该告诉她，自己对推迪先生的看法。

“我知道，为什么推迪先生当不上银器店店主了。他生性懦弱。作为一个男人，他也不合格——我觉得，他根本不是个男子汉。我看，他倒像是个嫁不出去的老姑娘，穿着男人的衣服，假扮男人。”

拉帕姆太太站起身，用通红的前臂擦了擦汗涔涔的头发。

“这还用你告诉我！”她的声音带着愤怒的情绪。她自己也觉得推迪先生不可靠。可是，她还是小心翼翼地维系着他们的关系，好让那警惕的家伙签下契约、娶了自己的一个女儿。

“是啊，我是这么看的，”约翰说，“我刚跟他说话了。他没什么本事，还……”

“他来这儿了？”

“是啊，就在店里呢。那头尖叫的猪想来蹭早饭呢。”

门大敞着。约翰对推迪先生的侮辱，屋里的人听得一清二楚。

拉帕姆太太像一头从烂泥里打滚的母猪，缓慢地站了起来，愤怒地瞪着约翰，她那硕大的胸脯气得上下起伏。

“我来告诉你，我是怎么看那头尖叫的猪的。”约翰想继续说，可还没等他开口，拉帕姆太太的大巴掌就重重地打在了他的脸上，他都来不及躲闪，耳边嗡嗡直响。

拉帕姆太太说：“行动胜过言语，这话有时候很准，现在就是。约翰·特雷梅恩，离开这儿，我不允许你再出口伤害这个家里的人了。”

约翰抓起了夹克（希拉还没有在他兜里放食物），把他那破旧的帽子边压得很低，帽檐恰巧在眼睛上，就大步走出了拉帕姆家。

自从他受了伤，就总是下意识地压低帽檐，还总是把右手插在马裤兜里。他这副模样，显得有些盛气凌人。不过，约翰这种傲气一直都没变，只不过，他受伤以前，这种傲气体现在他的工作上——而不是体现在他怎样戴帽子、怎样走路上。他整天都在做什么，没有告诉过任何人，拉帕姆太太坚信，约翰已经，或者很快就会“学坏”。有时候，他的确看上去落魄而又绝望，换句话说，很可能变成犯罪分子。有时，他显得那么骄傲，好心人还以为，他一定是家道中落的富家公子。不过，他看上去，怎么都不像是从前那个勤奋、聪明的波士顿学徒了。

他从菲什大街走到了安妮大街，穿过码头广场，法纳尔大楼就在他左边。当天，正好是赶集日。约翰经过了农用推车、一堆堆淡绿色的卷心菜、一篮篮金黄色的玉米、一排排肥硕、拔了毛的发白火鸡、橙黄的南瓜——还有像小孩儿脑袋那么大的乡村奶酪。市场上人头攒动，男男女女，大人小孩儿，黑人奴隶，有些人喊他，还以为眼前这个衣衫褴褛、傲气十足的小子，可能是个阔绰的买家。也有些商家在约翰经过以后，仔细数了数桌上摆着的奶酪块儿，看看少了什么没有。

约翰没理会别人，径自穿过多科广场，很快，他就来到了国王大街头上的砖砌联排住宅。住宅的下面那层是开放式的步行场，商人就在那儿“兜售”。不过，现在一个商人也看不到，他们都不像集市的那些商贩起得那么早。约翰突然有个想法，虽然，他遍寻了波士顿的每家商铺，想找个“师傅”，他还没去商铺去看看呢。他坐在联排的住宅楼楼梯上，能看见很短的一段国王大街的路，与朗恩码头相连，让人很难察觉到。再往前走八、九百米，就是大海了。在波士顿，只有朗恩码头比汉考克码头大。在美国，没有哪个码头，像朗恩码头这么大、这么出名、这么繁华。

在汉考克码头的一侧，有很多账房、仓库、帆布店和商店，而码头的另一侧，是专门停靠船只的。时间还早，不过已经有水手、搬运工人、索具装配工忙碌起来。约翰等待着——他觉得自己等了很久——接着，办事员出现了，账房门打开了，仓库开锁了。

最后，商人来了。有些商人在国王大街阔步行走，他们面色红润、胖出了双下颏，大家都认识他们，都和他打招呼，他也认识大家——和大家打招呼；有些商人坐着马车，胳膊搭在车门上；一些商人一脸阴沉、目光锐利；还有些商人迈着水手的步子。就在去年七月，约翰在拉帕姆先生家见过汉考克先生那匹灰色的马、那辆马车，还有他搭在车门的胳膊，如今，那辆马车快速地从国王大街驶向罗恩码头。虽然汉考克先生最近才买下了汉考克码头，他的主要业务还在罗恩码头上。

约翰想，汉考克先生穿的应该是樱桃红色的外套。他亲自驾着马车，不过现在他下了车，让那个滑稽的小黑孩儿停好马车。约翰决定，先从最成功的商人开始，依次往下找，不过，他不会去找商人莱特。所以，他第一个要找的，就是约翰·汉考克先生。

从约翰坐着的地方，可以看到一艘大船缓缓靠岸了——这艘船不是商船，不只是从糖岛开过来的运糖船。因为约翰看见，很多穿着入时的年轻男子，还有码头工人和搬运工，看到船来了，都一拥而上，迎接那艘船。

约翰听见，在他身边，有大马车驶过，发出“咔哒-咔哒”的声音，车夫冲着那些身份低贱的人大喊大叫，“闪开，快闪开。”只见高头黑马，毛色发亮，马具银光闪闪。宝石红色的气派马车，压过卵石路路面，发出阵阵响声，在车门门板上，约翰看到了一个熟悉的标志——一只冉冉升起的眼睛。约翰隐约看到，坐在马车里的，是商人莱特。显然，他听说他的船靠岸了，所以风风火火地从贝肯山庄的豪宅赶来，还时不时地松一松喉咙口的蕾丝装饰。

约翰站起来，走到码头尽头，想去看看是怎么回事儿。没人告诉他，不要看商人莱特一家人，可是，他还是忍不住去看他们，也会觉得内疚。他总会从远处望着他们，他从远处看，就能分辨出谁是谁来。例如，他知道，莱特先生的一颗门牙坏了。莱特夫人已经过世了，他们的两个儿子在儿时溺水身亡，几个女儿在襁褓时夭折了——这些，他都是从莱特家族在考普山的墓地知道的。他还知道，莱特家除了在贝肯山庄的那处豪宅，在米尔顿，还有个乡间别院。还有，拉维尼亚·莱特整个夏天都待在伦敦。现在，她又回波士顿了。

拉维尼亚的个子对于一个女孩儿来说太高了，她身材窈窕，体态优美，她缓缓走下甲板，姿态高贵、忸怩作态，不过，这恰巧是时下流行的淑女步态。约翰很多次在波士顿大街驻足，或是站在莱特家门口，只为一睹这位富家小姐的芳容。他不过是众多仰慕拉维尼亚小姐的一个小伙子，而她是集万千宠爱于一身的佳人。约翰喜欢拉维尼亚那种特别而出众的美貌，她的美貌并不像她的步态那样，不属于时髦那种类型。首先，她太高了，而且，她不是一头金色卷发、皮肤粉嫩的那种公主形象。她的头发是黑色的，只有参加舞会，或出席正式场合时，才会涂脂抹粉，给头发烫卷。她的皮肤苍白，五官精致立体，难怪在伦敦，甚至在波士顿，有很多人都用诗歌向她倾诉爱慕之情，把她比作古典女神，看来并非言过其实。

她有惊为天人的美貌，却有一个小小的缺陷。在她浓黑的眉毛下面，有一个小小的胎记，与眉毛垂直。看来，她的造物主在雕琢这张精致面庞的时候，失了手，不慎将凿子划了一下，留下了这个印记。对于一个风华正茂的年轻姑娘，这样的瑕疵自然让她和她的家人心烦意乱。不过，她现在笑容灿烂、容光焕发，热情地和那些来码头迎接她的绅士们打招呼。约翰并没注意拉维尼亚的穿着，不过那些成衣商、裁缝、帽商、手套商和珠宝商都趋之若鹜。他们清楚，不管拉维尼亚从伦敦买回了什么衣服，都会引领波士顿冬季的时装潮流。

“哦，爸爸！爸爸！”她突然喊了起来，声音显出她的急促之情，眼中流露出的柔情，是那些男士都无法得到的。她像别的乡下姑娘那样，难掩归家的兴奋之情，扑进了父亲的怀抱。

约翰暗暗地表达了对拉维尼亚的蔑视之情，他既不想显得过分关注她，也不显出嫉妒之情。看看那个穿着讲究的木偶，比起梅婕和朵卡斯那两个大块头——那个麻秆身材的拉维尼亚显得弱不禁风。在约翰看来，梅婕和朵卡斯身上，完全没有女性的那种柔美和妩媚，脾气还那么火爆。约翰愤愤地想，希望拉维尼亚吃太多蛋糕和梅子布丁、塞满馅料和酱汁的火鸡，还有热腾腾的鸡蛋卷，吃到撑死。想到美食，约翰空空如也的肚子咕咕直响。他只顾着想美食，忘记了拉维尼亚。只要拉维尼亚愿意，那些珍馐美食，她想吃多少就能吃多少。

约翰在心里盘算，约翰·汉考克先生去账房已经有些时间了，现在去找他，跟他说找工作的事情，汉考克先生一定会有时间接待他的。虽然他的手有残疾，汉考克先生没准儿能让他当个船上服务员什么的。

约翰发现，想去大商人的账房见商人，可不像到手艺人的店铺，找个手艺高超的师傅那么容易。虽然，他决定见到汉考克先生时，先把自己的手被烫伤的事儿告诉他。不过，他想走进账房时，被门口的职员拦住了。约翰觉得没必要把自己手受伤的事儿告诉那个职员，只是说自己想找份工作。

办事员问他，会不会认字、写字。

约翰回答，他会。

那个身材瘦削、眼神邪恶的办事员递给他一份抵押书，让约翰读。约翰读得很流畅。

接着，一直坐在办公室里，在炉火边取暖的汉考克先生走了出来。他被约翰那动听的嗓音所吸引，虽然，在汉考克码头，约翰总是粗声大气地说话，可是，在朗读时，他都会用妈妈教朗读时那种方式，用柔和的声音，清晰地进行朗读。

汉考克先生并没认出，眼前的这个男孩儿，是拉帕姆先生的学徒，他还曾经鲁莽地答应自己，在莉迪亚姑妈生日那天，能按时把订制的糖盆送到他家。没想到，拉帕姆先生最后食言了，说自己做不出来。这些事儿，汉考克先生一点儿都没想起来。

“加一下这些数，孩子。”汉考克先生说着，把手里的一张收据递给了约翰。

约翰也轻松地算出了票据上的数据。接着，汉考克先生又给他出了几道简单的加法题，约翰都靠心算，计算出来了。

办事员和汉考克先生交换了一下眼色。

汉考克告诉约翰："如果你写的字，和你朗读、算数水平一样好，我就会在我的账房给你安排个职位。我一直想找个合适的人手，你的字……"

"我学过写字。"约翰说完，突然觉得害怕了。

办事员把一张纸放在约翰面前，把钢笔蘸好了墨水。

"写'约翰·汉考克先生'这几个字。"

约翰呆呆地盯着那张白纸看。他终于找到了理想的工作地点，他也知道，有很多孩子跟着了不起的商人工作，最后也成为了了不起的商人。是的，没错，只要他努力写，最终会写出"约翰·汉考克先生"这几个字的。想到这儿，他伸出了插在兜里的右手，抓起了钢笔，写了起来。不过，他写的字歪歪扭扭，像是用左手写出来的。

办事员看到约翰写的字，大笑起来。"汉考克先生，这是我见过的，写的最糟糕的字了。"

汉考克先生说："孩子，你一定是慌了，你写的字，肯定比那好多了。"

约翰看了看自己写的那些歪歪扭扭的笔画，喃喃地说："上帝啊，帮帮我吧，我只能写成这样了。"

“哎呀，汉考克先生，您来看看，这孩子的手有残疾。”

汉考克先生听闻，马上扭过头，不想去看约翰那只烫伤的手。

“快走吧，孩子，你快走吧。你明知道自己做不了这差事，还来浪费我宝贵的时间……”

“我是想，也许，您能让我在船舱里当个服务员什么的。”

“让你去给船长端烈酒吗？成天为他跑前跑后吗？不行，孩子，我手下的船长们，只想要健全的孩子当服务员。我看——你还是走吧……求你了。”

约翰失魂落魄地离开了，“我是因为给你做糖盆，才把手烫伤的……现在，你用一句‘你还是走吧……求你了’就把我打发了。”

他来到一家帆布店，找了个背阴的地方，一下躺在了地上。九月末的天气，还像夏天那样温暖。他躺在那里，听到修船厂里传来的“叮叮当当”的锤子声，木制车轮压在地上发出“吱吱嘎嘎”的声音，还有水手长的口哨声。大人孩子都在忙着工作，只有他闲着，没事可做。

他小心翼翼地绕过了一个个装糖浆的桶、走过放牛人和他的牛群，看到了一个熟悉的身影，那是汉考克先生的小黑奴，他正在四处张望。他看到了约翰，就走过来，像个鹦鹉一样，重复着主人的话，“我的主人，约翰·汉考克先生命令我，把这个钱包给刚刚离开他账房的那个穿着破烂鞋子的可怜男孩儿，并且告诉他，祝他一切顺利。”

约翰拿起了钱包，那钱包沉甸甸的。里面一定装了不少铜币，足够他几天的饭钱了。他打开钱包，发现里面装的不是铜币，而是银币。虽然约翰·汉考克先生不敢看约翰那只残疾的手——却忍不住慷慨解囊，给了约翰一份礼物。

一小时以前，约翰还在想拉维尼亚·莱特吃了太多珍馐美味，最后撑死了（如果她愿意），那时候，他就已经饥肠辘辘了。他没吃早饭，他前一天晚上的晚餐，也少得可怜：只喝了一杯牛奶、吃了一小块腌鱼肉——平常，他的食物包括面包、奶酪、苹果和麦芽酒。他闻到从富裕人家和高档饭店飘出来的美食的香味，却从没有品尝过那些美味食物。

一开始，约翰忍住饥饿，有意在各家高档饭店的厨房转转，看看哪一家飘来的味道最棒。在葡萄串酒店的厨房外，他看到厨娘在忙着做烤牛肉，炉子上的辣味布丁冒着热气。在国王咖啡店的厨房，他看到烤乳猪外皮酥脆、香味四溢，似乎要炸开了。他看到那头乳猪，馋得直流口水，不过还是忍住了，继续往前走。空气中，到处弥漫着咖啡和巧克力的浓香。约翰这辈子，还没吃过巧克力，也没喝过咖啡。他又在非洲皇后餐厅的厨房外站下了，他被厨房里的景象震惊了，感觉饥饿难耐，胃里好像有个小猫在折腾，不过他似乎乐在其中，因为他的口袋里，装着汉考克先生给他的银币，随时能进去填饱肚子。他又去克伦威尔之首、联合大街逛了逛，最终决定到非洲皇后去吃晚餐。他看过厨娘在厨房里，有那么多烤乳鸽，每个烤乳鸽里，都塞满了香喷喷的调料，还裹着熏肉。他还看到了，砖砌的烤炉里，是新鲜烤出的各式糕点——苹果派、肉馅派、南瓜饼、梅馅饼。糕点上的酥皮很薄很脆，就像烤焦的餐巾纸。

“别急，小猫，”约翰满意地对自己的胃说话，同时走到厨房里，找了个座位坐下，他知道自己的身份，那里是男仆等工作人员吃饭的地方，而餐厅是尊贵的客人用餐的地方。“今天，你不只有一杯牛奶喝了。你看，来五个烤乳鸽，怎么样啊？”

可是，约翰招呼女服务员，要点菜的时候，服务员先咯咯笑了，又跑去把女店主找来了。

“现在，孩子，”女店主说话的口气有些强硬，“让我看看你的钱。”

看完了约翰口袋里的钱，女店主才放心，她告诉服务员，好好招待这位“小主人”。年轻的服务员和希拉差不多大，约翰点菜时，她竟忍不住大笑起来。约翰要了五个烤乳鸽、每样糕点，他都点了三个，冻鳝（服务员说那是店里的特色菜品）、一份醉牧师——白面包打成小结，放上烘焙。还点了一壶咖啡、一壶巧克力热饮。约翰看见厨房里，为别的客人准备的菜品，还点了“他们要的东西”，服务员又咯咯笑了起来，为他上了菜。

这顿丰盛大餐，约翰只有一点不满意的地方。他没喝过咖啡时，总觉得咖啡的味道十分香醇，可是喝到了咖啡，又觉得它太苦涩。不过，巧克力热饮的甘醇超乎意料地好。

等他结账时，发现这一顿果腹的大餐花了太多钱，懊悔不已。他现在吃饱了，胃里消停了，那种饥肠辘辘的感觉消失了，他觉得“胃里没有小猫了”，好像自己吃下了一只大型犬，一点儿也不饿了。

他刚才在非洲皇后吃的那顿饭花了那么多钱，真是太傻了！他突然想起了拉伯：如果拉伯在，是不会允许他这样糟蹋钱的。他站在餐厅后院铺满鹅卵石的马厩里，才意识到，刚才在非洲皇后餐厅里看到的那个低矮小楼，就是索尔特大道上的波士顿观察家报社。他想穿过院子，去报社找拉伯——可转念一想，又作罢了。只有他和拉伯地位平等，才能去找他、才有资格和他交朋友——现在，他只是个乞丐，绝对不能去找拉伯。

他决定，给自己买双新鞋。他脚上穿的那双鞋，鞋底开了。走起路来，鞋底就啪啪作响，连脚趾头也露了出来，尽管如此，那黑孩子叫他“穿破烂鞋子的孩子”的时候，他感到很反感。

他走出了鞋匠铺，穿着一双新鞋，一个小贩推着车，车上装满了青柠，正朝科恩希尔方向走去，一边走，还一边叫卖：“上好的柠檬和青柠喽——卖柠檬和青柠喽。”

让伊萨娜念念不忘的，就是青柠，拉帕姆太太不给她买，因为青柠太贵了。有的时候，来自印度洋岛的水手或店主会给伊萨娜一个——因为她长得很漂亮，要是谁给了她一个青柠，她准会亲那人一口。

约翰买了很多青柠，把他的夹克衫兜、马裤裤兜，都塞得满满当当的。

该给希拉买礼物了。他剩下的钱，不够买灰色小马、金项链，也买不起小帆船。约翰去了一家文具店，在那里找到了一本很棒的插图书。插图上画的，是加尔文教派的殉道士，他们即将英勇就义。他们虽然就要被处死，处境凄惨，却都在虔诚地祷告。约翰看了看书里的文字，他帮助希拉识字，希拉很快就能看懂这本书了。他又买了彩色蜡笔，不过，他还因为吃的大餐花了那么多钱，懊悔不已。现在，他手里的钱，都不够给希拉买画纸了。

他的新鞋很合脚。虽说，他胃里的大型犬比小猫要沉，却安静得多。约翰兜里，塞满了礼物。他一边走路，一边吹起了口哨。他走进了拉帕姆家的厨房，想告诉大家他去找汉考克先生的经历。

拉帕姆家的女眷们整天都在削苹果，她们把苹果条用绳子穿成串，晾好，做成苹果干，留着冬天吃。忙了一整天，大家都很累了，连拉帕姆太太看起来都是一脸倦容。这时候，她们看到，那个偷懒的学徒约翰大摇大摆走了进来。自约翰受伤的两个月以来，第一次见他这么高兴。拉帕姆太太觉得很生气，她又看到了约翰脚上的新鞋。

“约翰·特雷梅恩，”她大吼起来，“臭小子，你在搞什么鬼名堂？”

“什么？”

“你这个坏小子，坏透了！哦，我敢说，你会让这个家蒙羞的！”

约翰不明白，拉帕姆太太在说什么。

“你的那双鞋！”她咆哮着，“你根本不是靠诚实劳动，挣钱买来的。你是偷来的！我要去告诉你师傅，他会把警察叫来，到时候你就会老老实实的交待，鞋是从哪儿偷来的。你越学越坏，竟然干起偷偷摸摸的事儿来，你会挨鞭子的——会带上刑具的。你会因此坐牢，最后会被绞死。”

约翰一言不发，听凭拉帕姆太太数落，用枝条抽打自己，随后突然跑出了厨房。梅婕和朵卡斯趁机溜了出去。那天下午，皮革裁缝小弗雷泽一直站在街上，等着她们两人出来。小弗雷泽在追求两个姑娘，也已经得到了认可，不过他心里也不清楚，到底是在追求梅婕，还是朵卡斯。拉帕姆太太不知道，两个姑娘也不清楚，就连小弗雷泽自己好像也拿不准。梅婕和朵卡斯都心急如焚，都着急去会情郎。看起来，她们两个之中，如果不跟小弗雷泽结婚，就得嫁给推迪先生了。

约翰站在希拉和伊萨娜面前，两个姑娘蜷缩在角落里，抱在一起，她们的妈妈在骂约翰偷东西的时候，她们像受了惊吓的小动物。约翰看着她们笑了笑，她们看着约翰，也笑了。约翰觉得，能给两个姑娘买了礼物，很是开心，竟忘记了自己的遭遇。

希拉开心地说：“我知道，你是不会去偷东西的。”

“当然不会了，你看啊，姑娘……我给你买蜡笔了。”说着，他掏出蜡笔，放在了桌上。

“给我买的？”

“还有一本有插图的书。你看，希拉，这本书很简单，我想，你自己就能读。”

“哦，约翰，快看啊，看那个滑稽的小个子男人。看那，他的衣服上还有小巧的口子呢。哦，我从没想过，自己能有一本带图片的书。”

约翰又开始从皱皱巴巴的兜里掏出青柠。伊萨娜在他身边蹦蹦跳跳，像个小狗一样，高喊着，“青柠，哦，青柠！”青柠滚到了地板上，四处乱跑。三个孩子赶忙追着去捡。看到伊萨娜那么高兴，希拉觉得比自己得到礼物更开心。当然，最开心的要数约翰了。他第一次，把手有残疾的事情忘得一干二净，好像什么都没发生过，他和希拉、伊萨娜又能开心的在一起玩儿、一起闹了。

他假装不想把青柠给伊萨娜，装模作样地把青柠放到口袋里。不过伊萨娜知道，青柠是约翰给她买的。于是，她搂着约翰，抱着他，还亲吻着约翰衣服的前襟（她只能够到约翰的衣服前襟）。约翰把她搂在怀里，然后把她举过头顶，直到伊萨娜求饶，“放我下来吧。”

突然，伊萨娜那开心的喊声变成了歇斯底里的尖叫。

“别碰我！别用你那只难看的手碰我！”

约翰愣住了。这是别人对他说过的最可怕的话。他像块石头一样，一动不动地站在原地，又把那只受伤的手插回了裤兜里。希拉也惊呆了——她当时正在餐桌下面，手里拿着刚捡起的青柠。

“哦，伊萨娜，你怎么能那样说话？”

小孩子一着急，又嚎哭起来，大声喊：“你走吧，约翰，快走开！我讨厌你的手！”希拉扇了她一巴掌，她又伤心地哭起来。

约翰心灰意冷地走了。

到了这时候，约翰觉得，伊萨娜还太小，才把大家的心声都说了出来。他觉得心都要碎了。他再次想用走步麻醉自己，一直走到累得没法思考为止。九月末的夜很长，约翰还没走到内克街的城门时，天已经黑下来。在他前方，他在半明半暗的天色中，看到那些泥土房周围，有一条路，那是唯一一条将波士顿和美国本土连接起来的路。在那里，他看到了绞刑架——拉帕姆太太说，早晚有一天，他会上绞刑架的。约翰转身，想离开这孤寂的地方，绞刑架和那些自杀者的坟墓令他有些害怕。他漫无目的地走，穿过了科曼山脚下的沼泽地，兜兜转转，最后来到了贝肯岗。他在一个果园里坐了好一会儿，那果园不是莱特家的，就是汉考克先生家的，因为这两家的果园紧挨着。从这儿可以看到他们的豪宅，豪宅里烛火闪耀、宾客如梭，还飘出了竖琴演奏的动听音乐。伊萨娜的话在他耳畔回响着，他一直忍着，没有哭出来，他希望现在，自己也能控制住。接着，他又走到了人烟稀少的西波士顿地区。在传染病院的后面，人们借着路灯的光亮，匆匆地挖了一个新坟。约翰见状，离开了波士顿西区，绕过脏兮兮的米尔湾，来到了自己所在的波士顿北区。他听见胡尔大街上，传来了守夜人踩在卵石路面上的脚步声。法律规定，学徒不准夜间出门。约翰溜进了考伯岗的坟场躲了起来，等守夜人走了，他才能出来。

“丑时已到，夜间平安。”守夜人喊道。

这是一个温暖又舒适的良夜，在这样的夜晚，有月色和星空陪伴，也不失是件幸事。约翰周围都是波士顿已故的人，他们的墓碑一个挨着一个。这里是波士顿最高的地方，地势仅次于贝肯岗。

他的妈妈，就葬在霍尔大街附近，一个没有名字的坟墓里。约翰清楚地记得妈妈的墓地，他飞奔到妈妈的墓前，痛哭起来。他以前一直压抑自己，不让自己哭出来。可是，伊萨娜的话好像击溃了他最后的心理防线。他恸哭，是因为觉得自己可怜，也因为想到如果妈妈还活着，看到他这副落魄模样，会有多么伤心。我没法干体面的工作了，我当不了银匠了——连钟表匠都当不成了。我的朋友不想让我用那只可怕的手去碰他们。

约翰痛哭流涕，他头顶的月亮和星星似乎都不为所动。

约翰哭了一会儿，就趴在地上，一边抽泣，一边反复念叨，说上帝抛弃了他。可能他刚才哭得过于悲痛，这让他觉得释然，竟然睡着了。

约翰突然惊醒，坐了起来。月亮似乎离他越来越近，他看到自己周围，那些墓碑上出现了那些死去人的手臂、他们长着翅膀的头。他现在很清醒，觉得有人在叫自己的名字，他竖起耳朵，仔细听接下来那声音会说什么。很久以前，他妈妈怎么告诉他来着？如果他一无所有，被上帝抛弃了，只有那时候，可以去找莱特先生。约翰耳畔似乎回想着他记忆中，妈妈那甜美的声音。他在半梦半醒之间，看到了妈妈的脸庞，那么慈爱、温柔而又智慧。在考伯岗，妈妈的脸庞透过月光，飘向了约翰。

约翰坐了好久，双臂抱膝。他知道自己该做什么了。他今天就会去找莱特先生。最后，他躺下了，沉沉地睡去，没有忧虑，一夜无梦。

第四章　家族标志

约翰醒来时，天已经大亮了，他觉得很满足，因为他再也不用为生计问题担心了，那是商人莱特要考虑的问题。明天这个时候，他该怎么称呼莱特先生呢？叫他“乔纳森叔叔”呢？还是“莱特表亲”呢？也许，应该叫他“外祖父”？想到这儿，约翰开心地笑了起来。

等他坐着那辆宝石红色的马车，拉帕姆太太看见他，一定会跑过来，神色紧张地给他行屈膝礼。梅婕和朵卡斯看见他，也会惊得目瞪口呆！他要做的第一件事，就是带上希拉，坐着马车兜一圈。他不会邀请伊萨娜的，看着他们远去，伊萨娜会放声大哭！到了那时……约翰开始了无尽遐想。

约翰来到查尔斯敦港，跳进清凉的海水里，洗了个澡。日光暖洋洋的，他洗掉了旧衣服上的污渍，这样，衣服看起来就不会那么不堪入目了。他用手指当梳子，梳了梳他那细长、金黄的头发，咬了咬指甲。现在，他成了莱特家族的人，可以给希拉买下灰色的小马驹，还有马车了。他该给拉帕姆先生买点儿什么呢……对了，他会给师傅买一本印刷精美的《圣经》。至于拉帕姆太太嘛，她什么都不会得到的，太太，对不起，什么也不给你买。

教堂里的钟声响了十下。约翰站起身，朝着朗恩码头的方向走，他那位富有的亲戚——莱特先生的账房就在那边。他路过索尔特大道，看到了《波士顿观察家报》报社上，那个拿着望远镜的滑稽男人的标志。约翰想停下脚步——找那个拉伯——他想告诉他，自己的富有亲戚的事情，不过，他想等莱特先生和他相认、欢迎他加入莱特家族以后，再告诉拉伯。虽然，他一直在心里构想，自己认亲后，会过上多么富裕的日子，可是心里还有些戒备，因为很有可能，莱特先生根本不会欢迎他的——约翰心里清楚这一点。

他走在朗恩码头上，走了一半的时候，看到了一扇门上那个熟悉的标志：一只冉冉升起的眼睛。门开着，约翰敲了敲。屋里有三个办事员，坐在高高的凳子上，背对着他。听到敲门声，他们三个人谁也没回头看看，都忙着记账呢。约翰走进屋，他必须要开口说话了，突然觉得喉咙像是被卡住了，非得大声喊才能说出话来。他没想到自己会这么兴奋，不过，他还在心里埋怨那几个办事员，他敲门进屋的时候，谁都没理会他。等明天，情况就会大不同了。他们见到他，都会殷勤地问候他："早上好啊，小主人，我这就去告诉你舅舅一声——或者你表亲——或者你外祖父。"

最后，一个身材偏胖、脸色红润的年轻人，把一只手指放在刚才自己看的账目上，转过头来，问约翰想干什么。

"是我和莱特先生之间的私事儿。"

"这样啊，"年轻人轻快地说，"就算是私事，最好也告诉我们，是什么私事。"

"是家里的事情。事关名誉问题，除了莱特先生本人，我谁也不能告诉。"

"嗯……"

一个年纪稍长的办事员不怀好意地大笑起来，"看来又一个穷小子，要追求拉维尼亚小姐了。"

年轻的办事员脸红了。约翰知道梅婕和朵卡斯，还有她们的追求者们的事情，所以，他听到这种玩笑话，就明白了拉维尼亚小姐的那些追求者们全都无功而返了。

"快告诉他，"另一个长得像远古蜘蛛的办事员窃笑起来，"莱特先生——啊——对这位先生的错爱倍感荣幸——啊——只可惜他对女儿的未来另有打算，深表遗憾。哈！”他显然是在模仿莱特先生的腔调说话。

那个年轻的办事员羞得满脸通红。他扔下了钢笔，愤愤地说：“你们就不能别提那件事了？到这儿来，孩子，”他一边说，一边转身看着约翰，“莱特先生在屋子里，和两位船长谈话呢。等船长走了，你再进去找他。”

约翰老实地坐在凳子上，一只手拿着他那破旧、又有些傲气的帽子，四下看了看。三个办事员又背对着他，埋头记账。他们的鹅毛笔在纸面写字，发出沙沙的声音。墙上，有一个船的模型，很是漂亮。桌子下面，放的是水手的箱子，里面装的一定是那些地图、海图和票据。

门开了。两个脸色红润、走路摇摇晃晃的人走了出来，莱特先生一一与他们握手，祝他们航程顺利，祝愿上帝保佑他们，然后转身回到自己的屋子。约翰也跟了进去。

莱特先生坐在敞开的窗户旁边，坐在一个红色的皮扶手椅里。他可以从窗户看到码头上停靠的西部之星号——那是他的船。他年轻时，一定仪表堂堂，他的一双眼睛乌黑漂亮，眉毛又黑又浓密，与他头上戴的白色假发相得益彰。不过，他的脸色发黄，还油光满面的，好像烤化的蜡油淌了下来。他的眼皮沉重，多余的脂肪在他眼睛下面形成了厚重的眼袋，垂在突出的颧骨上。

“你干什么？”他质问约翰，“谁让你进来的？你想要什么？你到底是谁啊？”

“先生，”约翰回答，“我叫乔纳森·莱特·特雷梅恩。”

莱特先生沉默了一会儿，他那双炯炯有神的黑眼睛始终看着约翰，眼神没有一丝游移，面不改色。即便他知道这个名字代表什么，也没表露出来。

“那又怎样？”

“我妈妈，先生。”约翰的声音有些发抖，“她告诉我……她总是说……”

莱特先生打开了镶嵌着珠宝的鼻烟壶，闻了闻，吸了吸，然后擦了擦鼻子。

“下面的话我替你说，孩子。你妈妈临死前，告诉你，你在波士顿，有个富有的亲戚，是商人莱特，对不对？”

约翰觉得，莱特先生一定已经知道了他们的亲戚关系。于是，他不假思索地回答：“没错，先生，她是那么说的，不过，我不知道您已经知道这件事了。”

“知道了？我不用知道这些事儿，那不过是老掉牙的故事——老把戏，你还是走吧——是你自己走呢，还是让我叫人来，打发你走？”

“我不走。”约翰固执地说。

“斯沃尔。”莱特并没高声喊，不过那个年轻的办事员马上就站在了门口。

“把他带走，斯沃尔，扔进海里，哈！——你可以用海水给他施洗，再用我的名字当他的教名——哈哈哈！”

莱特先生拿起了报纸，看来约翰的认亲之行就这样结束了。

斯沃尔看了看约翰，约翰看了看斯沃尔。年轻的办事员那胖胖的脸透出和善。

“莱特先生，我可以证实一件事，我的名字是乔纳森·莱特·特雷梅恩。”

“那又怎么样？任何一个乡野村妇都能给孩子取一个富商的名字。应该出台法律禁止这种做法，可惜没有这样的法律。”

约翰觉得很生气。

“你太自以为是了。你除了有钱，还有什么过人之处？我看，随便哪个村妇，都想给孩子取莱特这个名字，这只是你自己这么想罢了！”

莱特先生吹了声口哨。“这么说，真是太放肆了！斯沃尔！”

“是的，先生。”

“把这个小毛孩儿带出去，扔到海里淹死。”

“是，先生。”

斯沃尔轻柔地把手放在了约翰的肩膀上，约翰用力挣脱了。

“我才不要你的臭钱呢，”约翰的话很有骨气，却有些言不由衷。“我现在见到你本人了，才不想当你的亲戚呢。”

“孩子，你的言谈举止，直接反映你的家教。”

“可这就是事实，我还有个杯子，上面有你家族的标志，能证明我说的都是真的。”

莱特先生那病恹恹、却透着智慧光芒的眼睛眨了一下，放出光芒。

“你说，你有我家的杯子？”

“不，是我的杯子。”

“这么说……这么说你有一个杯子。你能描述一下，杯子是什么样的吗？”

约翰详细地描述了杯子，只有银匠能做出那样专业地描述。

“呀，莱特先生，那一定是……”斯沃尔开口说，可是莱特先生不让他说下去。显然，不仅莱特先生，就连他的办事员都知道杯子的事情。约翰得意起来。

“孩子，”莱特先生说：“你——啊——你真给了我一个惊人的消息。不过，我必须要看看你那个杯子。”

“你方便的时候随时可以，先生。”

“我那丢失已久的杯子，如今被我失散多年的小——哈哈——不管你是谁了——阿嚏！”他又吸了吸鼻烟壶，接着说：“今晚，就把杯子带来让我看看，你知道我住在贝肯山庄吧？”

“知道，先生。”

“我们会宰只肥牛犊欢迎你——我失散多年的——不管你是谁。上灯后一小时来找我。你这小浪子，不得了了，还有个杯子，是吧？”

虽然莱特先生应该更热情地接待他，但是，约翰已经觉得很满足了，莱特先生的态度，足以让约翰浮想联翩。他知道，今后的富足生活，不过是自己想象出的空中楼阁，他内心也无法这样轻易相信自己的说辞。不过，他还是硬着头皮走到了菲什大街，来到拉帕姆家门前，脑袋里还在想象自己坐在那辆红宝石色的马车里，兜里揣着钱和手表。

他本想偷偷地溜进阁楼，趁别人不注意，拿走他的杯子的，可是，拉帕姆太太看见他走进来了，就把他叫到了厨房里。这次，拉帕姆太太并没有提起约翰鞋子的事情，显然是姑娘们把事情的经过告诉她了，而拉帕姆太太也相信了。

“约翰，你来得正好，姑娘们，你们不用走。我要说的话，你们都听着。”

约翰有些自鸣得意。他差点就坐着马车来了。

“家公说过，只要他还活着，在这个家里，就有你睡觉的地方。不过，你得回阁楼去住了，约翰。推迪先生会住在病号屋里。这儿也会有你的饭吃。因为我答应了拉帕姆先生。多一张嘴，我们也负担得起。”

“别麻烦了……我走了，不会回来了。”

“等我亲眼看见，才会相信。现在，我得提醒你两件事。”

四个姑娘都坐在一边，背着手，好像在开会。

“首先，你不能再说侮辱推迪先生的话了——至少，在他签合同之前，你不能再说了。什么‘穿着男人衣服的老姑娘’了、‘尖叫的猪’了，这样的话绝对不能再说了。推迪先生很敏感，你严重伤害了他的自尊心。他差点就坐船回巴尔的摩了。”

“对不起。”

“第二，你不能再和希拉说话了。不能再多看我家姑娘一眼了。”

“多看一眼？我用不着多看，也知道她们长什么模样。”

“你这个傲慢无礼的小子，给我把嘴闭上。以后别再纠缠希拉——给她买礼物了——天知道那些钱，你从哪儿弄来的。我告诉希拉了，离你远点儿。我现在告诉你，你必须记住了……”

“太太，我才不会娶你那个流鼻涕、瞪眼珠、长得像青蛙似的女儿呢，就算你用金盘子给她作陪嫁，我也不会娶她的。说实话——我才不稀罕女孩儿呢——我也不喜欢女人——说着，约翰看了看拉帕姆太太——我看推迪先生也是这么想的。”

说完，他上阁楼去拿杯子了。

约翰从阁楼下来，看到家里能干的女眷都在院子里晾衣服。希拉心不在焉地削着苹果皮。她的动作很熟练，她做这种活儿时，总是这副样子。伊萨娜在吃苹果皮，用不了晚上，她就得吐。

希拉抬起头，她的脸尖尖的，白皙得几近透明。长而浓密的眼毛下，是一双浅褐色的眼睛，还有些绿色光泽。约翰心想，她绝不是鼓眼珠的女孩儿。

“约翰疯了。”希拉柔声说。

“他的耳朵都红了！他疯了！”伊萨娜随声附和。

约翰听到她们这么说，觉得无比开心，因为她们又开始挖苦自己了，她们不再可怜他，也不再怕他，这还是他出事以来，第一次遭到她们挖苦呢。

“鼓眼睛、流鼻涕的青蛙！”

约翰把杯子装在法兰绒布袋里，开始消磨时间，等着拿杯子去找莱特先生。

整整一、两个小时，他都在憧憬自己美好的未来。他仿佛看见，商人莱特紧紧抓着自己，他那智慧的黑眼睛里含着热泪——用他那夸张的“啊——哈哈”的说话方式，把他这个“失散多年的，管他是什么”的亲戚一把搂过来，他靠在莱特先生他那贵重的马甲前。尽管约翰对女孩儿不感兴趣，可是，他还是决定，亲吻一下拉维尼亚的额头。他梦想着，就要享受荣华富贵了，顿觉自信满满，想去看看“那个拉伯”。自从他们分开，他每天都想回去看看拉伯。

拉伯看到约翰回来，没觉得意外。约翰滔滔不绝地给他讲认亲的奇怪经历，拉伯并没觉得奇怪。天色已经黑了，约翰希望，罗恩姑父和韦伯兄弟都回家。拉伯在等《波士顿观察家》报纸上的墨迹都干了，好把报纸叠好。他坐在那里，伸直一双长腿，双手放在脖颈后面。

“莱特挺坏的，你知道吗？”他终于开口说话了。

“我听说了。”

“他是个老狐狸。之前，波士顿的商人们都达成一致，《印花税法案》废除以前，不进口英国货物。莱特是第一批签字的商人——可是，他还是偷着进口英国货物，再用别的名字把货卖出去，从中赚取差价，大赚一笔。萨姆·亚当斯私下找他谈——吓唬他。他嘴上说不敢那么做了。不过，他想当两面派——辉格党和托利党，他谁也不想得罪。”

约翰一直与拉帕姆家生活在一起，对外面的世界知之甚少，他不知道，辉格党和托利党的党派之争，把波士顿的政坛划分为两大阵营。辉格党宣称：未经民选代表同意就征税，就是赤裸裸的专制。而托利党则坚信：民众只要有耐心、尊重政府统治，假以时日，所有的争议都能解决。

拉伯显然是辉格党人。“有些托利党人我能忍受，”他接着说：“例如，像哈钦森总督那样的人。他们认为，英国议会施加给我们的，我们只要照单全收，就会天下太平了——不管那些英国人怎么伤害我们、侮辱我们、用税收剥削我们，我们都不能反抗。他们宣称，我们美洲的殖民地力量弱小，离不开英国的帮助和指引。不过，哈钦森总督是好人。只是，我们会打败他，会把他赶下台。萨姆·亚当斯已经在运作这件事了。不过，我受不了像莱特这样的人，他们只关心自己，只看重自己的利益。相当两面派，走中间路线。”

“如果我能选择，我才不会选他当亲戚呢。不过，俗话说得好，要饭的不能挑肥拣瘦——我就是个要饭的。时间差不多了，我该去找他了。”

拉伯善解人意，他知道，约翰不希望在莱特面前显得穷酸，于是，他去了他睡觉的阁楼一趟，回来时，手里拿了一件上好亚麻布料的白色衬衫，干净整洁，还有一件浅黄色夹克，上面有银色的纽扣。

“我穿着太小了，你穿应该合身。”

约翰穿着确实合身。

约翰觉得很神奇，柜台上突然出现了面包、奶酪——约翰都没看见这些食物是什么时候出现的。自从他昨天早上饱餐一顿后，就没再吃东西。

约翰那一头金色的直发梳得整整齐齐，用丝带扎好，穿着帅气的夹克，和那件洁白的衬衫，看上去样貌不俗，像个大户人家的孩子。

报社的钟显示的时间，距离太阳落山差不多有一个小时了。拉伯开始叠报纸。

“你可以睡在这儿，”拉伯告诉约翰，“如果他们不接受你。可是……祝你好运，勇敢的小伙子。”

贝肯山庄远离海港、商铺、和城镇的喧嚣，约翰站在山庄里，犹豫不前。一个没有工作的穷学徒，摇身一变，成了莱特先生失散多年的、不知什么关系的亲戚。他拿起莱特先生前门上，那闪闪发光的铜门环，叩响了，马上有位女仆出来招呼他，她询问约翰的名字，给他屈膝行礼。

“我是乔纳森·莱特·特雷梅恩。”

莱特家的前厅很大，厅里是通向楼上的楼梯，又气派又宽敞，走上去要花很长时间。墙上挂着莱特一家人的肖像画：画中的莱特先生风华正茂，青春健康，英姿勃发；拉维尼亚的肖像是早在她去伦敦前很久的时候画的，她年少时就气质不凡，长成少女以后依然如此。时光流逝，一些老旧的物件已经发黑了，它们至少有上百年的历史了。那是故去的莱特家祖先早已风干、现在流淌在约翰血管中的血液吗？

约翰左边，是莱特家的休息室，屋里传出了钢琴、低语声和笑声。是不是女仆告诉他们，约翰来了，他们便开怀地笑了起来？约翰希望，报自己名字时，报的是他的真名，约翰·特雷梅恩。

“啊–哈–哈，”说话的一定是莱特先生了，“带他进来，珍妮。我们开个小型的家庭聚会。大家都想看看他，是吧？”

约翰走进休息室，第一印象是：几十只蜡烛，把宽敞的、带有白色、紫色和黄色装饰的气派房间通体照亮，烛光映射在镜子里，照亮了银光闪闪的地板和气派的红木家具。房间的另一端，站着一些人。

约翰站了一会儿，觉得紧张，他不想做错事。他发现，自己刚买的那双他引以为傲的鞋，并不像这里的绅士们穿的那种小巧的、带着鞋带的鞋子。

“看呐，”莱特先生一边招呼约翰，一边站起来，不过，他并没走近约翰，“看来，我们又见面了？”

“是的，先生。”

“拉维尼亚，塔波特表亲，贝斯特姨妈，你们觉得他怎么样？”

贝斯特姨妈是个又老又丑、脾气暴躁的老妇人，她拄一根金头拐杖，老得长了胡子，牙都掉光了。她宣称，约翰和她想的一样糟糕。

拉维尼亚刚才在弹琴，这时，也转过身。她穿着一件笔挺的松绿石蓝色的连衣裙，裙子完美地衬出了她的姣好身姿。她歪头看着约翰，这种姿势约翰见过：淑女在决定买哪个银茶壶之前，也会这样歪着头看茶壶的。

“爸爸，至少，他比咱们大多数亲戚都帅气多了。斯沃尔表亲，你说是不是啊？”她问那个面色红润的失恋办事员，他没回答，只是弹奏起了拉维尼亚刚才弹奏的曲子。

“没错，女儿。”莱特先生一边回答，一边迅速地打量着约翰，“像个小绅士——我说的是上半身穿的衣服。衣服上还有银扣呢，是吧？还穿着带褶的衬衫？”

约翰迅速环顾了一下“小型家庭聚会。”接着，他低声招呼他们，可是他说话声太小了，又站在屋子的另一边，没有人理会他。

从八月份，约翰就经常遇到这种冷遇，他已经习以为常了。虽然那些——啊——下等人不了解上流社会家庭的一些家丑，可有些，他们还是有所耳闻的。莱特先生招呼约翰过去。

“孩子，你把杯子带来了吗？”

“杯子在这儿呢——在这个袋子里。”

“很好。你能不能——各位——你们能不能移步到餐厅去？”众人走到餐厅，着实费了些时间，贝斯特姨妈必须走在最前面，还必须有人在后面推着她走，她需要用那根金头拐杖保持平衡。她不停地责骂、抱怨、冲着大家吹胡子瞪眼，莱特先生也不例外。

只有拉维尼亚，还坐在钢琴前面，斯沃尔表亲俯下身，他也没去餐厅。

餐柜上摆着的三只杯子，与约翰的杯子一模一样。约翰默默地拿出口袋里的杯子，放在了那三只杯子旁边，接着后退几步，看着身边那些穿着丝绸衣服、珠光宝气、擦着香水的上等人。

莱特先生拿起约翰的杯子，仔细端详了一番，又拿起了自己的一个杯子，比较了一会儿。他没说什么，而是把约翰的杯子递给了一位穿着便装、身材结实、目前为止一言未发的先生。

“我看，”莱特先生轻声说，“各位先生、女士都会认同，我们的这位——啊，表亲，是吧？他带来的这个杯子，就是这套杯子中的一只。”

众人都低声私语，表示赞同。约翰能听到，远处传来了拉维尼亚弹奏的钢琴声。

“很明显，这个杯子现在物归原主，可问题是，当初它是怎么跟它的兄弟们分开的呢？”

“事实上，”莱特先生的声音润滑如油，“我宣布，这个杯子，就是小偷从我家偷走的那个杯子。小偷是八月二十三号，从那边破窗而入的，警长，我命令您以入室盗窃的罪名，逮捕这个小子。”

莱特先生话音刚落，约翰刚才注意到的那位身材魁梧的绅士，就把他那只粗重的手放在了约翰肩膀上。接着，约翰耳边断断续续地响起了警察常说的那些话。

“约翰·特雷梅恩，自称是乔纳森·莱特·特雷梅恩……以法莲·拉帕姆的学徒……以国王和海湾殖民地的名义……杯子……于……一七七三年……月……二十三号偷盗。”

“这不是真的。”约翰说。

“你还是去跟法官解释吧。”

“好吧，我会跟他解释，也要跟他解释。”他受到这种严重的指控（一个孩子会因为偷盗银杯而处以绞刑），完全吓坏了，呆呆地站在那儿。这种冷静留给别人不好的印象，对他不利。贝斯特姨妈用拐杖指着他，说希望自己能活到看到约翰绞死那一天，还说约翰是一个十足的小恶棍——看他长得就像。一个脸色红润的女人在不停摇着粉色的羽毛扇。她以为，约翰长着一张无辜的脸，这无疑是那些坏小子的最佳伪装。

“不，”另一个人说，“看看他眼神游移。”

贝斯特粗声粗气说，“看看他衣服上那些银扣吧，我敢肯定，那些也是偷来的。”

“衣服是别人借给我的。”

“借给你的？谁借给你的，说啊？”

“是报社的一个男孩儿。我不知道他姓什么。他就在《波士顿观察家》的报社……他叫拉伯。”

“他的衣服值几个钱。你觉得，连一个姓都不知道的人，会借给你这么贵重的衣服吗？”

“虽然听着不像真的——不过确有此事。”

“警长，顺便查查衣服的来历。”

“一定会查的，莱特先生。”

“我派斯沃尔去拉帕姆一家打听了——那家人很值得

尊重，他们很谦卑、是虔诚的信徒，只是日子过得清贫些。拉帕姆太太发誓，这个孩子从没穿过他现在穿的这件衣服。至于他的真实名字，她给斯沃尔看了这孩子母亲签订的契约，契约里的名字是约翰·特雷梅恩，而不是乔纳森·莱特·特雷梅恩。拉帕姆太太十分确定，最近，这孩子走了歪路——开始偷鞋和一些小东西。她发誓，约翰没有什么杯子。拉帕姆先生的合伙人，推迪先生说，这孩子是个大骗子，名声很差的。”

警长一边说，一边掏出了手铐，“啪”地一声，把约翰的手和他的手拷在了一起。

“莱特先生，等我把这个小流氓关起来，就回来喝你答应奖赏我的潘趣酒”他离开时，兴冲冲地说。约翰在屋子里听到的最后声音，是拉维尼亚演奏的美妙钢琴声。

一路上，手拷的链子“哐啷、哐啷”地响个不停，警长一言不发，直到他们来到了监狱大路的石监狱。狱警在罪犯簿上记录约翰的名字时，警长善意地说：

“听我说，孩子，你还是有些权力的。你想把你被抓的事通知谁？除了莱特先生，你还有别的亲戚吗？把拉帕姆先生找来怎么样？”

“他不再是我的师傅了。一个月前，他就把我解雇了。”

“你有亲戚吗？你父母呢？”

“我没有亲人了。您能把报社的那个男孩儿找来吗？他个子很高，皮肤黝黑——我只知道，他叫拉伯。”

“你就是偷了他的衣服，对吧？我今晚正要去找他呢。”

说来也奇怪，约翰在监狱里的草甸子上，竟然睡得很香。前一晚，他还躺在考伯岗的墓地里大哭了一场呢。看来，他已经跌入了人生的谷底，再也没法往下跌落了。不管发生什么，他只会逆流而上。他知道，跟莱特先生对他的恶毒指控相比，小女孩儿伊萨娜发出的尖叫声根本不算什么，不过，那尖叫声还是令他心碎。他能忍受入室盗窃的指控，他觉得自己内心足够坚强，什么都可以承受了。可是，他还忍不住想城门那边的绞刑架，约翰似乎在黑夜中看到了那些绞刑架，好像在向他发出警告。

约翰在狱中的早餐是玉米粥，还没等他吃完，拉伯就来了。约翰知道，他会来的。拉伯带来了毛毯、书籍和食物。他看起来漫不经心，好像朋友进了监狱是件稀松平常的事情。约翰看到他健壮的棕色脖子上，挂着一块勋章，章上刻着“自由之树”的字样。看来，拉伯是那个出名的秘密组织“自由之子”的成员，这个组织的成员都是些精心组织起来的“暴徒”，他们经常自行主持公道。他们令皇家官员闻风丧胆，纷纷逃离了波士顿；帮助美国海军摆脱英国海军将领的摆布，那些英国海军将领在美国，不敢像在他们本国那样作威作福。他们随时可以让商会、法庭、政府陷入瘫痪状态。夜里，约翰听到过很多次，“自由之子”的成员组织活动时，吹的口哨声、螺号声、他们喊的口号“镇上的居民，行动起来”，还有他们跑步的声音。第二天，约翰会看到他们挂出的画像、拆掉的托利党人家的篱笆，打碎的玻璃；会听说皇家委员会的某位会员被吓得逃离了波士顿。又会听说某某商人高喊组织的口号时，痛哭流涕，信誓旦旦地说，只要英美之间的仇隙一天不消除，就一天不和英国人做生意。拉帕姆一家就痛恨自由之子这种无法无天的做法，约翰从未考虑过这些政治问题。他看到拉伯的勋章，就在想，要是能跟他们一起去参加活动，该是多好玩儿的事情。

拉伯戴着的那枚勋章倒是很有用处，看守和监狱官都是自由之子的成员。他们在一楼，给约翰安排了一间单独的牢房，房间干净整洁，这种牢房都是给陷入债务问题的绅士准备的。

在这间牢房里，约翰把事情的经过，一五一十地告诉了拉伯。拉伯已经查清楚，约翰的案子会在下周二开庭，法官是达纳先生。如果法官认为，犯罪证据不足，无法定罪，或提请更高级法院审察这个案子，就会当庭释放约翰。接着，他问约翰，在八月二十三日之前，有没有把那个杯子给别人看过。目击证人会证实，在莱特家的杯子被偷走之前，杯子为约翰所有。

“怎么了，当然有了——给希拉·拉帕姆看过。那还是七月份的事儿呢，日子我记得很清楚，就是汉考克先生来店里订银糖盆那天。是七月二号——那天是星期二。”

“这就足够帮你赢了官司。莱特先生找了个这么不堪一击的罪名指控你，未免太愚蠢了。”

“他说过，那个杯子丢的时候，就想到像我这样的人会去找他，你觉得这话是什么意思？”

“我也不知道他那精明、邪恶的脑袋是怎么想的，不过，我觉得他觉得，你想冒充他的亲戚。你先偷了他的杯子，再去认亲，来证实你和他的亲戚关系。当然，希拉会出庭为你作证的。”

“她会的，不过她妈妈得同意。”

“拉帕姆太太会证明你品行端正吗？”

“不会的。她认为，我这些天我学坏了，连牧师的假发都想偷。”

第二天，拉伯又在那个时间来看他，不过看起来忧心忡忡的。莱特先生亲自去了拉帕姆家（坐着宝石红色的马车),订了很多银器:勺子、茶叶盒、如果一切顺利,他还会订一个高三十多厘米的大啤酒杯。

“想贿赂他们吗?”

“希拉告诉我,莱特先生已经付了订金。拉帕姆太太说,不会让她的女儿跟像你这样丢人的人扯上关系了。她还扬言,下周二会把希拉锁起来。”

“这么说,我只能等死了?”

“拉帕姆太太还铁了心,想讨好推迪先生。如果推迪先生不签合同,不马上干活儿,那莱特先生订的货就做不出来。可怜的拉帕姆先生,现在只顾着读《圣经》,别的事情一概不管不问,他说,自己就要去见上帝了。顺便提一句,推迪先生真的恨你,他说你叫他‘尖叫的猪’,他讨厌你那么称呼他。”

“没错,我是叫他‘尖叫的猪’了。没想到,他还会在乎这个。”

“是啊——你口无遮拦,管别人叫‘尖叫的猪’,别人会记恨你、报复你的,到时候,你只能忍着。当然,他们不一定会反唇相讥——多半因为,他们的反应不像你那么快——可是他们会记在心里,伺机报复。这次,推迪先生就抓住了报复你的机会。他说,如果拉帕姆太太同意希拉给你作证,他就坐船回巴尔的摩。他自称天生敏感,是位伟大的艺术家,不堪忍受小偷强盗的侮辱。不过——别管那些了。他这么锱铢必报，挺没趣的……”

“哦，看在老天爷的份儿上，别去想那些尖叫的猪了。”约翰闷闷不乐地说。

“那咱们说说律师的事儿吧。我已经找约西亚·昆西谈了，他经常为我们报社撰稿。他说，如果你想请他为你辩护，他随时都能来。”

“约西亚·昆西？算了，拉伯，你还是别找他来了……”

“你不想请他吗？他可是波士顿最好的年轻律师了。”

“我请不起他。”

“你不明白，他会免费当你的律师。今天下午，他就会来看你。到时候，我去找希拉，这次我不会让她妈妈知道的，我跟她商量商量给你作证的事儿。”

“这么说，我有没有罪，全取决于希拉了，是吗？”约翰问。

“嗯……差不多吧。”

“拉帕姆太太和那头尖叫的——我是说推迪——他们不是说，会把希拉锁起来吗？”

“把她锁起来，我就没法找她出来了吗？小伙子，我会把她救出来的，把她救出伦敦塔。那女孩儿会给你作证的，就算她因此送命，我也会让她出庭的。她叫什么名字？”

“普雷希拉。”

“那么，如果我因此受指控，希望普雷希拉能站出来替我说话。那个小姑娘怎么样——她是不是像她看上去那么聪明？”

“不，我觉得她根本不聪明。她像只鹦鹉，只会学舌。总是跟着希拉，重复她的话，或者重复别人告诉她的话，好像她没有自己的想法。”

达那法官端坐法庭，他身材敦实、面色红润，穿着一袭黑色丝绸法官袍，头戴羊毛做的白色长假发。

约翰坐在昆西律师旁边，他盯着法官那双紧绷的手看，紧绷得双手透露出了法官紧张的情绪。约翰听法官主持法庭，问站在他面前那些受指控的男男女女一些简短的问题。他看到，法官释放了一些人、罚了一些人的款、判处一些人鞭刑、戴刑具、把一些案件交给上一级法庭审理。约翰知道，法官很快就会审理自己的案件，因为他听到，法官告诉书记员去朗恩码头，传唤商人莱特先生半小时之内出庭。

约翰开始坐立不安，他仔细搜寻着法庭上的每一张脸，可是，他并没有看到拉伯和希拉，于是，马上觉得恐慌。

昆西在他耳边轻声低语。

“拉伯说，十一点之前会把她带来。拉伯从不食言。”

约翰很喜欢这位年轻的律师，他体格瘦弱，因为发烧，脸颊通红。他不停咳嗽，看来他注定英年早逝。约翰想起，妈妈生病时就是这种症状——高烧不退、不停咳嗽，最后病死了。年轻律师的脸上洋溢着机敏、热情的气息，他很英俊，美中不足的，是一只眼睛长了白斑。

莱特先生走进法庭，后面跟着他那穷亲戚，也是他的办事员斯沃尔。他走路大摇大摆，目中无人，走进法庭后，还兴致勃勃地跟法官打招呼。法庭上，被指控卖发霉面包的女面包师正在为自己辩护，莱特先生打断了她的申辩，好像整个法庭都是他的。接着，传来一阵马车和马具的叮当响声。大家都莫名兴奋起来，原来是拉维尼亚小姐走进了法庭。她故作谦卑姿态，坐在了靠门的一个座位上。

看到拉维尼亚小姐，法官也有意识地整理了一下领口的镶边，斯沃尔的脸羞红了。女面包师一转身，看到了那位身穿深色华服、漂亮而高贵的小姐，惊得目瞪口呆，竟一时忘记了自己的申辩词。莱特小姐焦躁不安，很快，就觉得无聊了，她总会做出让人意想不到的事。

“原告，乔纳森·莱特，被告，约翰·特雷梅恩，即乔纳森·莱特·特雷梅恩。”

昆西律师偷偷地，在约翰的膝盖上轻轻拍了一下。约翰知道，他必须得站到被告席上，把手放在圣经上宣誓：所述均为实情，毫无隐瞒——他在心里默默祷告，希望上帝能救他。约翰很害怕，他走上法庭，就意识到，那可能是自己迈向绞刑架的第一步，而绞刑架，就在城门外的暗处，向他招手呢。

接下来，考官传唤莱特走上法庭，他也说了和约翰同样的誓词，昆西律师用健全的眼睛看了看约翰，发现约翰正在默念什么。钟声敲响了十一下，拉伯和希拉果然出现在了法庭门口。拉伯一如往常，皮肤黝黑，看上去神秘而干练。希拉穿了件斗篷，斗篷把她的脸遮住了一半。

莱特先生说话很随意，好像整个法庭只有他和法官两个人，他们坐在小酒馆，一边吃核桃、喝马德拉葡萄酒，一边闲聊。他说起了自己的祖父，乔纳森·莱特当年在英国肯特的考斯威当市长时，定做了六个相同的杯子——一个儿子一个杯子，其中四个杯子被他带到了美国。这四只杯子都在他手里，8月23日夜间，有盗贼从他家餐厅破窗而入。打碎的窗户空间很小，成年人爬不进来，因此，他推断是一个青年溜进了他的宅子，偷走了其中一只名贵的杯子。

接着，他冲斯沃尔打了个响指，他的办事员马上走上前，将四只杯子摆在了法官面前的桌子上。

“这就是那只被偷走的杯子，”莱特先生自信满满地说，“我给他系上了红丝带。”莱特先生说话时，那双狡黠的黑眼睛里掠过了一丝光芒。接着，他又绘声绘色地讲述，约翰是如何到他账房找他，自称是他的亲戚、他又是如何将计就计，引诱约翰上钩，智擒约翰、拿回了那只失窃杯子的事情。

法官问道："莱特先生，这孩子有可能是你的亲戚吗？他说的话是真的吗？"

"不，不，那不可能。能否请法官大人过目这份契约？这是这孩子的前任师傅，拉帕姆先生好心借给我用的。您看，契约上的署名是约翰·特雷梅恩，根本不是莱特。一定是这孩子的长辈怂恿他，干出这种可恨、卑鄙的勾当。我只想拿回失窃的财物，不想深究，也不想把拉帕姆家的人牵扯进来。拉帕姆一家都是虔诚的教徒，为人谦卑诚实。"他认为这桩偷窃案，依照目前的证据，是铁证如山，毫无疑问，约翰的罪名是成立的。莱特先生恳请法官判处罪犯死刑，他说，波士顿近来偷窃案频发，那些穷苦的学徒，愈加不受控制，应该杀一儆百，肃清社会风气。

"定罪是法庭的事儿。"法官气愤地说，接着，他吸了吸鼻烟壶。莱特先生也掏出了鼻烟壶，吸了吸。

昆西律师让约翰做被告陈述，约翰看到了拉伯和希拉，心里就有了底气，于是，他自信地讲述了自己的遭遇。在此之前，他从未在大庭广众之下讲过话，不过，他觉得法庭上的人都在静静地听他讲述，也都相信他，于是，他的状态越来越好。他首先讲述了妈妈给了他这个杯子的事和妈妈嘱咐他的话，她不允许自己卖掉这杯子，绝对不能。妈妈还叮嘱他，除非走投无路，才能投奔莱特。接着，他简要地讲述了他是如何受伤、如何到处找工作、他的绝望处境、到后来，他是如何被抓的。大家听了，都在庭下小声议论，还响起零星的掌声，那是在为约翰的慷慨陈词而叫好。

昆西律师问，“约翰，你是不是听了母亲的话，没有把杯子给任何人看过？”

“有一次，我给别人看了杯子。那是在七月二号那天，我只记得大概，也许没太在意。我把这件事情告诉了主人的女儿，普雷希拉·拉帕姆。我告诉她，妈妈把我的真实名字告诉了我，我还告诉她杯子的事儿了。她想看看那杯子，当时刚刚天亮——那是七月三号清晨，是星期二。”

接着，法庭传唤了希拉。在约翰的印象里，希拉是一个腼腆的姑娘，但是这次，她勇敢地站在法官面前，用清晰、低沉的声音，讲述了事情的经过。约翰为她感到骄傲。从前，他总是觉得希拉是个相貌平平、瘦骨嶙峋的姑娘，不过此刻，他觉得希拉看上去，是那样美丽动人。

希拉说完，法庭骚动起来，比莱特先生和他漂亮的女儿走进法庭时引起的骚动更为盛大。接着，伊萨娜跑进了法庭，她那头金色的卷发披散着，像一只老鼠，悄无声息地，一路飞奔到了证人席。接着，她停下脚步，没有宣誓，也没按照正常的法律程序，径直扑向了达那法官，又向法官重复了一遍希拉刚才讲述的故事。约翰知道，他告诉希拉自己的秘密时，伊萨娜已经呼呼大睡了，自己给希拉看杯子的时候，伊萨娜还没起床呢。不过，约翰听她有板有眼地讲述着事先编排的台词，还替约翰说了很多好话，这让约翰颇为感动。只不过，这一切都是小姑娘编造出来的。

达那法官几次无可奈何地问，“这是怎么回事儿？”“我不能接受这样的证词”，希拉也试图让伊萨娜闭嘴，伊萨娜并不理会，完整地讲述了自己的证词，才停下来。她的讲述引人入胜，她好像来自天外的精灵。她的证词算是说得相当充分了。

“上帝保佑！”法官发出一声感叹，擤了擤鼻涕。接着问伊萨娜：“你几岁了？”

“八岁了，先生，很快我就九岁了。”

“好啊——好姑娘——我兜里有块糖，你拿去吧，到那边，安安静静地吃糖去吧，给你。”

法官当堂就宣布，指控不成立。他说，没有丝毫证据能证明，被告的杯子是偷来的，也无法证明，那只系着红丝带、现在为莱特先生非法占有的杯子，就是莱特先生在八月份丢失的那只杯子，证据不足。拉帕姆家的两位小姑娘已经提供了充分的证词（莱特先生自己不是都说过，拉帕姆家的人诚实可信吗？），虽然看似不可能，但是，这只银杯确实为被告所有，而不是莱特家的先祖在肯特郡的考斯威当市长时订做的那六只杯子之一。法官让约翰拿走那只系着红丝带的杯子，那是他的杯子。如果他愿意，还可以指控莱特先生诬告他，不过他不建议约翰那么做——因为莱特先生的势力太大了。

约翰拿起了杯子。过了一会儿，他和昆西律师、拉伯，还有希拉都走出法庭，站在大街上，沐浴在温暖的阳光中。他们兴奋不已，开怀大笑。律师说，他们现在一起走，他会请大家去酒馆，大餐一顿，举杯畅饮，庆祝约翰重获自由。可是，伊萨娜去哪儿了？

她还在法庭里呢，拉维尼亚小姐的手戴着手套，她牵着伊萨娜的一只小手。小姑娘惊讶地抬起头，定睛看着眼前这位漂亮的小姐。

希拉很生气，她召唤妹妹。莱特小姐上了马车，马车很高，不过莱特小姐的腿很长，身体也很灵活，上马车根本没费力气。

"那个小姐说，"伊萨娜说着，气喘吁吁，"她说，从没见过我这么漂亮的女孩儿……在伦敦的什么巷里，她都没见过。”

“是德鲁里巷，”昆西律师面无表情地说，“我觉得她说得没错。”

“拉伯，”小姑娘问，“我刚才说得不错吧？”

“简直是完美，只是有些地方，你是以第一人称叙述的，虽然不是真实的，不过……你能靠这个吃饭了。”

接着，小姑娘又跑到约翰那儿，想亲吻他，可是约翰觉得在大街上被小姑娘亲，有点丢人。

“你嘴里全都是糖，我才不干呢。”约翰连忙说。

小姑娘俯下身，亲吻了一下约翰那只受伤的手。

约翰什么也没说，他突然害怕起来，真怕自己会在大街上放声大哭。

第五章 《波士顿观察家》报

约翰一行人来到非洲皇后餐厅，在大厅里用餐。这次，没人提出，要看昆西先生的钱是不是真的。约翰和伙伴们有些吵闹。伊萨娜、约翰和昆西先生兴高采烈，也最活跃。辉格党的很多领袖每天都会到非洲皇后餐厅用餐，他们相继来到昆西的餐桌前，嘲笑莱特先生，说他早晨在法庭上当众出丑了。那只老狐狸虽然狡猾无比，还不是被昆西先生抓了现形，想从一个学徒手里偷走银杯吗？昆西先生羞得满脸通红，他很高兴，点头默认。不过，他郑重其事地警告约翰，要当心。莱特是个骄傲的人，这次，他的自尊心受到了伤害。从现在开始，他就会视约翰为敌。可是，这并没有破坏大家的兴致，大家都很开心，只是伊萨娜喝多了酒，又吐了，这次，她吐在了乳酒冻上。

拉伯给约翰讲述了当天，他是如何让希拉出庭的经过，约翰听了，感到有些失望。事实还没有约翰预想的一半精彩呢。拉伯只是给拉帕姆太太出示了一封有哈钦森总督签名、并且盖着殖民地政府印章的信，就顺利地带走了希拉。信是总督先生给罗恩先生和其他印刷商的，命令他们不许再印刷那些反动的、具有煽动性言论的出版物——否则，就对他们不客气。拉帕姆太太目不识丁，拉伯拉着希拉的手，让拉帕姆太太看看那封信，并且指着那个印章，说，“这可是总督大人的命令。”还没等拉帕姆太太叫有文化的推迪先生出来，拉伯就拉着希拉跑了，一路跑到了法庭。在此之前，拉伯已经教会伊萨娜到法庭后怎么做了。为以防万一，他还把小姑娘藏了起来，一旦希拉没法出庭，就会让伊萨娜出庭作证。他认为，这两个姑娘在法庭的表现都很出众。

“莱特小姐就是这么说的，”小姑娘兴奋地说。“至少，她告诉我，我很棒，还说……”

“哦，别说了，”约翰粗鲁地打断了她。伊萨娜有点儿得意忘形了。

用餐时，拉伯认为，约翰打算回拉帕姆家，而希拉还以为约翰要搬到拉伯住的地方。不过，约翰决定了——在他找到工作，至少找一份比替罗恩姑父送报纸更体面的工作，他谁家他也不去。他注意到，在非洲皇后餐厅有多少忙前忙后的服务员。

海上吹起狂风，卷起浪潮，又将它们重重地拍击在了码头上。到了秋天，白天秋高气爽，风清云朗，可到了晚上，外面就变冷了，而且一天冷似一天。不过，躲在马厩里，盖上干草，或者马毯，倚在动物温暖的身体旁，夜晚也能安然入睡，不会感觉那么冷了。

那一晚，约翰就睡在了马厩里，第二天，他找到了一位船长——虽然他的手有残疾，船长还是同意收留他，让他当服务员。约翰并不喜欢那位船长，他不喜欢船，也不喜欢航行。船要去哈利法克斯港，那儿天寒地冻，约翰本来就衣衫单薄，更向往去热带气候的糖岛。不过，一切似乎都已经定下来了。可是，后来船长又告诉约翰，必须自备被褥、防水衣、靴子，还有水手大衣，可是约翰哪有钱买这些呢？

约翰找不到安全的地方存放杯子，索性把装杯子的口袋系在腰间，可是，他走起路，那杯子就会碰到他。他做过的最幸运的事情，就是违背了母亲的意愿，在七月份给希拉看了这只杯子，他不介意再次违背母亲的意愿，把杯子卖了。

如果约翰愿意卖那只杯子，会有许多银匠愿意买的。

可是，杯子的样式太老，约翰觉得，那些银匠只会给他旧银器的出价。可是，莱特先生会买的，他那一套杯子就差这一只，因此，他会出个好价钱。就这样，约翰再次来到了朗恩码头，走进了莱特先生的账房。

就像以往那样，约翰进了账房，还是没有人理会他，只是这一次，“斯沃尔表亲”没在。那两个长得像蚂蚱的老办事员埋头记着账，约翰偷偷从他们身边走过，走进账房里面的办公室。那两个办事员始终都没抬头。

莱特先生正在看报纸。他看到是约翰走了进来，那双黑色的三角眼透出了仇恨的光芒。正是眼前这个小子，使他在大庭广众之下，受到了法官的羞辱，现在这件事儿闹得满城风雨，码头上的人和他的朋友都知道了。

莱特先生低声问，“干什么？”

“我现在没钱，没东西吃，穷得只剩身上这件衣服了。我没别的办法，如果我把这杯子卖给老银匠，他们会给我四英镑。我自己就是银匠，知道行情。可是，这杯子跟你那几只很搭配，因此，我卖给你的价格就比卖给他们的价钱高三倍。你给我二十英镑，我就把杯子卖给你。”

莱特先生那张蜡黄色的脸因为愤怒，泛起了红晕。虽然他的声音很平和，不过约翰知道，他已经是怒火中烧了。

“我还没买过偷来的东西呢，现在也不打算开这个头——我更不会去买自己丢的东西的。”

约翰把杯子放回了口袋，可是还没等他系好口袋绳，莱特先生就伸出那长长的手指，一把把口袋抢了过来。

“请您把东西还给我，”约翰礼貌地说，“我要把它拿到瑞威尔先生，或博特先生那儿了，现在只要四英镑，我就把杯子卖给他们。”

“等会儿，年轻人。你明知道，这杯子是你偷来的，只要你肯承认，我就不难为你。达那法官真蠢，居然被那两个撒谎的小丫头给骗了。”

“我才没偷呢，那杯子一直都是我的，法庭都认定了。”

莱特先生站起身，他动作迅速，快步跑到门口，堵住了约翰的去路。

“海登、巴顿。”他招呼外面的两人。

两个办事员马上一路小跑过来，手里还拿着钢笔。

“斯沃尔还在码头检查蜜糖罐吗？很好，没有那小家伙，我们办事儿更方便了。海登、巴顿……这就是那个小子……那个约翰·特雷梅恩，你们都听说了吧？”

“是的，先生。”

“把门关上，锁好。这小子虽然穷困潦倒、天生是坏痞子，倒是还有点儿良知，是吧？”

“没错，先生。”

“所以说，在达那先生判定他无罪，没有偷窃我的杯子后的两天，他私下来找我，供认了他的偷盗事实，并且想把杯子物归原主。”

“完全正确！先生，他那么做才高尚呢。”

“海登先生和巴顿先生见证了他的悔过，也能证明是他主动把杯子还给我的。”

“是的，先生。”

“把二十英镑给我。”约翰喘着粗气。

“你这个愚蠢的码头老鼠。还不赶快逃命，这两位受人尊敬的先生都是我的证人，他们会去法庭为我作证，证明我说的都是事实。你觉得，波士顿的大小法庭，包括达那的法庭，听了我两位办事员的证词之后，还会听信那两个小姑娘的鬼话吗？你竟然还敢自称是我的亲戚！”

约翰知道，自己被困住了。“我会拿回我的杯子，”他嘴唇发白，愤愤地说，“你们这些小偷……”

“海登，去到街上看看，看布尔船长在不在，在的话把他找来。”

“如果有人因为偷窃银杯被判绞刑，也不会是我的。你叫我码头老鼠，我还说你是绞刑架上的断头鸟呢。”

“还想威胁我，是吧？我就让你尝尝，我的厉害。啊－

哈–哈–哈，看在你还有羞耻心，承认了你的偷盗行为，给你个机会。你的手被烫伤以后，不是一直找不到工作吗？正好，我的船长布尔今晚退潮的时候，就会开着独角兽号，去瓜达卢佩岛。说不定，你想去瓜达卢佩岛定居呢？波士顿太拥挤了，像你这种满口谎言、没羞没臊的毛贼，在瓜达卢佩岛上有的是工作机会！”

海登找来了布尔船长。约翰瞥了一眼船长，立刻惊得目瞪口呆。他体型健硕，脖子有约翰的腰那么粗，一双大手悬在了膝盖上方。他的一只手，足足有一盘香蕉那么大。他给雇主莱特鞠了个躬，弯腰低头，这让他看起来更像狒狒了。不过，这大块头一行礼，倒是给了约翰逃跑的机会。还没等布尔船长直起身，约翰就一个箭步，冲出了门。海登想用瘦弱的胳膊去拦住约翰，可根本拦不住，他像软弱的蛆虫一样瘫倒在地。

约翰一直奔跑，跑过了朗恩码头，经过了国王大街。他冲过了蜿蜒大道，来到了朵科广场，撞翻了一位女子售卖的羽毛篮筐，还和一群尖叫的猪碰到了一块儿。不过，他目标明确，飞速奔向了联合大街，最后来到了索尔特大道，走进了《波士顿观察家》报社的大楼。大楼上的标志是那矮小的男人，他拿着望远镜，显得那么和善。走进报社大楼，约翰停下脚步，回头看了看，发现没人追他。大街上空无一人，没发现布尔船长，那个像狒狒一样的蠢货根本跑不了这么快。

拉伯没在报社，只有罗恩姑父在。

“你们还招骑手吗？”他喘着粗气，几乎说不出话来。

“怎么了？还招呢，”罗恩先生惊奇地问，“还没找到合适的——不过不着急。我们从非洲皇后招来了一个孩子，已经有一个月了……”

“您看我行吗？”

罗恩先生走到窗前，窗户正对着报社的后院。拉伯在后院里，熬印刷用的墨水。韦伯兄弟在跟他学艺，帮他添柴。

“拉伯，拉伯，”罗恩姑父招呼他，“那个约翰回来了，他能当骑手吗？”

“能。”拉伯的声音传来了，那么镇定，回荡在屋子里，又随着一阵难闻的气味飘回了院子。

“很好，约翰。你一定知道怎么骑马吧？”

“我这辈子，还没骑过马呢。”

“这样啊，恐怕，现在……”

“我会学的。”

“拉伯！”

“怎么了？”

“那个约翰·特雷梅恩能学会骑马吗？”

“能。”

“好吧，孩子，你坐一会儿，休息休息，我来解释一下。这不是全职工作，我只能给你提供食宿、给你衣服穿，没有工钱。每周前四天，你自己去赚钱，或者学习技能（如果有技能可学）。我的图书馆很棒的。如果拉伯同意，你就跟他一起住在阁楼里。如果他想一个人住，我妻子就会在马路对面给你找个住处。《波士顿观察家》每星期二出版，需要在当天分发到波士顿的各个地区。你可以骑马去送报，也可以步行，你自己选择。送报的工作要花费一天时间。每星期三、星期五，你早晨五点就得起床，骑马去多切斯特、罗克斯伯里、布鲁克赖恩、米尔顿这些地方——拉伯会给你画个地图——你需要到这些地方去，给那里的酒馆留下报纸。订报的人会去酒馆取报纸。星期五晚上，或者星期六早上，你去查尔斯、去剑桥、沃特敦、莱克星顿这些地方，最后去查尔斯敦送报，从查尔斯敦，坐星期六最后一班轮渡回波士顿。”

拉伯走进屋子，提了一桶冒着热气、又黑又稠的墨汁。他洁白的衬衫和皮围裙上，丝毫看不出一点墨汁的痕迹。而韦伯兄弟身上都是墨汁，像黑猩猩一样。

“拉伯，”罗恩姑父叫他，“约翰住哪儿？”

“当然跟我住一起了。”

“好，那你就带他去看看住处吧。可是，首先，你得带他去看看你买的那匹马。你买下高博林，算是做了一笔赔本生意。今天下午给你放半天假，你带着约翰去学习学习骑马吧——教教他，从马上摔下来，怎么才能不受伤。如果他将来骑那匹马，他会用得上的……”

约翰的新生活，就这样开始了。

“高博林怎么了？”约翰不解地问，他略显紧张，“罗恩先生似乎不太喜欢它。”

“这么说吧，”拉伯温和地回答，“如果你能骑高博林，就说明你真的会骑马。你能驾驭它，就没有什么难事儿了。不过，想学骑马的话，骑高博林一定能学好。记住，约翰，骑马本身并没有什么复杂的，关键要人随马动。马本身是胆小的动物，但是，高博林是最胆小的马。”

“有人虐待过它吗？”

“是的，因为它胆子太小，就挨过不少鞭子。我家住在莱克星顿，我就是在那儿发现它，并且喜欢上它的。短短一年，它换了四个主人。每次，它的主人都会半价把它卖了。它上一个主人几乎免费把它给了我。它既不高傲，也不欺负人，是最温和的动物。街上有纸张被风吹起来，它都会害怕——它也会因此感到羞愧。可是，高博林好奇心强，非得弄明白那是什么东西，还以为是小狗，会跳起来咬它的脚跟，于是大惊失色，拔腿就跑。有时候，得花上半小时时间安抚它，让它平静下来。如果它看到了晾衣绳上挂的衬衫和马甲，就会以为那是白色的大怪兽，吓得落荒而逃。在它看来，唯一能做的，就是向前跑，而且它跑得很快。你要做的，是恢复它的信心，让它知道，你永远不会做出伤害它的事情——光靠鞭打它，是不行的。你用鞭子打它，它就会跑到地狱里去——也就是我们眼中的晾衣场。”

“可是我不会骑马呀。”

“就像跳舞那样……只要找准节奏就行了。你一学就会了。你肯定会害怕的，不过要记住：你害怕，高博林比你更害怕。”说话的工夫，他们就来到了非洲皇后的马厩。

“之前那个骑手，把马训练得越来越糟糕。如果我有时间，就会帮它恢复信心，把它的病治好——多少能治好一些。现在还没人能稳住它，让它觉得安全。看看它，是不是很漂亮？”

拉伯走进了一个隔间，牵出了一匹又高又瘦的马，它的毛色很浅，几乎是白色的，不过身上到处都是棕色的斑点。它的鬃毛和马尾的毛很密，是黑棕色。眼睛是淡蓝色的。

拉伯说，“我以前从没有见过这种颜色的马，它的爸爸名叫扬基英雄，是一匹白色的罗德岛遛步马，是我见过跑得最快的马。要不是因为高博林有这个小问题，我们根本养不起它，它可是扬基英雄的儿子啊，它就像莱特家的那辆马车那么名贵。对吧，高博林？”

高博林漂亮、带着野性，却又那么胆小，它一边轻柔地喘着气，回应拉伯，一边用它那奇怪的、像水晶般的眼睛打量着约翰，好像它确信眼前这个孩子，是吃马肉的恶魔。

“现在，像这样拿着缰绳，看到了吧？等到冬天，不能把冰凉的绳子塞到马的嘴里。先得冲着绳子呼吸，把绳子吹暖了，再给马戴上。接着，放上马鞍——别怕，稳住，高博林——不会弄疼你的。下一步，就是上马了。现在，把它牵到院子里吧。像这样，手拿缰绳——一定要用左手拿缰绳，拇指在上，摁住缰绳。然后，左脚踩马蹬。别从右边上马，那样马会踢你。像这样，就上去了。是不是很简单呢？反复练习几次，你来牵一会儿吧。”

拉伯进了屋子，他回来时，经女主人允许，牵出了她的马。约翰骑着那匹驯良的马，拉伯骑着高博林，一起来到了公共马场。那里有成片的如茵草坪和牧场，没有植被附着的地面都清空了，成为了民兵的训练场。微风轻轻拂过，和煦的阳光照在他们身上。秋意渐浓，层林尽染，红色、金色，而蓝莓丛披上了深红色的外衣。白色的牛穿过蓝莓丛，身上沾了蓝莓叶子，还以为牛肚子出血了。空气清新、清冽，如同醉人的美酒。湛蓝的天空，偶有几团白云掠过，好似绵羊匆匆跑过埋伏的狼群。

“别怕，别怕，”拉伯大声说，“放松就好了。”高博林不安地喘着粗气，好像在央求主人放开自己。拉伯只是让它慢跑，女主人那匹栗色的马也跟着它跑起来。拉伯不时回头，看看约翰跟没跟上。

“身体别挺那么直……低点儿。我说了，拇指在上。”他们跑跑停停，拉伯让约翰反复练习上马和下马的动作。“骑上马，小步跑，跑到那边的树桩，再回来。”

二人再次上了马，这次，约翰的马跑在了前面。两匹马在草地疾驰，卷起训练场地的土，约翰生平第一次听到了那美妙的音乐——飞驰骏马的马蹄声。

最后，高博林有些累了，二人换了马。高博林的步子比栗色马的步伐还要稳健、轻松。

约翰觉得，第一堂骑马课就收获颇丰。再上几堂课，就不会惧怕高博林了。不过，拉伯不能再给他上课了。他太忙了，他教约翰骑马，就像他做其他事情那样——尽可能耗费最少的精力。约翰每天都会到公共马场溜一溜高博林，他还得练习很长时间，才能在狭窄、拥挤的街道上骑马呢。约翰来到马厩，跟高博林说话。

想到高博林比自己还害怕，想到拉伯相信自己，相信他能学好骑马，约翰就信心倍增。约翰的腿脚很麻利，动作也很有节奏感，轻松自如。他不知道，他想自学骑马，让一个出了名的烈马和一个整天在报社忙着印刷的孩子指导，简直是天方夜谭。不过，有一天，他无意听到了罗恩姑父和拉伯的对话。罗恩姑父说，“我不知道约翰是怎么做到的，不过我看他骑得很好。”

“他骑得不错的。”

“他一点儿都不害怕高博林，老天啊，我可怕得要命。”

“约翰·特雷梅恩胆子很大，我就知道，只要他摔不死——他就能学会。就像学游泳，不会游就得淹死——可是他学会了。”

约翰听见拉伯对自己的评价，顿时觉得心花怒放，可是他学着拉伯的样子，尽量不露声色。

约翰送报的第一个星期，罗恩姑父把妻子那匹驯良的马借给约翰骑。虽然拉伯给约翰画了地图，还列出了详细的送报地点，头三天的送报工作：首先到波士顿，然后绕到波士顿周边的城镇，周六晚从查尔斯敦坐渡轮返回，真的让约翰觉得混乱。

不过，约翰很快就摸清了门路，觉得送报是一种享受。他在城镇长大，对乡村的道路一点儿也不熟悉。他往日里接触的，都是港口和船，熟悉的是那些码头的商铺。当他看到广阔的田地里，橘黄色的南瓜、金黄色的玉米和结着一层霜的紫色葡萄都丰收了，觉得欣喜不已。波士顿周边的城镇令约翰十分着迷。

约翰送报纸，总喜欢拿出粉墨登场的派头。即使他和高博林在乡村路上闲逛，浪费了些时间，总会一路飞奔到客栈。约翰会匆匆忙忙地把报纸拿进客栈，总会发现那些订阅者早已在酒吧里，恭候他多时了。他从波士顿来，又替《波士顿观察家》送报纸，人们总会询问他波士顿的政治动向。一开始，约翰答不出来，可是他通过阅读报纸、与拉伯和罗恩姑父交谈、听那些反对党领袖对波士顿政局的看法，很快就了解了波士顿政局。短短几周的时间，约翰就从对政治一无所知、不关心政治，蜕变成了一名辉格党人。

约翰还很享受人们对他那匹威武、漂亮的马的赞誉。在大街上，在客栈里，每当人们夸奖他的马时，他都无比自豪，脸上不由自主地露出那种愚蠢而自负的表情。以前，人们赞美伊萨娜，希拉是那么骄傲，她也会露出这种表情。约翰当时还嘲笑希拉，现在他明白了那种感觉。

一开始，约翰还会经常从马上摔下来，再用半个小时，追上那匹狂野的马。有一次，一位农妇给了约翰一些坏苹果，约翰装在了帽子里，他发现高博林吃了苹果，就会乖乖听话。从此以后，约翰总会在兜里装一些农户给他的食物，如果高博林接近令它惧怕的东西，约翰就会掏出一个烂苹果奖励它。不过，每当约翰摔下马，回到家里，就满身苹果味儿。

约翰和拉伯住在复印室上面的阁楼里。只有一个梯子通向阁楼，不过阁楼宽敞、舒适，还有一个大壁炉。只有一件事，约翰觉得奇怪，阁楼上有很多椅子。他想问拉伯那些椅子是怎么回事儿，可他还是忍住没问，最终，拉伯解答了约翰的疑问。

曾经，这个阁楼，是《波士顿观察家报》组织的成员集会的地方。那是一个秘密组织，和波士顿其他组织一样有影响。不过，前几年，组织里出现了"叛徒"，托利党人就是这么叫的。拉伯没告诉约翰，不要把这件事说出去。他知道，约翰绝不会那么做的。

约翰和拉伯自己做早饭，午饭是罗恩太太送过来，晚饭他们有时自己吃，有时会到罗恩姑父家吃。拉伯的姑姑身材丰满，一头红色头发，皮肤雪白。她长得和家里人不太一样，人们看到拉伯，约翰常听他们说，"这孩子，一定是莱克星顿地区的锡尔斯比人。"如果说拉伯是典型的锡尔斯比人长相，罗恩太太看着可不像。不过，她八个月大的儿子看上去就是个锡尔斯比人。约翰觉得，那孩子是他见过的最高的婴儿了，他长着一头笔直的黑发，很少哭，吃饭很快。他从不撒娇，总是瞪着一双好奇的黑色大眼睛，观察着周围的世界。罗恩姑父应该会希望，他唯一的孩子继承他那张细长的脸吧，他若有所思地看着孩子，说："珍妮弗，你这孩子，是标准的莱克星顿锡尔斯比人的长相。"

约翰越来越喜欢高博林了。他生怕非洲皇后餐厅的那些马童，因为高博林胆小，就打它、欺负它，因此，他亲自上阵，负责喂养、照顾高博林。这样，罗恩先生每周都能省下几便士，他很慷慨，把省下的钱给了约翰。非洲皇后餐厅的老板很喜欢约翰，每当有客人想送急件，他就会找约翰去送。因此，那个秋天，约翰最远到了伍斯特，又去了一趟普利茅斯。送信的报酬由马的主人和骑手平分，因此，靠着这些积蓄，约翰给自己买了马刺、马靴、带皮边的外套，都是二手的。

虽然约翰像拉伯教他那样，用左手拿着缰绳，有很多次，高博林飞驰，他必须要尽快把速度降下来，所以，必须用到他那只残疾的手。骑高博林这样难以驾驭的马，必须双手并用，因此，他没法把手一直插在裤兜里。虽然他的手受伤严重，不像以前那样灵活了，也不会像以前那样萎缩下去——一直蜷缩在约翰的裤兜里了。约翰在银器店干活儿期间，已经学会用左手做一些事儿了。拉伯从来没跟他说，“约翰，你现在需要学习用左手写字了。”他只是让约翰抄一些东西，他觉得约翰一定会做到的——约翰的确做到了。

每个星期的前四天时间，都是约翰自己支配。他会去遛马，除非非洲皇后餐厅有派件的活儿。他也会花时间练习用左手写字，还会花大量的时间阅读。罗恩先生的图书馆很棒，约翰如饥似渴地阅读，好像以前从未读过书似的。他什么书都想看——什么书都看。《波士顿观察家》的装订本、《失乐园》，《鲁滨逊漂流记》他是第二次读了，因为他在监狱的时候，拉伯给他带了这本书——还有《汤姆·琼斯》、洛克文集《人类理解论》、哈钦森的《马萨诸塞湾历史》《化学文述》《观察家文述》、有关助产知识的书、关于淑女礼仪的书，还有亚历山大·蒲柏翻译的《伊利亚德》。书籍呈现给他的世界，是他在拉帕姆家未曾见过，也不敢想的。如今，他怀着感激之情，回想母亲当年费心教自己读书识字，想让他用知识开启未知世界的大门。那时，妈妈总让他读这读那，可他心里只想着出去疯玩儿。可怜的妈妈！当时她那几本书少得可怜，又那么无聊！

约翰一连几个小时，坐在罗恩先生那洒满阳光的图书馆里，周围的书摞得很高，都快碰到屋顶了。罗恩太太从不让约翰去厨房帮忙干活儿。罗恩太太、罗恩先生和拉伯都觉得，约翰理应读书。拉帕姆太太是绝对不会容忍她家的学徒“偷懒”的。罗恩太太不会打扰约翰读书，只会偶尔给罗恩送一盘热乎乎的姜饼或松饼。隔很长一段时间，她会去市场买菜，或是去做客时，才会麻烦约翰帮她照顾孩子。

“我就把孩子放在摇篮里，如果他闹，不睡觉，你就用脚摇摇篮就行了。”约翰第一次读《汤姆·琼斯》的时候，很是兴奋，他心不在焉地摇了婴儿半个小时，即便这样，也没惊扰那个小莱克星顿锡尔斯比人。小家伙吸了一口气，不过，似乎不为所扰，他还是那么平静——就像拉伯那样。约翰和婴儿单独相处时，偷偷地叫他“小兔子”。孩子很招人喜欢，约翰自然很喜爱他。可是，他不想让人觉得自己头脑简单，那会让他羞愧难当，他宁愿去死。这一切都被罗恩太太看在眼里。有时，她会悄悄地走到厨房，听约翰自言自语地和小兔子说话。她走到屋子，可以看到约翰和孩子，约翰发现罗恩太太来了，马上用厌恶的口气说，“罗恩姑姑，我觉得小家伙尿裤子了。”说完，又假装认真地读书。

罗恩太太也非常喜欢这个孤独的孩子，约翰自己并没觉得自己孤独。她每次发现约翰明明心里很喜欢什么，却装成很讨厌那东西的样子，都觉得很有意思，忍不住亲约翰一口。她总会亲吻约翰额头中间的地方，她告诉约翰，约翰长着“美人尖”，约翰自己并不知道。罗恩太太告诉约翰，那是漂亮的标志，她说："我愿意用任何东西，去换一个'美人尖'"，说完，就摇摇晃晃地走了——她长着一副小脚，又很胖——很快，她回来了，给约翰拿了一些曲奇饼干。

约翰觉得，拉伯有这样的姑姑，真是幸运。

约翰的新生活开启了。他很喜欢现在的生活，可一开始，他还是有点想念拉帕姆一家。他送报纸已经有几周时间了。那一天是星期四，他送完报纸，碰到了希拉和伊萨娜，真是喜出望外。他在北广场，看到希拉和伊萨娜站在水泵前面。他刚给保罗·瑞威尔先生送完报纸，今天的工作完成了，他正准备回非洲皇后餐厅送马，突然看到了她们。他以为，自己再也不会回拉帕姆家了，拉帕姆太太和推迪先生看到约翰，会把他送上绞刑架的。如果约翰再看到多弗，一定会杀了他。

"希拉。"约翰大声喊。希拉看到了约翰，眼睛里闪出了光芒。

高博林探出头，想去找水喝，可是，水槽里没有水了。

"我去给它打点儿水吧。"希拉打来了水，马儿感激地喝了起来。

"希拉，你经常来这儿打水吗？"他看到，曾经压在自己肩上的沉重担子，如今落到了希拉那瘦弱的肩膀上，觉得很伤心，还有些羞愧。

“推迪先生一直让多弗和脏小子干活儿，不让他们干别的。早饭前，就得把大家用的水都打好。人手不够了，就得姑娘们出来打水了。约翰，他把家里弄得乌烟瘴气的。”

“我不知道，他还有那本事呢。”

“是妈妈让他那么做的，妈妈说，像梅婕和朵卡斯这样的大姑娘，提着水桶在街上走不合适，所以就得我来了。”

“你帮我牵马吧，”约翰说，“我帮你把水挑到菲什大街，我不会再进那个房子了，不过我会走得很近，近到能往他们身上吐口水。”

“你的疯病还没好呢？”

“没错，我就是疯子，那又怎么样？”

伊萨娜不知跑到哪里了，有位牧师路过，看到她头上有阳光，让她说出简短的教义，想看看这个漂亮的小姑娘是不是虔诚的信徒。还给了她一袋给自己夫人买的糖果。

“听好了，希拉，”约翰说，“每个星期四，明白了吗？我送完了瑞威尔先生的报纸，就会到这儿帮你打水，时间和今天差不多。”

“我自己能挑水。”希拉冰冷地说。

“不，不光是帮你挑水……我还想看看你，还有伊萨娜。我很想念你们。”

他们在菲什大街停下了脚步。这儿离拉帕姆家还有段距离，约翰根本没法朝别人吐口水，不过，他只想走到这儿了。

“约翰，别随便做承诺，”希拉一边说，一边抚摸着高博林的脸，“我觉得，你的马是我见过的最漂亮的，它好像很喜欢我。”

“是啊，我知道。不过，每个星期四，我都会来这儿的，星期日下午也会来。如果你需要挑水，我帮你挑，但是，我更想跟你说说话，你能溜出来，到水泵这儿见我吗？”

“能。”

“那么，你会来吗？”约翰想得到确定的答案，因为希拉有时很糊涂，也很倔强。

“我不知道——如果你非常想念我和伊萨娜，我只能说……可能会吧……”

伊萨娜蹦蹦跳跳地跑过来，她把整袋糖果都吃光了，现在又说包装袋真好看，并且宣称，那个牧师只给了她那个空袋子——不过，约翰闻到了她嘴里的巧克力和薄荷的味道。伊萨娜自私，而且贪吃，希拉不应该这么轻易就饶了她。

虽然，希拉只是说“可能会来”，约翰却给了她更多承诺。

“每星期四和星期日下午。”这是他离开希拉之前，说的最后一句话，他说这话，是真心的。约翰想，过六个月、一年、六年，希拉还会像现在那样，是他至亲的人。

想到这些，约翰又骑着高博林，转身看着她们。他看到希拉挑着沉重的水桶，被压弯了腰，伊萨娜在她身边跑来跑去，不知为什么，又说起了教义——也许是想向另一个牧师讨一袋糖吃。

看着她们离去的背影，约翰觉得如鲠在喉。

约翰对自己的新生活心满意足，只是有一个小小的缺憾。他觉得，拉伯过于封闭自己，很难接近，似乎外界的一切都无法打扰他，他始终活在自己的世界里。约翰的性格更为张扬，也更容易受到外界影响。如果拉伯生在波士顿最富裕的人家，或者是生活贫困，那么他的性格会像约翰那样。约翰在拉帕姆家当学徒的时候，是汉考克码头最出众的学徒，别家的师傅羡慕拉帕姆有一个那么出色的学徒，他是拉帕姆家的赚钱主力（他自己也知道），那时，他还没变成夏末初秋那个傲慢无礼、狼狈不堪的浪子。他记得，当时他走过卖黄油的摊子，那些店主会数黄油块儿，看看少没少。拉帕姆太太还预言，他会被处以绞刑，她说得并没错。有一段时间，他处境危险，如果再受些打击，也许就会走上犯罪的道路——大家都以为他会那样。可是，无论拉伯经历了什么，好事或坏事，别人说他好，或说他坏话，他都不会改变的。约翰觉得，他现在对拉伯的了解，并不比当初第一次见面多，不过，他越来越敬佩拉伯了。拉伯虽然不批评他，可是他有自己的方法，让约翰认识到，自己的一些所作所为不是那么恰当，他对约翰的影响很大。

有一次，他们坐在炉火边，吃着面包黄油和松饼。拉伯问他，为什么叫别人“尖叫的猪”。约翰爱憎分明，对朋友，他愿意付出——对敌人，他绝不客气。有时，他觉得拉伯对待朋友和对待敌人的态度，并没有多大差别，他也不在乎。

“为什么非要搞得那么不愉快呢？”

约翰低下头，他也想不出答案。

“就拿商人莱特举例子吧，现在，朗恩码头的人，都知道你管他叫‘绞刑架上的断头鸟’，他很讨厌别人那么叫他。”约翰想——让妨碍他的人都落得那样下场，那样真的好玩儿吗？

从那以后，约翰就注意省察自己的言行。他开始三思而后行了。有一天，他到帕切斯大街，给萨姆·亚当斯送报纸。萨姆·亚当斯的房子很大，却很破旧，他家的黑人女仆从厨房门往外倒脏水，约翰恰巧从那儿经过，脏水泼了约翰一身。要是以前，约翰当时就会暴跳如雷，可这次，他默默数了十个数，他本想把心里憋着的话一股脑地说出来，管那个女仆叫黑奴，顺带挖苦她主人几句——她主人是波士顿最有势力的人。不过，压住了内心的怒火，而他也得到了奖赏。黑人女仆苏基真诚地向他道歉。要是在过去，他才不会等别人说道歉的话呢。苏基连忙向他道歉，"哦，小主人，对不起！你快到厨房里，我把你的衣服擦干——你可以进屋吃个苹果派，"约翰听了，心里觉得很高兴。萨姆·亚当斯坐在厨房里，在纸上写着什么。他面色和善，两道弯弯的眉毛带着戏谑。苏基忙着烘干约翰的湿衣服，约翰吃着苹果派，亚当斯先生看着约翰，仔细地观察他、打量他，却没说什么。从那之后，约翰每次到亚当斯先生的家送报纸，亚当斯先生都会邀请约翰进屋，屋里有一些辉格党人正在开会，那位了不起的领袖会把约翰当成大人那样，跟他谈话，而约翰表现得不卑不亢，精彩的言论深得人心。亚当斯先生还请他为波士顿通信委员会送信，这一切，都是因为约翰三思而行。拉伯是对的，没必要动不动就发火。

那年秋天，约翰只见过有两次，拉伯一改往日的拘谨，真情流露。约翰经常在星期五，跟着拉伯去参加拉伯家人在莱克星顿举行的家庭聚会。莱克星顿有千百亩上好的土地，称为"锡尔斯比湾"。老祖父把拉伯拉扯大，他住在大宅子里，他的儿孙、侄女们都住得很近。祖父锡尔斯比少校大部分时间，都会坐在椅子里。四十年前，他参加法印战争时，受了伤，留下了后遗症，身体僵直，只能坐着。

秋收接近尾声，大家在锡尔斯比祖父家的大谷仓里举行了一场舞会。至少有二十名锡尔斯比家庭成员参加了舞会，拉伯和约翰特意从波士顿赶回来参加舞会。锡尔斯比家的男人大都高大、壮实，在受邀的邻居和朋友们中，很容易就能辨认出他们。不过，在锡尔斯比家里，祖父和拉伯的长相是最具有家族特点的。

在舞会上，约翰第一次看到拉伯那么活跃。他舞动起来，约翰觉得很奇怪，拉伯平日里看起来对什么都不感兴趣，甚至有些懒散。他会一边看着印刷室，一边像一台机器一样，印着报纸，丝毫不出差错。现在，他看到拉伯那双黑色的眼睛里跳动的光芒，他开怀地笑着，露出了洁白的牙齿。老祖父拉着古老的小提琴，用苍老的声音高喊口令，“先生在女士旁，女士在先生旁”，拉伯听到祖父的口令，竟然丝毫没有平常的冷漠和矜持，变得如此开怀，这时的拉伯，和平时那波澜不惊的拉伯简直判若两人。他现在，成了拉伯·约翰尼了，这个开怀的拉伯一直都在，只不过约翰没有见过。那些叫琳达、贝茜、波莉、萨利的莱克星顿女孩儿，都争先恐后地站在拉伯旁边。拉伯喜欢跳舞，看起来，那些女孩儿都喜欢他，他也喜欢那些女孩儿。约翰比拉伯小两岁，看到拉伯和那些女孩儿亲密的跳舞，觉得不太自在。

在谷仓里，还发生了另一件事情，对约翰的影响也很大。他完全忘记了自己的手有残疾。他虽然跳跃着，旋转着，总有姑娘握着他的手，可是好像没人发现他的手有什么问题。在老祖父家，约翰在脱衣睡觉时，告诉拉伯这件事。那些波士顿的姑娘（他说话时，心里想着伊萨娜的话——他不想把这么难听的称呼告诉拉伯）说他的手让她们作呕，叫他别碰她们。

“是你让她们有那种想法的，”拉伯说着，脱掉了衬衫。“你自己知道，你总是把手揣在裤兜里，好像想把那只怪手藏起来，如果有人让你拿出来，你总是躲躲闪闪，好像在说：‘这是你看过的最恶心的东西’。难怪你把大家都吓跑了，今晚你只是忘记了这件事。”

几天之后，约翰又见识了出格的拉伯。韦伯兄弟天生孱弱，生性怯懦，因此总受人欺负。他们没有朋友，只有彼此，还有他们的猫陪伴。那天，罗恩太太叫他们去买点儿炖肉，他们觉得，带上猫也无妨，就带着小猫进了肉店。肉店店主的儿子是远近闻名的小霸王，他一把从韦伯兄弟手里抢过了猫，把它捆了起来，倒立着挂在钩子上，开始磨刀。他要把猫宰了，剥皮，然后把猫的尸体当成炖肉卖给韦伯兄弟。韦伯兄弟吓得尖叫起来，接着哭个不停，屠夫就坐在一边，乐得前仰后合。

拉伯听到了韦伯兄弟的尖叫，他冲到肉店，救下了猫，猫第一个跑出肉店，韦伯兄弟紧随其后。接着，拉伯开始揍肉店老板的儿子。约翰也跟了过来，他们二人合力与肉店老板、他的大儿子厮打，肉店老板娘拿起了开水，本来她是用来烫猪肉的，老板娘的妈妈，还有一个路人也过来帮着打拉伯和约翰。在警察赶来之前，拉伯跑出了肉店，回到报社打扫房间，他还把约翰救了出来。约翰的一只眼睛被打成了熊猫眼，一个肩膀扭伤，衣服被撕破了，手腕还被人咬了一口——那是肉店老板娘的妈妈干的。她虽然已经七十岁高龄了，可牙口还挺好。拉伯没受什么伤，只是脸上挂了彩，不过他看起来很开心。约翰觉得很奇怪，平时，从不和别人吵架，更不会与人打架的拉伯打架居然那么厉害。拉伯对这场混战也只字不提，可是一连几天，约翰看到，拉伯的眼中有种满足感，嘴角常常会露出一丝浅笑。拉伯一定想起了他和约翰在肉店的战斗，不过他只是轻描淡写地说了一句，“我们别再提那家店铺了。”拉伯是一个天生的打架好手——打起架来气势汹汹、无所畏惧，出手又快、又狠又准——不过他不经常打架，之后也不怎么提起。

锡尔斯比人就像那样。约翰以前在莱克星顿以外的地方，见识过很多锡尔斯比人，在罗恩家，他又见到了小兔子。一天，约翰在看书的时候，罗恩姑妈走了进来，抱着小家伙。

这一次，她看起来有些沮丧，“老天啊，我不知道这孩子是怎么了，我知道有什么不对劲——可他不肯告诉我——”

“他还太小，应该不会告诉你吧？”

“哦，不，不是。其他的孩子都会告诉你他们是想臭臭啦，想嘘嘘啦，还是肚子不舒服啦。可他是锡尔斯比家的人，他们从不会说自己哪儿不舒服了，你知道的。”

“你不也是锡尔斯比人吗？”

“我？哦，不。谢天谢地，多亏我不是。看看我的红头发吧——还有我这粗壮的体型。我像妈妈——是惠勒岛人。我能说出哪儿不舒服了——有时没不舒服，就喊难受。那些锡尔斯比人——他们就不会说的。他们什么也不肯说，可是他们是最好的人。你要么接受他们，要么离开他们。”

是啊，约翰正学着“要么接受拉伯，要么离开拉伯”。

第六章　倾茶入海

每周日，约翰和拉伯能稍微放松放松，可以睡到自然醒，再起来吃早餐。不过，他们起床后，必须梳洗一新，打起精神，跟着罗恩一家去教堂，听萨姆·库柏牧师颇具煽动性的布道。库伯牧师的布道政治色彩比宗教色彩更为浓厚，他对会众宣扬，比起对“上帝的敬畏”，英国的强制征税政策更加恐怖。

到了一七七三年秋，为了缓和美国殖民地日益高涨的对税收的不满情绪，英国出台了一系列减税政策。不过，对茶叶的征税保留了下来。茶叶税很低，不会对民众的生活造成负担：买一磅茶叶，只收三便士茶叶税。可是，美国殖民地的民众很顽固，坚称如果他们没有投票权，选择将税钱交给谁，就拒交这笔茶叶税。他们并没有意识到，他们的茶叶税，已经在茶叶运到美国之前，由伦敦的东印度公司支付了。英国的议会认为，毕竟，殖民地的美国人都是些乡野村民——没什么政治头脑。东印度公司即使支付了茶叶税，卖的茶叶也比美国本土的茶叶质量更好、价格更低。美国人难道不是普通人吗？他们会把原则问题看得比兜里的钱更重吗？

约翰打着冷战——十一月的天气很冷，之前的一周，天寒地冻——约翰给阁楼的壁炉生好火。他从后窗，看到非洲皇后餐厅的屋顶上，结了一层白霜。

楼下传来了一阵急促的敲门声，把拉伯吵醒了。

“这才几点啊？”罗恩抱怨着，如果谁在周日一大早就被吵醒，就会是这种反应。

“七点半。我下去看看是怎么回事。”

敲门的人，正是萨姆·亚当斯。如果他觉得冷，或者感到兴奋，就会浑身发抖。约翰看到他的头和手抖个不停。他发抖的时候，那带着伤疤的脸，总会露出兴奋的表情，今天看上去，可以用容光焕发来形容。约翰有些摸不着头脑，原来，萨姆·亚当斯天真地认为，约翰会告诉他，英国议会又一次做出让步的消息，没有按计划向美洲殖民地派出运输茶叶的船只。因此，他格外兴奋。

“听着，约翰，我知道今天是安息日，可是，我还有公告需要今天印出来。今晚，就得把这些公告秘密地发放出去。自由之子的成员会发放这些公告，可我需要罗恩先生印刷公告，你能去把罗恩先生找来吗？拉伯——拉伯在哪儿呢？”

二人正说着话，拉伯走下了楼梯。

“怎么了？”拉伯睡眼惺忪地问。

“第一艘运输茶叶的商船，达特茅斯号，已经驶进了港口，天黑就能到城堡岛。”

“这么说，他们还敢派船过来？”

“是啊。”

“第一批已经来了吗？”

“是的，上帝赋予我们力量，反抗他们。我们绝对不能让运茶叶的船登陆。”

约翰找来了罗恩先生，拉伯拿着亚当斯先生写的那张布告纸，像一个印刷商那样，读出了那些文字。他关注的，首先是空格和大小写，而不是文字内容。

“一会儿就能印好，您说要印二百份吗？公告印刷出来，天黑之前就能晾干。”

“啊，罗恩先生，”亚当斯一边说话，一边握起罗恩先生的手，感激地说：“没有你们印刷商的支持，我们争取自由的事业注定不会成功的。”

“没有您的领导”——罗恩先生说话时，难以掩饰激动的情绪——“我们根本不会有追求自由的信仰，更别提什么争取自由的事业了。我会一如既往地支持你们的事业——赴汤蹈火，在所不惜。”

“我在天亮以前得到了消息。茶叶船达特茅斯号已经出发，天黑前会到达城堡岛。如果茶叶运上岸——交了茶叶税——我们的努力就付诸东流。今天，我们组织的代表会开一整天会，明天，我们会召开全体大会。我要印刷的，就是会议公告。

他从拉伯手里拿过了那张纸，大声读了起来：

“朋友们！会友们！同胞们！噩耗传来，东印度公司向波士顿运输茶叶的商船已经抵达波士顿海港：此诚生死存亡之际，我同胞需团结一致，共同反对英国的专制统治。朋友们，我们应为我们的祖国、为我们自己、为我们的子孙后世奋起反抗，如果您有志加入我们的队伍，请于今日九时（当然，指的是星期一），到法纳尔大楼参加集会，届时，自由的钟声会敲响，我们定会联合起来，成功地将这最糟糕、最具毁灭性的专制政府永远赶出我们的家园……波士顿，一七七三年十一月二十九日。”

读罢，他轻声说："我们会奋斗到最后一刻——直到最危急的时刻。在此，我们恳请总督大人批准，命令运输茶叶的货船驶离我港口，将茶叶运回伦敦，限期为二十天。"

约翰知道，法律规定，如果货船不在二十天之内卸货，货物就会被海关扣下、进行拍卖。

"罗恩先生，不用说，观察家组织的诸位会员将会在今晚进行集会。在明天九点，召开全体大会之前，会员需先行达成统一意见。"

约翰竖起耳朵仔细听。自从他来到罗恩先生的报社以来（拉伯说，任何事情，都可以托付给约翰——甚至连性命，都可以托付给约翰），他会经常通知观察家组织的会员参加会议。为了防止会员内部出现叛徒，组织没有保留会员名单。拉伯让约翰记住二十二个成员的名字。会员会议就在拉伯和约翰住的阁楼里召开。

"约翰，"罗恩先生说，他急于取悦亚当斯先生，"让约翰，现在就去。"

"不，先生，请等等，等到中午再去更好。那样，会员参加完教会的聚会，还有时间回家休整一下。约翰，像平时那样，不要声张，就告诉他们，'某某先生欠八先令报纸钱'。"

约翰点了点头。也就是说，会员会议会在今晚八点进行。如果他说报纸钱是一英镑八先令，意思就是明晚八点开会。如果说报纸钱是两英镑十二先令，意思就是后天下午三点三十分开会。约翰一想到自己能亲历一件伟大的事件，哪怕只起到很微小的作用，哪怕这件事很机密、甚至危险，都感到莫大的欣喜，兴奋之情溢于言表。

今天，他不能骑马送报纸了。警察会拦下他，盘问他。有法律规定，每逢周日，不论是业务需要，还只是为了消遣，都不能骑马出门。

约翰看到萨缪尔·库柏牧师讲完道，与教区居民一一握手，就上前“催讨报纸钱”。约翰告诉牧师，报纸是八先令时，牧师冲约翰点点头，可一位穿着时髦的妇女宣称，一个报童居然敢擅闯教堂、向牧师催债，简直是丢人的事情。如果催债都不算工作，那什么还算呢？她扬言要找警察来，好好抽这个“厚颜无耻的小恶魔”几鞭子，让他不敢再违反安息日的规定。库伯先生忍俊不禁，只好假装咳嗽，尽管他穿着庄重的黑色牧师袍、带着白色法带、还戴着羊毛假发，还是顽皮地朝约翰眨了眨眼睛。

“我应该告诉我弟弟威廉，对吧？”他说，“威廉和我今晚就把钱给你们送过去。”

约翰又通知了另外四位会员，接着，就去了贝肯山庄。约翰到那些富裕人家的豪宅，一般都去后门。有时，他会去送报纸，有时会去“收欠款”。在汉考克先生家，一个身体瘦弱、看上去十分狡猾的老黑奴在厨房看到了约翰，告诉他，汉考克先生头疼，躺在床上休息。她绝不允许约翰去主人的卧室打扰他。因此，约翰来到了前门，按下门铃，希望能有个稍微通融一点的仆人，也许是那个小黑奴，出来招呼他。不过，那个狡猾的黑奴已经猜到了他的心思，先他一步来到了前门。

难道他不能给汉考克先生留个字条吗？约翰和老黑奴争执了一会儿，最终老黑奴同意约翰留了字条。她正在为主人预备薄荷茶，一会儿要给主人上茶。约翰可以写个字条，放在茶盘里，她会给主人送过去。约翰在厨房里写了字条——“汉考克先生欠《波士顿观察家报》八先令”，他把纸条折好，又在纸条外写上了“约翰·汉考克先生”的字样。就在两个月前，就是因为这几个字，他写得难看，被汉考克先生打发走了吗？

汉考克先生家的厨子蹲在烤炉前，做烤面包。约翰拿起茶壶，想把字条压在茶壶底下。他猛然发现，那个茶壶……茶壶的壶柄正是那个长着翅膀的仙女！茶壶旁边，放着奶油碟，曾经，约翰是那么喜欢它。即便是现在，他就算闭着眼睛，也能用手摸出那个壶的大致轮廓。啊……还有个跟茶壶配套的糖盆！汉考克真的找到个银匠，做出了拉帕姆先生没做出来的那个糖盆。约翰站在厨师身后，用颤抖的双手举起了那个糖盆。他发现，那两个手柄都做错了，犯的错误，和他没得到瑞威尔先生点拨前，做的手柄犯的错误一样。

他若有所思，想起了那个他做的那个糖盆……那个虽然没有任何差错，却始终没有完成的作品。

相比之下，现在他手里拿着的这个糖盆真是一无是处，简直是个垃圾。可是，当时他做出的那个糖盆，要是做完了，会有多么漂亮……多么完美！约翰想，就是因为做这个糖盆，我的手才会受伤，不过，因为做这么一件精品而受伤，也算值得了——幸好不是因为修什么破勺子而受伤的。

约翰没意识到，厨师那瘦长的黑手已经抓住了他的头发。

“你这个小毛贼！还想到汉考克先生家来偷糖吃？汉考克先生为人慷慨，如果你礼貌地跟他要，他会施舍你一块儿的。”

汉考克家的豪宅，紧挨着莱特家的宅子。莱特先生左右逢源，辉格党和托利党，他哪边也不想得罪，因此，他也订《波士顿观察家》。每周四，约翰都习惯性地穿过汉考克家的马厩，到莱特家去送报。今天，他不应该去莱特家了。不过，他曾经告诉希拉——他就是忍不住，想看看莱特家的人。他们周日都会做什么呢？莱特先生今天在家吗？也许，他会请波尔船长来家里吃饭。他能见到拉维尼亚小姐吗？——还是只会看到莱特家的胖厨师、厨房女佣、贝斯特婶婶，或是那些马夫们？

铺着鹅卵石的马厩空无一人。约翰并没听到，莱特家厨房里传出平日里的谈笑声。他看了一眼餐厅的窗户——莱特先生认为他就是打破了那扇窗户，进入他家偷走杯子的。毫无疑问，莱特先生从他手里偷走的那只杯子现在应该和另外三只杯子一起，放在餐具柜里。一想起这件事儿，约翰就恨得咬牙切齿。总有一天，他会把那只杯子拿回来，不靠偷也不靠抢。

一匹马"啪嗒、啪嗒"地走进了后院。约翰发现，拉维尼亚居然在安息日这天到公共马场骑马，这种做法不但违反了法律，而且也坏了安息日的规矩。她那匹黑色的马累得浑身湿漉漉的，喘着粗气。而那位年轻的小姐完美地侧骑在马背上。她那件深绿色、在伦敦订制的裙子几乎拖到了地上。约翰知道，拉维尼亚小姐认出他来了，知道他就是那个"偷了家里的杯子"的人，她第一次看到约翰到家里来送报纸就认出了他，不过，她假装不认识约翰，偷偷地瞥了他一眼，只见她眉间的那个锤子形的胎记颜色加深了。

"威廉！"她大喊着，"多贝尔！"

马夫没在马厩，没有人帮她下马。那匹黑马向后退了几步。约翰得意地笑了。他很了解马术，知道拉维尼亚这是在向他炫耀骑术。约翰可以随时让高博林向后退。约翰觉得很有意思，拉维尼亚虽然表面上很鄙视他，却放下身段，在他面前炫耀起了骑术。

“那就你来吧！”拉维尼亚冲着约翰喊。她的裙子太长了，马又处于紧张的状态，所以她必须找人帮她下马。约翰帮她下了马，可是她连声谢谢都没说。好像她觉得，能给她这样声名在外的美人帮个忙，是所有波士顿男性的荣幸。如果要说感谢的话，应该是约翰说。约翰觉得，拉维尼亚是他见过的最傲慢无礼的女子，可是，他还是无法抑制自己，希望能想见上她一面，为此，溜进莱特家里——冒着被波尔船长抓住，送到瓜达鲁普岛上去的风险。约翰常常告诉拉伯，拉维尼亚是多么糟糕的人——可是，还会忍不住，偷偷地去莱特家看她。

莱特家附近，住着威廉·莫里诺。莫里诺家的房子又脏又破，好像在向世人宣告，房子主人就要破产了。约翰路过时，莫里诺先生正站在他的果园前面，摇晃着手里的手杖，冲着他雇来种植苹果树的两个孩子大声吼叫。他的脾气很暴躁，不过他自己倒是乐在其中。尽管欠报社八便士的事情，约翰已经提醒过他三次，还是不确定他那狂野的、厚厚的爱尔兰脑壳听没听进去。不过，莫里诺先生似乎根本没把这件事儿放在心上。

约翰在昆西的住处，看到了好朋友约书亚·昆西、胖乎乎的约翰·亚当斯和詹姆斯·奥提斯。他们还像往常那样，坐在门廊里吃核桃。约翰进屋时，詹姆斯·奥提斯连头都没抬。他坐在椅子里，笨重的大脑袋往前倾，正忙着往摆在面前的纸上画一排小人。昆西已经听说了，晚间要举行的会议，他把一根手指放在嘴唇上，朝约翰摇了摇头，示意约翰不要说出这件事。与此同时，他看了看奥提斯那沉重、孤独的身躯。约翰猜想，虽然奥提斯也是会员，但是他和昆西和约翰·亚当斯都不想让奥提斯知道开会的事情。

四年间，奥提斯时而疯狂，时而清醒，时而明白，时而糊涂，反复无常。这些人里面，数他最聪明，毫不夸张地说，他不只是波士顿地区最聪明的人。曾经，他热衷宣扬英国人的权力——不仅是波士顿地区的英国人，还有除新英格兰以外的地区。而现在呢，他连周围发生的事情都漠不关心了。他那沉重的大脑袋摇摇晃晃的，约翰·亚当斯和约书亚·昆西不约而同地看了看他，轻轻地把门关上了。约翰猜测，这一两天，他就会听到传言，说詹姆斯·奥提斯又发疯了，拿起枪从自家的窗户向外开火。或者，有人会说看到詹姆斯·奥提斯坐在车门紧闭的马车里，五花大绑，被医生带出了波士顿。

接着，约翰来到了切尔奇医生的家。切尔奇医生着实是个怪人，这个时间还穿着睡袍和拖鞋，他面前杂乱地放着纸张、钢笔和墨水瓶，他正在忙着创作诗歌呢。约翰不喜欢莫里诺先生，因为他总是大喊大叫的。不过，他更加讨厌切尔奇先生。虽然，他没听说过切尔奇先生有什么不端的行为，不过，他凭直觉，认为切尔奇不是好人。他知道，保罗·瑞威尔先生和约瑟夫·沃伦先生也是这么看待切尔奇医生的。

沃伦医生去罗克斯伯里，给一位女病人出诊，他的太太让约翰下午五点再来。

约翰最后给保罗·瑞威尔先生送报纸，因为他家住在北广场，今天又是星期日，约翰知道，希拉和伊萨娜会在水泵那儿等他。他想起自己在上个星期四，还有大上个星期四和星期日，都没有如约去见她们，感到有些内疚。

到了北广场，约翰四下看了看，发现女孩儿们并没在水泵旁等他，觉得如释重负，才去瑞威尔先生家送报纸。瑞威尔先生正忙着画政治漫画，漫画有关茶叶和英国的专制统治。他画得并不好——至少不像他的银器做得那么好。他画画时，他的孩子们都围在他身边，站在他的椅子周围，调皮地朝爸爸的脖子吹气，还把面包屑洒在爸爸的头发里，不过，保罗·瑞威尔对待孩子们的叨扰，一如他对其他事情的态度一样：毫不动怒。

“看来，我欠你八先令喽？”他问约翰，接着，他那红彤彤的脸上露出了微笑，目光炯炯有神。

只剩沃伦先生没有通知了，约翰决定，等所有人都通知到了，他就回报社，帮拉伯布置阁楼上的桌椅，为晚上的会议做好准备。可是他往回走的时候，看到希拉和伊萨娜站在水泵旁边。希拉看起来那么瘦弱，那么绝望，她那小巧的脸面色苍白，看来，拉帕姆一家的日子过得并不如意。希拉的衣着也显得寒酸，约翰看到希拉艰难的处境，心里很难受。他同情希拉——可是并不希望她在那儿等自己。他在拉帕姆家当学徒，似乎是几年以前的事情了，而不是几个月以前的事，那时，希拉和伊萨娜是他唯一的朋友。自从他来到报社，他就见识到了一个更为广阔、更加精彩的世界，结交了新朋友。目前，他为茶叶事件和今晚举行的会议感到兴奋不已。他现在接触的人和经历的事情，希拉一无所知，他又没法告诉希拉，尽管如此，他依然耐心地听希拉讲述着身边发生的事情，并装出一副感兴趣的样子。过去，他的确对这些事情很感兴趣，可现在，他对这些琐事一点兴致都没有了。他觉得，自己是个伪君子，因而感到不自在。又因为不自在，就多多少少地归咎于希拉。

“推迪先生决定了吗，是娶梅婕还是娶朵卡斯？”

希拉希望，推迪选择梅婕。朵卡斯对小弗雷泽很痴迷，她说如果妈妈逼她嫁给推迪先生，她就和心上人私奔。

“多弗怎么样了？”

“跟以前一样。”

“脏小子呢？”

“你没听说吗？脏小子当水手去了。”

“师傅怎么样了？”

“不太好，自从他跟推迪先生签了协议，就没踏进过作坊半步。他说，自己活不多长时间了，剩下的时间，他得准备准备，去见上帝了。”

虽然约翰嘴上问这问那，可是他对拉帕姆家的家长里短并不感兴趣，只是一门心思地想着今晚的会议——还有那些运输茶叶的货船会不会回伦敦。希拉始终相信，约翰能赴约，这多少让约翰感到不安。他已经有好几个星期日都没去北广场见她们了，他和拉伯整天忙忙碌碌的，而且他还要适应新生活。他了解希拉，知道每到约定的时间，希拉都会带着伊萨娜如期赴约。希拉宽慰约翰，她知道约翰很忙，不能每次都来见她们，可是如果他再努力些，就能多见她们几次了。约翰觉得，女孩子总能信守诺言，这让他感到很恼火，不过，他不肯承认这一点。希拉想当然地认为，约翰并没什么变化。可是，发生在约翰身上的变化很大。如果说，在一七七三年冬天，约翰·特雷梅恩爱上了哪个姑娘的话，那一定是那个坏脾气、坏心肠，让人厌恶的“表亲”拉维尼亚·莱特莫属了。他喜欢的，并不是普雷希拉·拉帕姆。

伊萨娜愈加让约翰觉得心烦意乱。伊萨娜越来越爱炫耀自己。她觉得，如果她拿下斗篷上的帽子，别人就会看到她长得多漂亮，都会夸赞她。这不，这会儿，就有一位年长的牧师向他们走过来，他看到伊萨娜时，张开了嘴。

约翰可不想听他说话，匆忙离开了。

沃伦医生从罗克斯伯里回来了，他还穿着医生的制服，马靴还没脱下来呢。

“八先令，先生，”约翰说道。

“我今晚会去的。我应该……等会儿，我今早答应罗恩先生，写一篇文章——不过有事儿耽搁了。有位妇人从苹果树上掉下来，把腿摔断了……”他说完，又继续写起了文章。

瓦伦先生年轻英俊，皮肤细嫩，长着一头浓密的金发，一双湛蓝的眼睛。

就连他这样的报童看到了英姿飒爽的瓦伦医生，都会不由自主地相信他的人品和医术。约翰摘下了罗恩姑姑给他织的红色手套，把手放在火炉边取暖。

钢笔在纸上写字发出的沙沙声突然停下了，瓦伦先生放下了钢笔，虽然约翰背对着瓦伦先生，但是，他知道医生那双湛蓝的眼睛正在盯着他，更确切地说，是盯着他那只烫伤的手。

约翰马上将那只手插回了裤兜，他不由自主地挺直腰板，准备装出一副闷闷不乐，或是趾高气昂的样子来，把医生打发走。

“孩子，”瓦伦先生用轻柔的声音说，“让我看看你的手。”

约翰并没有面对瓦伦先生。他什么也没说。

“你不想让我看看吗？”

屋里陷入一片死寂，过了一会儿，约翰终于开口了，“不用了，先生——谢谢您。”

“你的手弄成这样，是上帝的旨意吗？”瓦伦医生是想问约翰，他的手是不是生来就有残疾。如果他的手是生下来就有残疾，那瓦伦先生就很难帮约翰治好了。

“是的。”约翰想起，那只手是因为违反了安息日的规定才受伤的，所以隐瞒了实情。

“天意如此，我无能为力了。”年轻的医生说。

说完，他又回到座位上，埋头写起了文章。

约翰听见，屋外传来了喊叫声、口哨声和跑步声。夜色降临，自由之子的成员开始行动，出门张贴亚当斯先生的公告。今晚，拉伯并没有加入他们的行动。尽管，在此期间，他出去了一两次，帮忙恐吓那些购买茶叶的人，想让他们离开波士顿，向驻守在城堡岛上、看守茶叶的英国士兵求助。约翰年纪还小，不能加入“自由之子”组织。不过，成员开会时，他和拉伯留在楼下待命，为成员服务，拉伯为大家调制香气四溢的潘趣酒，会议总是以拉伯的潘趣酒结束。

波士顿市内，民众都很振奋。大家都知道，达特茅斯号运茶船离波士顿不过几千米之遥。他们还知道，会有大事件发生。约翰听到门外有嘈杂声，边凑到门旁边，看看外面发生了什么事。原来，是一个胆大的托利党人循着告示上的地址，一路追踪到这儿。自由之子的成员故意让他跟踪到索尔特大道，才对他动手。约翰很反感这种街头乱斗，他关上门，坐在拉伯旁边，切起了柠檬、橘子和青柠。

“拉伯……”

“怎么了？”

“他们会做出什么决定呢……我是说楼上那些人？”

“你也听萨姆·亚当斯说了。如果可能的话，茶叶会运回英国，我们给了他们二十天期限。”

“如果总督不同意怎么办？”

“他会同意的。你不了解哈钦森大人，我了解他。你看萨姆今天早上有多开心了吧？他比我还了解哈钦森呢。”

“如果像你说的那样……接下来会发生什么呢，拉伯？”

约翰听到，街上传来了打斗声、谩骂声，吓得手颤抖起来。他索性放下刀，不想让拉伯看到他害怕的样子。自由之子对那个托利党人下了狠手——情况很糟糕。

“我们只要把潘趣酒端上楼，听听他们说了什么就知道了。就看萨姆·亚当斯吧，如果他看起来兴高采烈，像一只老狗嘴里叼着一只胖乎乎的小鸡，那就说明，他们达成了共识：如果其他手段都行不通，就用暴力解决问题。他不再想弥合我们与英国之间的分歧了，只想通过战争解决问题。”

“但是，英国的战船就停靠在港口。它们会保护茶船的，它们会跟我们打仗的。”

“我们也会奋起反抗的。”拉伯正在为调制的潘趣酒，加上点缀，今晚的潘趣酒是热的。拉伯忙着磨碎肉豆蔻、小心翼翼地把丁香沫洒在潘趣酒上，又扒起了桂皮。

“尝尝吧，约翰。汉考克先生带来的马德拉白葡萄酒真是极品。”

约翰听到，街上传来了痛苦的呻吟声，那声音就是从报社的门口附近传来的。那个勇敢的托利党人——愚蠢的家伙——居然单枪匹马地跟踪自由之子的成员，来到这孤寂的小巷——如今，他孤立无援，被打得抽泣起来。他哭泣，并不是因为疼痛，而是觉得羞愧难当。想到这儿，约翰就没了品尝潘趣酒的兴致。

罗恩先生招呼他们上楼。

“孩子们，潘趣酒准备好了吗？”

“看来，今晚他们的会开得挺快的嘛，”拉伯说，“正合我意。”

约翰端着几个锡杯、一个大木碗，拉伯紧随其后，提着两大壶自制的潘趣酒。

平日里，约翰和拉伯住的阁楼摆满了椅子，看上去有些奇怪。约翰·汉考克先生坐在主持人的位置上，脸色苍白、憔悴，也许他的头还疼呢。萨姆·亚当斯坐在他旁边，在他耳边轻声说着什么。约翰想，托利党人口口声声说，萨姆·亚当斯引诱约翰·汉考克变节，加入了辉格党，就像魔鬼引诱夏娃堕落那样——靠的正是不停地给他吹耳边风。

会议主持面前放了一个大盒子，盒子上铺了垫衬。约翰把那只大木碗放在汉考克先生面前时，亚当斯先生转过头。约翰从没见过一只狗抓到了一只肥硕的鸡，会露出什么表情，不过，他看到了萨姆·亚当斯脸上的表情，就明白了。拉伯把潘趣酒倒了出来，酒香四溢，屋子里的沉静立刻被打破了。大家都认识约翰和拉伯，保罗·瑞威尔和拉伯推杯换盏，而约翰·汉考克告诉约翰，他的老黑奴总是过分地保护他的隐私。实际上，在约翰去他家以前，已经有三个人找过他，告诉他看到了第一艘运茶叶的货船已经到了波士顿港口，不过，他的仆人并没有把这件事告诉他。直到他收到了约翰的“催帐单”，才知道了是怎么回事，后来的事情，约翰已经知道了。

“为十二月十六日举杯。”

“是啊，举杯！”

十二月十六日，二十天限期就到了。他们为了那一天举杯，因为到了那一天，如果茶叶不运回英国——就会被毁掉。约翰看到，萨姆·亚当斯是决定茶叶命运的关键人。实际上，自由之子的成员并不想看到茶叶运回英国，那就意味着他们与英国达成了和解协议。他们希望制造争端，越多越好……最终，一场战争无可避免。事情到了这般田地，大家都不相信美洲殖民地会与英国达成任何永久性的和解协议。

约翰透过重重烟雾，看到了瓦伦医生，他正在跟罗恩先生和萨姆·亚当斯先生谈论自己为报纸上撰写的那篇文章。不知是什么原因，他突然抬起头，微笑起来，他笑得很开心，几乎笑出声来。

约翰不知道，瓦伦先生为什么这么开心。他想，自己当时怎么那么傻呢……为什么不让医生看看自己的手呢？想到这儿，他咬了咬嘴唇。他当时对瓦伦医生粗鲁无礼，现在不好意思再去找瓦伦先生，告诉他，“我改变主意了，想请您看看我的手。我想，这个世界上，只有您能帮我治好这只手。”过了一会儿，瓦伦先生看了看约翰，依然带着笑容，他原谅了约翰的无礼，可是约翰感到羞愧，假装看别的地方，生怕自己会再有什么失礼的表现。

萨姆·亚当斯站在阁楼的另一端，汉考克先生仍然坐在椅子里，用手捂着头。亚当斯拍了拍手，屋子里立刻恢复了安静。

“先生们，今晚我们做出了决定——我们知道，如果运茶船不回英国，我们该如何处理那批该死的茶叶。我们中间，就有两个男孩儿——两个小伙子——我们正需要像这样的得力助手，帮我们完成大业。我们完全信任他们。如果各位会员同意，我建议，把我们今晚的提议告诉他们……我们需要他们帮助。二十天的时间很快就会过去，我们需要加紧落实我们的计划。”

会员们再次坐好，接着，那几只锡杯子在他们之间传递开。只有威尔·莫里诺坐立不安，自言自语。本·切尔奇先生独自坐着，他经常独来独往，大家都不喜欢他。

大家一致同意，应该把会议的决议告诉两个孩子。

亚当斯告诉约翰和拉伯，“首先，举起你们的右手。你们需要向上帝发誓，在有生之年，绝不向任何人透露，托付给你们的秘密任务。你们愿意发誓吗？”

两个孩子都发了誓。

汉考克并没有看他们发誓，他还坐在那儿，用手捂着头。

“绝对不允许——那些运茶船回到英国——一艘都不行。此后，我们每天都会召开全体大会，表面上，我们要求运茶船返回英国，这么做，一方面是为了号召群众行动起来，一方面是向世界宣告：我们是不得以才诉诸武力的，因为其他解决问题的方法都行不通。等到二十天期限一到，在十二月十六日那晚，我们就登上茶叶船，把那些茶叶倒进波士顿港。每一艘船，包括达特茅斯号、埃莉诺号，还有海狸号，都需要三十名身强力壮、诚实无畏的成年男子和小伙子。你愿意成为其中之一吗，拉伯？”

约翰注意到了，亚当斯先生并没有问自己。那是因为他手有残疾，没法劈开船上的那些箱子——还是因为他更了解拉伯，拉伯年龄更大呢？

“当然了，先生。”

“你还能找来多少个小伙子，去做这件事情呢？我们需要身体强壮、可以信赖的孩子——如果有一盎司茶被偷了，整件事情性质就变了，成了偷盗——而不是抗议行动，明白了吗？”

拉伯思考了一会儿。

“今晚能找来八到十个人，给我点儿时间，让我到处找找，应该能凑齐十五个到二十个人。”

“必须是能守口如瓶的孩子。”

“是的。”

保罗·瑞威尔先生说：“我能从北广场找来二十个，或者更多的孩子。”

“不能告诉他们，我们要干什么，还有谁会参加这次行动，也不能让他们知道，谁是这个倾茶组织的策划者——也就是今晚来参加聚会的这些先生们。就告诉他们，如果他们热爱自己的国家、热爱自由，反对专制，就在十二月十六日晚到这家报社集合，尽可能伪装好自己，每人自备一把斧子，或者短柄小斧头。”

“听您吩咐，先生。”

接着，大家讨论的话题更为宽泛，三组成员，各有一位领导，维持各组纪律。

“算我一个。”保罗·瑞威尔自告奋勇。

瓦伦医生警告他：“等等，保罗，大家已经决定了，这件事必须由学徒，或者陌生人——那些在波士顿的生面孔来做，因为东印度公司会起诉的，如果你被认出来……”

“我愿意冒这个险。”

罗恩姑父示意拉伯和约翰出去，让会员们单独商议这件事。虽然他们不情愿，还是离开了。

约翰和拉伯都躺在带脚轮的小床上，阁楼里还弥漫着烟味和潘趣酒的余味。

约翰睡不着，辗转反侧。

“拉伯？”

“嗯？”

“拉伯……你找的那些男孩儿，我算其中的一个吗？”

“当然算了。”

“可是我的手……我们要做什么呢？”

“劈开船上那些装茶叶的箱子。把茶叶倒进港口。”

“拉伯？”

“嗯？”

“我怎么能……劈开东西呢？”

“还有二十天时间练习，后院的那些柴火正愁着没人劈呢。”

“拉伯……”

拉伯没回应，他已经睡着了。

约翰毫无睡意，他睁着眼睛。钟声敲了十二下，已是午夜。约翰平静下来，如果他再努努力，也许就能睡着。可是他满脑里想着的，都是那几艘茶船，达特茅斯号、埃莉诺号和海狸号，它们缓缓地扬起了白帆，驶向波士顿。近了，更近了。就在约翰快睡着的时候，猛地动了一下，这下，他彻底清醒了。他不想再想那些茶船了，又想起了后院那些柴火，可以当他的练习素材。他还想到了瓦伦医生。哎，他当时为什么没让医生看看那只受伤的手呢？他又想起了希拉，站在北广场一次又一次地等着自己——而他只是想去的时候，才会去见希拉。他喜欢希拉。希拉和拉伯是他最好的朋友。为什么自己对希拉那么刻薄呢？他想不明白。他会用左手拿起斧子，不停地砍、砍、砍……想着想着，他就睡着了。

在半梦半醒间，约翰仿佛看到，头顶上悬着一个很大的白色东西——那东西马上就要掉下来，压住他了。他挣扎着，惊醒了，坐起来，发现自己满头大汗。那是他梦到的茶船的风帆。

约翰听到，隔壁床上传来了拉伯轻柔、缓慢的呼吸声。

对这场即将到来的政治风暴，拉伯更为投入，却能安然入睡。约翰决定，要学着拉伯那样，镇定一些，没想到适得其反，反而更加紧张。于是，约翰索性和拉伯步调一致，与拉伯的呼吸频率保持一致，匀速呼吸——轻轻地、慢慢地，最后，他也沉沉地睡着了。

第二天，约翰很早就起床了，来到后院练习劈柴。一开始，他的左手连斧子都握不住，他用右手扶住斧柄，咬牙坚持下去。拉伯看见约翰费力地练习，没说什么，只是像平常一样布置好了制版，拿出印刷样稿。可是，他总会出门去，约翰觉得，那是他出去“网罗”承诺的那十五个到二十个男孩儿了。其他人去了，会把约翰一个人留下吗？一想到这些，约翰就受不了。拉伯答应过他，给他二十天时间练习劈柴。他只好不停地劈柴，磨练自己的本领。约翰劈完了罗恩先生家的柴火，又去非洲皇后（免费）劈柴了。

全体大会几乎天天会在老南教堂召开，有时一开就是一天。天气越来越热，自从三年前波士顿惨案发生以来，波士顿还是第一次像这样群情激奋。引领这次革命浪潮的，是萨姆·亚当斯和他的心腹，他们不断地激化着英美之间的矛盾，虽然并没有公然挑明，但是大家都认定，他们唯一的选择，就是毁掉船上的茶叶。

有时，拉伯和约翰也会参加会议。一次，治安官来了，拉伯和约翰恰巧在疏导大家离开会场。治安官说，这样的集会是非法的，可被处以叛国罪。治安官口口声声说，他是转达哈钦森总督的口谕，聚众用一片嘘声和呐喊声予以回击，他们都表示，要为这一命令投反对票。

有时，约翰和拉伯偷偷溜进格里芬港口。到了十二月八日，埃莉诺号和达特茅斯号汇合。这几艘运输茶叶的货船十分奇怪，船上的货物均已卸下——只有茶叶没有卸货。波士顿当局命令，不得将茶叶卸下。法律规定，如茶叶不卸货，船只不得离港，总督也不会发给船只通行证，批准它们回英国。驻守在城堡岛上的英国莱斯利上校接到命令，如果运送茶叶的货船擅自离港，就朝它们开火。英国奋进号和翠鸟号军舰整装待命，如果货船遵守了波士顿当局命令，将茶叶运回伦敦，就朝它们开火。目前，这两艘军舰就停靠在格里芬码头，毫无动静，好像被施了魔法。

码头上丝毫不见往日的熙熙攘攘，看不到船员，可是每天，都会有上百名群众到码头看看那几艘货船的动向。约翰在码头上看到了罗奇，二十三岁的贵格教徒，达特茅斯号就是他家的货船。他夹在英国和波士顿当局之间，左右为难，几乎绝望了。总督不允许他的船离开波士顿港，而波士顿当局不允许他卸货，他夹在中间，两边为难，无可奈何。

他还担心，船整日停在那里，会有暴民放火烧了他的船。他的担心是多余的，根本没有什么暴民，武装好的居民日夜看守着货船，确保货船完好，没有人私自把茶叶运下船。众多看守来回踱步，轮番守护货船。他们中的很多人，约翰都认识。有一天，约翰看到约翰·汉考克先生肩上背着火枪，出现在了守护货船的队伍里，第二天夜里，他还看到了保罗·瑞威尔先生。

十二月十五日这天，第三艘货抵达了波士顿。正是那艘双桅船，海狸号。

第二天，就是十二月十六日。这一天，约翰起床时，听到了雨点淅淅沥沥地敲击屋檐的声音，过了一会儿，他听到，波士顿所有的钟声又一次齐声敲响，“叮铃——当啷”，这是在召集全体居民，再一次，也是最后一次，到老南教堂开会，要求货船和平地驶离波士顿，返回英国。

到了夜幕十分，拉伯召集的男孩儿秘密来到报社的办公室集结。报社大门紧锁，外面的雨已经停了。拉伯找来的男孩儿，有很多约翰都认识。他们开始乔装打扮，往脸上抹烟灰、涂红色染料、戴上睡帽、穿上旧袍子、破烂的夹克，撕开带窟窿的毯子，当作武器。一番装扮后，他们都笑了起来，还嘲笑起别人的怪模样。拉伯一个眼神，他们就都不出声了。在屋外，那些路过报社的人，谁也不会想到，报社里有二十个装扮成“印第安人”的男孩儿。

约翰为了他的行头，着实费了不少心思。罗恩姑姑给了他一条破旧的红毯子，允许他撕坏。他花了几个小时的时间，在那毯子上缝缝补补，还给他戴的旧织帽上，缝了一簇鲜亮的羽毛，他刚想穿戴上装扮，拉伯就喊住他，让他等一会儿。

拉伯把召集的男孩儿分成了三组。停泊在港口的每艘船旁边都站着一队人。“你们，”他朝着其中的一队人喊道，“你们去达特茅斯号，支援我们在船上的人。你们去埃莉诺号，你们去海狸号。”每个男孩儿上船以后，都要轻声对船上的负责人说，“我认得你。”那是暗号。三艘船上的三位领导都很好辨认，他们每个人，都会在脖子上系上白色手绢，在右手手腕上系着红绳。拉伯吩咐完那些男孩儿，又转身对约翰说：“我们这些人里，数你跑得最快。你这就跑到南教堂，去找罗奇先生。他又去恳请总督批准，让运茶船半小时内驶离波士顿。等你到了南教堂，他就回来了。约翰，我要你仔细听萨姆·亚当斯先生说了什么。如果他说：‘愿上帝保佑吾国’，就马上回到这儿来。我们会卸下伪装，回到家里，我们的行动就会停止，以后都不会再提这件事。如果他说‘此次会议无法挽救这个国家’，你就尽快跑出人群，一直跑到科恩希尔，吹响这只银哨。然后再尽快跑回来找我，继续吹口哨。我会在教堂附近，安排几个男孩儿在角落里等你，不过他们不会在人群里。一旦你吹起口哨，他们就会听到，把信息及时反馈给我们。”

约翰跑到南教堂，发现教堂附近、街道上、教堂里，都站满了人，他还是第一次在波士顿见到这么多人，他们都在等待罗奇先生最后一次请求总督的结果——人群足足有几千人。看来，约翰想挤进去，是不太可能了，可是他尽力推搡人群，挤到了门口，就再也不能往前走了——除非他踩着人们的头走过去。这时，天色已经暗了下来。

约西亚·昆西的声音在人群中回荡。“我看见乌云滚滚、电闪雷鸣，上帝御风而来，指挥风暴，我将国家交付给……”

约翰听到这番话，觉得莫名兴奋。可是，他来这儿，不是来听这些讲话的，讲话的人也不是萨姆·亚当斯。约翰只担心一件事，昆西先生的声音清脆悠扬，听见他的声音很容易。可是萨姆·亚当斯的声音没那么洪亮，也不容易那么辨识。

人群从中间分开，给轿子让路。众人高呼：“罗奇先生回来了！快给罗奇先生让路！”罗奇先生的轿子从约翰身边经过，约翰这才发现，罗奇先生太年轻了，几乎被这阵势吓哭了。看来，他这次去找总督请命，依然以失败告终。罗奇先生一进教堂，人群就骚动起来，约翰分不清某个特别声音。在这么嘈杂的环境里，他怎么能听清萨姆·亚当斯先生说了什么呢？约翰紧紧攥着那支口哨，可是他周围的人太多了，他被挤得结结实实地靠在了门上，动弹不得，他觉得自己的手根本没法伸到嘴边。

“安静。”说话的人又是昆西，“安静，请大家安静，下面，我们有请亚当斯先生讲话。”约翰不停地扭动着身体，挣脱了周围人的束缚，然后把口哨放到了嘴边。

人群突然安静下来。约翰猜想，人群中一定有很多人像他一样，在等着听亚当斯先生说什么。看起来，亚当斯先生已然平静地接受了失败，他解散了人群，接着，说了一句：

“这次会议已经无法挽救这个国家了。”

话音刚落，约翰就第一个吹响了口哨，哨声清脆，接着，从四面八方都传来了口哨声和呐喊声，还有印第安人在战争时发出的呐喊声，“今夜，让波士顿港成为茶壶！”“为格里芬港喝彩！”“倾茶入海！”“莫霍克人，拿起斧子，免收银子！”的喊声此起彼伏。

约翰担心，拉伯和他的军团到了港口时，一切就已经结束了。他极力地推搡着人群，挤出了人潮，还在吹着哨子。人们都向格里芬码头走，约翰也跌跌撞撞地回到了索尔特大道，他担心其他人已经去了码头，根本没等他。毕竟，拉伯告诉过他，他的腿和耳朵比手要灵光——所以特意给他分配了他专长的任务。到了报社，约翰一把推开了门。

拉伯一个人在报社里，他拿着约翰的毛毯外衣，还有他那顶滑稽的羽毛帽。

“快点儿！”拉伯一边催促着，一边往脸上抹烟灰，还在嘴边画着红线，从耳朵一边画到另一边。约翰透过黑色的烟灰，看到了拉伯的眼睛。他黑色的眼睛难掩兴奋之情，熠熠发光，那种光芒，约翰只见过两次。拉伯的嘴微微张着，他的牙看上去那么白，像是动物的牙齿，虽然他看上去波澜不惊，说话时也十分平静，却按捺不住内心的激动之情，想抓住一切机会，立即行动。拉伯突然变得这么激进，着实有点儿吓人。

他们一个箭步，冲出了报社。

“我们绕道走！”拉伯喊着，他指的是从巷子里抄近道去海港。

“快来，跟上我，看来我们必须得撒开腿跑了。”

他飞奔到了索尔特大道，向着海滨对面的方向跑去，一路穿过小巷(越跑越快)。他们瞥到了一家铁匠店里的“印第安人”都在争先恐后地往脸上抹烟灰。他们偷偷从后院的篱笆下溜出去，最终来到滨海大街弗兰德胡同外的道路。他们一路狂奔，好像要飞起来，不像在现实中奔跑。

白天还在下雨，现在雨停了，乌云密布，等到他们跑到格里芬码头，一轮皎白的满月冲破乌云，在天空朗照。三艘运载茶叶的货船静静地停靠在港口，码头上集结了几百个默默等待的人，他们都沐浴在皎洁的月光里。集结的人越来越多，由几百人变成了几千人，他们都严阵以待，等候一人的号令。

拉伯朝着一个身材敦实，看着很活跃的人嘟哝了几句，约翰可能也认识那人，约翰看到那个人走路的步态、自信的昂首阔步的样子，才认出，那人是瑞威尔先生。瑞威尔先生对约翰说，“我认得你。”

“我认得你。”约翰重复了一遍暗号，然后站到了瑞威尔先生身后。其他被人群拦截的志愿者也陆续赶来了。他们中，成年人居多。约翰猜测，那些自愿加入三个小组的人，多半只是一时兴起，想来看看发生了什么事。他们也把脸涂黑了，拿着斧子，跟了过来。他们都学着为这次行动精挑细选的那些男孩儿的样子，都很安静，顺从地听船上领导的指令，看不出有什么差别。

水手长的口哨声响起，一组人默默登上了达特茅斯号。埃莉诺号和海狸号都在靠里面的位置。约翰就站在瑞威尔先生身后，他听见瑞威尔先生呼喊船长，用开会那天晚上说的行话向他承诺，船上的东西，他们只会毁掉茶叶，其余的货物一概不会动。不过，他希望为了安全起见，在他们行动的时候，船长和船员先到船舱里躲一躲，等行动结束再出来。

霍尔船长听了瑞威尔先生的话，耸了耸肩，把货舱的钥匙交给了船上的侍者。那小侍者接过钥匙，仿佛得到了宝贝，立刻咧嘴笑了起来。看来，船上的人已经料到，会有“倾茶党”要来。

“我来做示范，”那小孩儿自告奋勇，“怎么把箱子升起来，先生，我去拿个灯笼过来。”

绞架“吱嘎、吱嘎”地响了起来，一个个大箱子升了起来——足足有一百五十个。一些人去货舱里，看看还有没有其它箱子，另一些人撬开了箱子，把里面装的茶叶倒进了大海里。大家碰到了一个意想不到的麻烦，箱子里的茶叶包裹在大帆布袋里。用斧子倒是很容易就能把木箱劈开——不过，他们都对帆布袋束手无策。约翰这辈子也没这么卖力过。

约翰注意到，一个满脸烟灰的胖男孩儿就在他旁边。那个男孩儿看着眼熟，可是约翰看到了他那双白胖的手，才认出了那人是谁，于是他格外留意，把他看得很紧。那是多弗。他并不是最初选中的“印第安少年”，而是志愿者。他穿了一件特别宽大的马裤，每个膝盖都绑了一根绳子。约翰一边忙着撬箱子，帮忙把茶叶袋抬到栏杆上，一边盯着多弗。他看见多弗偷偷地往裤兜里塞茶叶，他偷的茶叶足足值几百美元，可那不只是钱的问题，更重要的是，这种偷盗行为有悖于“倾茶党”此番行动的道义。约翰小声把多弗偷茶叶的事情告诉了拉伯，拉伯怒气冲冲地放下了斧头，一把抓起了多弗，他并没费多大劲。多弗连忙求饶，并承认他的确“顺手拿走”了一点儿茶叶，装在了马裤裤兜里。拉伯用力踢了多弗几下，把他裤兜里的茶叶一股脑儿地倒进了海里。

“他水性不错。”约翰提醒拉伯，那天晚上，每个人都扮演成“印第安人”，所以也得学着他们的方式说话。

拉伯抓起了肥胖的多弗，好像抓起了布娃娃那样，一把把他扔进了海里。茶叶的味道比海草的腥味重，因此，空气中弥漫着茶叶的清香。

不远处，奋进号和翠鸟号在月光中清晰可见。英国海军随时会出手干预，不过没有陆上兵力出现。哈钦森总督没把救兵搬来，这点还算明智。

达特茅斯号和埃莉诺号上的“倾茶”行动差不多同时结束。海狸号上的行动花费得时间更长，因为船上的货物还没完全卸下来。卸货时，大家都小心翼翼地，生怕把东西弄坏了。约翰正想到海狸号上看看能不能帮上忙，就听到瑞威尔先生小声告诉他，“把扫帚拿来，把甲板打扫干净。”

约翰跟着一些男孩儿，把甲板清理得干干净净。茶叶全部都倒进了海里，霍尔船长认定，除此之外，船上没有其他货物损失。

三艘船上的“倾茶”行动全部结束时，已经接近拂晓。可是，那些默默地站在码头观看的男男女女，大人孩子们还站在那儿，并没有回家。三队“倾茶”队伍的人走下船，自觉地沿着码头分成了四排，肩上扛着斧子。人群中立即发出了欢呼声，这差不多是行动开始以后，除了劈开箱子的斧头声，升起箱子时发出的“吱吱呀呀”声，和零零星星的命令声，这差不多是约翰听到的第一个声音。

约翰看见萨姆·亚当斯静静地站在人群里，假装自己是无辜的路人。约翰觉得，他脸上露出的表情，好像是狗吃掉了两只肥硕的小鸡后，嘴里还叼着一只，露出的那种心满意足的表情。

大家返回镇中心的途中，路过格里芬码头入口的柯芬山庄时，一扇窗户打开了。

从窗户里传来一个声音，“好啊，小伙子们，”那声音听起来冷冰冰的，不知道说话的人是不是生气了，“你们装扮成印第安人，渡过了一个愉快的夜晚，对吧？但是，给我记住了……你们会为此付出代价的。”

说话的人是英国海军上将蒙塔古。

“出来吧，”有人喊道：“今晚就把这事儿解决了。”

那位海军上将缩回脑袋，关上了窗户。

约翰和拉伯知道，自由之子的会员们知道，萨姆·亚当斯最清楚，他们的确会为此付出代价。英国找不出倾倒茶叶的罪魁祸首，会惩罚整个波士顿，波士顿的每个男男女女、大人孩子、托利党人和辉格党人，都脱不了干系，除非他们偿清了茶叶损失。在此之前，英国绝不会撤销之前做出的可以随意对殖民地征税的决定。

第二天，整个波士顿的男丁，大人和孩子，有的耳朵后面的颜料还没有擦干净，一个个都筋疲力尽，累得连手指都不愿动一下，可是，没有一个人说出，是什么事情弄得他们如此疲乏。他们还在想，那些“莫霍克人”是谁装扮的，英国议会下一步会采取什么行动，可是谁也没说前一天晚上自己做了什么，因为他们都发过誓，要守口如瓶。

只有保罗·瑞威尔先生看不出丝毫疲惫，尽管他昨晚也亲身参与了“倾茶”行动。天亮不久，他就骑着马，奔赴纽约和费城，去宣讲“倾茶党”的事情。他可以不休不眠地整晚劈茶叶箱，也可以第二天马不停蹄地踏上征程。

第七章　反叛的代价

英国发起了报复行动——反叛的代价——波士顿地区，为波士顿倾茶付出的代价，比大家预想得都要严重。波士顿民情激愤，陷入一片愁云惨雾之中。在此之前，很多温和派觉得，“倾茶党”的做法无法无天，他们同意支付茶叶损失的巨额赔款。然而，当他们得知了英国对波士顿的惩罚有多么严重，都信誓旦旦地说，波士顿绝不会支付这笔赔款。英国在美洲的另外十三个殖民地在此之前，大多都没有关注过“波士顿倾茶事件”，可是现在，英国在美洲的各个殖民地团结一心，共同抗敌。这些殖民地，平日里彼此嫉妒，凡事都漠不关心，四分五裂，正是因为英国疯狂的报复，才把它们紧密地连接在了一起。这个结果，是“倾茶党”未曾料想到的。

萨姆·亚当斯为此兴奋不已，他的手颤抖得更厉害了。

从遥远的伦敦，传来了英国对波士顿的制裁结果：在赔款付清之前，关闭波士顿港口，禁止船只进出波士顿港口，只有女王的战舰和运输船可以通行。英国想切断波士顿的生命线，活活饿死波士顿人，逼迫他们屈服。

一七七四年六月一日那天，约翰和拉伯，像其他波士顿居民那样，不去工作，而是在城市里四处游荡。人们聚在一起，情绪激动，他们热烈地讨论着、一边讨论，一边打着手势，发誓宁可饿死，也不会屈服。就连很多托利党人也说出了这样激烈的言辞。不论是国王忠诚的臣民，还是化装成“印第安人”的“倾茶党”，处罚都是一样的沉重。关闭波士顿港口的决定，无疑是专制统治的体现。他们决意奋起反抗，抵制专制统治，而波士顿为“倾茶事件”付出的沉重代价，成了压倒那些温和派的最后一根稻草。

约翰和拉伯在海滨游荡。他们看到，朗恩码头上，商人的账房已悉数关闭，帆布品厂已是人去楼空，装配工人和搬运工人都无事可做。一夜之间，数以百计的商铺都关闭了，手工工人，水手、制绳工人、码头管理员、码头工人都丢掉了饭碗。一百年来，源源不断地为波士顿带来财富的货船都停靠在码头。没有船只，能够进出波士顿港口。

首先失业的是船员和码头工人。他们不仅丢掉了赖以生存的职业，而且失去了为家人谋求食物的手段。造船厂和码头行业陷入瘫痪，随后很快波及到了波士顿的每家每户。没了工作，谁还会去买新衣服呢？没人买衣服，裁缝店和制衣厂就会关门。波士顿也没人能买得起银器了，银器店也难以维系。没人付得起房租，那些富裕的地主也难逃破产的命运。

“这样看来，”拉伯兴奋地说，“大家只能都饿死了。”

约翰和拉伯站在朗恩码头的尽头，码头有五百英里的路深入到港口里。在这里，他们能看到英国的旗舰船长号停泊在朗恩码头和汉考克码头之间。在总督岛旁边，停着奋进号，再远一些，是水星号、玛格达伦号和凶悍号，女王的舰队将波士顿包围，强制执行《港口条约》。

“罗恩姑父很伤心。他说，报社没法继续印刷报纸了。没有多少客户订报纸了，也没有人做广告，没了收入，连买纸张和油墨的钱都付不起了，报社也难以维系下去。”

“他把韦伯兄弟打发回家了吗？”

“是啊，他们回凯姆斯福德了。不过报社有姑父和我能维持的。《波士顿观察家》报会削减规模，他是不会轻言放弃的。他还会继续印刷报纸的，在报纸上刊登我们身边发生的是是非非——直到他去世——或是被绞死为止。”

最近，有关绞刑的话题不绝于耳。哈钦森总督被召去了英国。从现在开始，波士顿由盖奇将军代为管理。英军的精锐军队源源不断地来到了波士顿，想镇压叛乱。大家都心知肚明，盖奇将军大可以逮捕他心目中的，策划反叛英国行动的罪魁祸首，把他们送到伦敦，让他们接受法庭裁决，处以绞刑。如果盖奇将军愿意，可以在波士顿审判乱党首领，就地处决。

如果真是那样，萨姆·亚当斯、汉考克和瓦伦医生，也许还有詹姆斯·奥提斯，将会是第一批奔赴刑场的人。不过，《观察家报》的其他成员，如果他们的名字泄露出去，也难逃劫数。还有波士顿所有的辉格党印刷商，也都脱不了干系。难怪罗恩姑父有些惶惶不安。他生性怯懦，可即便如此，他还是会继续印刷报纸，大声疾呼，趁这个机会，唤醒马萨诸塞州民众，让大家共同抵制英国的专制统治。他会一直印刷报纸，直到印刷报纸的纸张用尽，直到自己走上绞刑架那天。

目前，抵达波士顿的只有一部分英国士兵，不过，应该还有更多英国兵力和军备，通过海路运输到波士顿。很快，每天都有一艘英军的船抵达波士顿。每艘船在波士顿的港口停靠后，船上的英军都会隆重地宣告他们的到来。鼓声雷动，军官在高喊，士兵从船上倾倒下红色的液体，像血液倾泻而下。在波士顿，随处可见英国士兵。大街上，每三个人里，就能看到一个穿着一身帅气的英军军装的英国士兵。

报社业务萧条。拉伯一个人，就能把一天的报纸都印出来。报纸的订阅量锐减，一部分原因是大多数人都买不起报纸了，还有一部分原因，是很多辉格党人都举家搬离了波士顿，到乡下去生活了。约翰用一个早上的时间，就能送完波士顿地区所有的报纸，他不用像以前那样，花一整天的时间送报纸了。转眼间，六月过去了，约翰和拉伯来到公共跑马场附近，看到帕西爵士率领的一旅士兵，在那儿安营扎寨。一排排的军用帐篷整齐划一，一道道篝火烧的很旺，军官的马匹都牢牢地拴好，随军人员都妥善地安置，火枪摆放得整整齐齐，步兵步调统一，一切都是那样井然有序。

火枪，拉伯最感兴趣的东西，就是火枪。在新英格兰的乡村地区，无论成年男子还是男孩儿都要接受军事训练，准备随时为国王效忠，奔赴战场。他们都害怕法国会发动突然进攻。这些新英格兰地区的民兵没有军装，穿的都是耕地时穿的破烂布衣。这也倒没什么。可是，他们训练用的武器，更加惨不忍睹。很多人的枪，都是古老的燧发枪、破旧的猎枪，已经传了几辈人了。那年春天，拉伯每个星期，都会和老乡一起去莱克星顿一两次，参加军事训练。可是，他的枪太不像样了，他没法央求家人给他一把像样的枪，也买不到像样的枪，只好拿着一把祖父传下来的鸟枪去训练。那把鸟枪，是用来猎杀康科德河里的野鸭的。拉伯因为得不到一把像样的现代机枪心烦意乱，约翰还没见过拉伯因为什么事儿这么烦恼过呢。

“我不怕他们用枪打我，”拉伯向约翰吐苦水，“我也不在乎打他们……可我希望，上帝能给我一把像样的枪，不是现在手里这只，只能打死三米以内的小兔子的破玩意儿。”

很多当地的居民，都对驻扎在波士顿的英国士兵投去了充满敌意、好奇的目光。可是，那些士兵丝毫不受影响，好像对他们熟视无睹。他们信心满满，认为这些粗人、乡巴佬看到英军武器装备精良、士兵训练有素，都惊得目瞪口呆，不敢跟他们对抗了。拉伯很想得到一把像样的枪，竟做出了一件愚蠢的事情，丝毫不像他平时的行事风格。有一次，他和约翰站在一排火枪旁边，他给约翰讲解着火枪的好处，还把一只手放到了一把枪的扳机上。

拉伯的举动，被附近一位骑马的军官看到了，当时他正在和几个波士顿的辉格党姑娘谈情说爱呢。那位军官并没动怒，他朝拉伯挥舞佩剑，剑背重重地打在了拉伯头的一侧。接着，那军官又和那几个姑娘调情，好像什么事情都没有发生过。还没等拉伯反应过来，是什么打到了自己，就晕了过去。

一位中士走过来，高喊："旁观者不得进入军事重地，退到绳子后面去！你们都退后！退后！"

约翰并未退后，他待在原地，守护着被打晕的拉伯。不过，经过了这次暴力事件以后，士兵们对约翰和拉伯倒是变得客气起来。约翰并没有因为违抗中士的命令受到责罚。一位头发花白的老者，英军的军医走了过来，叫人拿了一些水，用海绵擦去了拉伯脸上的血迹。他告诉约翰，拉伯很快就会醒过来的，让约翰不要担心。

"他刚才干什么了？"

"就是看了看枪。"

"他碰了吗？"

"恩……碰了。"

"他就头挨了一下子？那他算幸运的了。偷士兵的武器可是重罪，真是奇怪，布拉格中尉怎么没杀了他。"

拉伯迷迷糊糊地说："我才没想偷枪呢！不过，这主意不错。我想，我会……我会……"他头上挨了一下，还有些神志不清，"如果我有机会，就会……"

那个军医嘲笑了他一番。

“孩子，”军医严肃地说，“快别说这种话了。你们不想让我们来，我们还不想来呢。我还想留在巴斯的家里，陪着夫人和孩子呢。我们都是身不由己。如果我们都能心平气和，也许我们之间的分歧就能顺利地解决。你们也清楚，我们可是同一个民族啊。”

军医侃侃而谈，约翰觉得，这样的事情，以后他们还会碰到很多次。英军会做出他认为不可原谅的事情（就像今天这样，拉伯只碰了一下枪，就险些被打得脑袋开花）。前一秒，那些士兵还凶神恶煞地袭击这里的居民，下一秒，他们就摇身一变，会礼貌而不失友好地表达他们的善意，让你不自觉地喜欢上他们——至少他们当中的一些人。那个军医看到了约翰的马靴和马刺，就说：“我有个表亲住在剑桥。我有封信要寄给他，还没来得及送出去呢。你们俩认识有好马的信使，帮我送信吗？”

拉伯面对着约翰，用唇语告诉约翰“去。”

“我倒是有匹好马。”

“今天下午一点整来找我，我驻扎在北广场肖先生家。”

在回家的路上，拉伯告诉约翰，“如果你能替他送信，其他人也会效仿。也许，我们能从他们的信件中，得到萨姆·亚当斯、瓦伦医生和保罗·瑞威尔先生想得到的信息。这些军官不敢用自己的信使送信，怕他们在路上被人杀了。”

“这个我也想到了。”

到了下午一点，约翰牵着高博林，如约来到了北广场。他收了军医的信和钱（军医陪着笑容），只是有一点，让他心里不痛快。保罗·瑞威尔的家就住在隔壁，瑞威尔的女儿就站在她家门口，她和约翰年纪差不多。她弯着腰，几乎弯成了一个直角。她向约翰吐出了又长又红的舌头。约翰上了马，骑马转了两圈，准备离开那个英国军官时，听到了小姑娘用那尖尖的嗓子唱起来：“他喜欢英——国——人，他喜欢英——国——人。”

当天晚上，约翰送信回来，就去找保罗·瑞威尔先生汇报。那个军医的信中并没有什么有价值的信息，但是他那个住在剑桥的亲戚沙特里夫先生，大家以前，只是认为他对辉格党的事一直不热心，实际上，他是米德尔塞克斯郡的托利党领袖。约翰又见到了瑞威尔小姐，她连忙为先前的无礼行为向约翰道歉，“爸爸说，不要相信看到的东西，因为眼见不一定为实，还有……”

“你想相信什么，就相信什么。”约翰冷淡地回答他，觉得很痛快。他跟那位军官收的送信费用，是他收美国人费用的三倍，沙特里夫先生读了信，还告诉自己的夫人，他读到了有价值的信息——虽然不多——但是，是他应该知道的。

“我挺喜欢看你伸舌头的样子，”约翰接着说：“你的舌头又红又长，我一开始还以为，伸舌头的是一条穿着粉色夹克的猎犬呢，居然没认出来是位小姐。”

约翰替人送信，所得的钱应该一半归他所有，一半给马的主人。不过，约翰把自己应得的一半收入，都给了罗恩一家。他替英国军官送信，挣了不少钱（他们痛痛快快就给钱，从不抱怨），他攒了一笔钱，他把攒下的钱都给了罗恩姑姑，供家里开销。一开始，罗恩姑姑不肯收，后来她哭了起来，亲吻了约翰额头前的一小撮头发，收下了约翰的钱。

盖奇将军并没有判处“叛军”绞刑。他尽最大努力，与波士顿民众搞好关系。可是，瓦伦医生和昆西这样的不安定分子，还是继续散布煽动性的言论，对此，盖奇并不加以制止；像《波士顿观察家》这类反动的出版社，他也并不下令关停。辉格党人享有言论自由，报纸上抨击他本人和他领导的军队的文章，他也听之任之。他虽然不是个聪明人，但也绝不是专制者。他坚信，只要民众和英国士兵能够和平相处，不起纷争，那么随着时间的推移，一切麻烦都会不了了之……

波士顿的居民，并没有饿死。从大西洋两岸的城镇和乡村运来的补给，为波士顿居民提供了充足的食物。南卡罗莱纳州的大米、马尔布黑德的大量海鲜，还有从全国各地，甚至从伦敦筹集到的捐款，都送到了波士顿。自从英国发起对波士顿的制裁以来，有很多英国民众都十分同情波士顿的居民，纷纷慷慨解囊。每天，都有大车小车装满面粉、玉米、牛肉、羊肉送到波士顿市区，那是连接波士顿和美洲大陆的唯一通道。在英国没发起对波士顿的制裁之前，波士顿军民的一切吃穿用度都是靠海运运输，现在大小船只都像是死去的鸟儿，一动不动地停泊在海港。就这样，六月就要过去了。

约翰已经有三周没见到普雷希拉·拉帕姆了。他每天的安排都被打乱了，根本没法预知，自己在周四能不能去北广场。最近一段时间，每周日，他都会去趟莱克星顿，躲在锡尔斯比老祖父家的大谷仓后面，偷看民兵队的军事训练。在周日还进行军事训练，可能违反了安息日的规定，但是，这些民兵坚信：他们在安息日这天进行军事训练，是在为推翻他们厌恶的专制统治做准备，这是上帝的意愿。约翰只能站在一边，静静地看他们训练。这些民兵都和约翰年纪相仿，可是约翰手有残疾，连扳机都扣不动。约翰对自己的无能为力感到很恼火，他有时候会跟拉伯倾诉……虽然民兵队看上去并不像什么正规军队，他们的枪也有些滑稽，就连那些民兵，看上去也很滑稽……拉伯静静地听他讲，他知道约翰为什么批评那些民兵，因为他自己无法成为民兵队中的一员。

因此，在这期间，约翰一直都没见过希拉。

目前为止，希拉从没有去过索尔特大道的报社大楼。在她看来，那里是另一个世界，约翰·特雷梅恩就是在那个世界消失的，她也知道，自己没法随约翰而去。一天下午，约翰骑马去普利茅斯，替皮特卡林少校送信，他回到报社，看到希拉坐在报社里，和拉伯聊天，感到很惊讶。希拉看上去一点儿也不伤心，她穿着崭新的淡紫色轻纱连衣裙、整洁的白袜子和黑色帆布鞋。她笑得前仰后合，约翰发现她正在画画呢，拉伯告诉她该画什么。那是唯一一次——自从约翰离开拉帕姆家以后，希拉没有带伊萨娜出来。约翰看到希拉格外高兴，他不知道，是因为以前，每次他去见希拉时，伊萨娜总在希拉旁边，不停地炫耀自己，让他觉得烦心——他才会不想去赴希拉的约呢，还是另有原因？

约翰走进报社，穿着马靴和马刺，他没戴帽子，皮肤晒得发红，希拉看了看他，喜悦之情溢于言表。她刚才和拉伯聊得很开心，约翰不由自主地紧张起来，他自己都没意识到。他不明白，为什么希拉和拉伯也能相处得那么愉快？

拉伯和希拉开始向约翰解释，拉伯需要一幅英国士兵扼杀波士顿的画，是在报纸上刊登的——正巧他让希拉画了一幅，而希拉画得非常棒——现在他希望约翰能把画剪下来，好在报纸上印刷出来。

“我也能画——就是画得不好，但是我能画画。你肯定会越画越好的。”

“推迪先生会画画，是他教我的，拉伯假装那个英国士兵，摆姿势呢。看啊，我画的就是他。”

“那是拉伯吗？我看你画的是个木头桩子，根本不是拉伯，”约翰酸溜溜地说。不过希拉了解约翰，她知道约翰虽然嘴上那么说，可是他觉得她画得很好，为她感到骄傲。

希拉真漂亮，约翰想不出，希拉怎么突然变得这么漂亮，他带着醋意，认为是拉伯让希拉看上去美丽动人。他有一种魔力，能让人神采奕奕，展现出最好的一面。不，也许是那件淡紫色的连衣裙，还有因为她吃饱了饭，面色变好了，才显得很漂亮的。那些英军在波士顿驻扎期间，大家的日子都过得很艰难，希拉总是把自己的大半食物都分给伊萨娜，因此，每次看到她，她都显得很憔悴。而现在，她看起来真的很不错。

“像那样，坐下，约翰。我也要把你画下来，你比拉伯好画。”

“为什么我比拉伯好画？”

“因为，”她有意伤害约翰的感情，“你还是个孩子呢——拉伯是大人。画好了！我把你画成了浣熊，你不会介意吧？”

“我帮你给他加上毛茸茸的尾巴吧，希拉。”拉伯说。

约翰坐立不安，画画的模特都是这样，急于看到自己在别人眼中的形象。希拉画得并不是人物画像，在英国士兵和波士顿之间，希拉画了一个滑稽的形象，一半像浣熊，一半像个男孩儿。不过，画中人与约翰倒是有几分相似，大家都笑了起来。

“四点了！我得回去了。我出门的时候，他们让我去皇后大街买副手套，五点钟回家的。”

希拉说着，站起身，戴上了带花的帽子，朝门口走。

“等等……希拉，你还没告诉我，最近发生了什么事儿呢。”约翰忘记了，就在不久前，希拉告诉他的那些消息，他根本不感兴趣。

“没关系，我都告诉拉伯了。约翰，我不能再像以前那样，定期去见你了，事情发生变化了。”

“怎么会呢？你妈妈气疯了吗？”

“不是……其实，是的，她是气疯了，不过不是因为银器店的生意，是因为别的事情。因为就在推迪先生宣布，要娶朵卡斯后，她竟然铁了心，要嫁给小弗雷泽。”

“朵卡斯一向优雅矜持，她追求小弗雷泽的时候，可不能那么优雅矜持了吧？”

“不，她什么都顾不上了。”希拉的声音变得柔和起来，“她说，一个人恋爱了，眼里只有心上人——别的东西都顾不上了。”

约翰回忆起小弗雷泽，菲什大街那个笨手笨脚、乳臭未干，但是身材挺拔的皮具商，他不明白，怎么会有人会对他那么钟情。

“在推迪先生宣布，朵卡斯和梅婕，他更喜欢朵卡斯之后，朵卡斯就和小弗雷泽私奔了。让妈妈生气的是，推迪先生说，他不着急结婚。他不想娶梅婕，愿意再等几年，等我长大了，娶我为妻。”

“娶你！”约翰生气地大声嚷嚷，“那个老家伙——他还算个男人吗？他都要到四十岁了吧？希拉，你说，他说要娶你，你没说谎吧？”

“我上个月就满十五岁了，你一月份就满十五岁了。”

“我真不想打断刚才的话题。拉伯，你听到了吗？现在，我只比你小一岁了。”

拉伯咧嘴一笑，“我上周就满十七岁了。”约翰想，那倒像拉伯的风格——做什么事情都不动声色，赶超别人，然后嘴角露出胜利的笑容。

“妈妈不喜欢那样——推迪先生总是拖拖拉拉的。一波未平，一波又起。”

“怎么了？”

“自从——去年秋天——莱特家订了一批银器。推迪先生就变精明了——不过也变得很古怪。几周之前，莱特小姐来银器店了，她想把自己的武器，她的马鞭手柄上，刻上家族的标志：那个冉冉升起的太阳标志。屋子里，站着莱特小姐、我、推迪先生和妈妈。银器店的门开着，可以看到后院……当时伊萨娜就在后院玩儿。”

“我一想，她就在那儿玩儿。”

“是啊，拉维尼亚小姐看到伊萨娜，都要晕过去了。”

“伊萨娜干什么了？吐了吗？”

“我刚给她洗过头，”希拉迷迷糊糊地说，“然后，阳光就照在了她头发上。”

“哦，是这么回事儿呀，”约翰酸溜溜地说。

“伊萨娜走来走去，一边还自言自语地背诵诗歌、手舞足蹈地表演着。大概演的是基德船长航海吧，那是老木墩儿乔，就是那个独腿老水手教给她的。拉维尼亚小姐站在那儿，看着伊萨娜，一动不动，看起来更像是一尊雕像。”

“她不是故作姿态，”约翰说，他就喜欢挖苦拉维尼亚，“她生来就是那副冷冰冰的模样。接着讲。”

“她像那样转过头，咬牙切齿，就像这样，对妈妈说：‘我要把那孩子带走。’妈妈一开始不答应，后来又说，伊萨娜能有机会生活在富贵人家，这种机会决不能错过。可伊萨娜说，她不能离开我。所以最后大家就这样决定：我跟着伊萨娜去莱特家，当帮厨女佣，或者当拉维尼亚小姐的侍女，帮她换衣服什么的，合同期是一年，伊萨娜是免费送给莱特家的——因为她太小了，还有胃病。所以，我们俩现在都住在莱特家了。”

“你喜欢莱特小姐吗？”

“有时候挺喜欢的——恩，喜欢吧。”

“不过，我觉得她挺讨厌的。”约翰希望希拉能反驳自己，可是她没有。

“所以，我得回去了。小姐只给我放了半天假。我来告诉你，别再去北广场找我了。”

约翰觉得很内疚。于是他向希拉承诺，“每周四，我都会去莱特家送报纸……”

希拉什么都没说，不过她用余光看了看约翰。

“也许，到时候我还能见到你——对吗？”约翰问道。

“我不知道，你可以去问问贝茜，那个厨娘。她算是我的朋友吧，再见了，我得走了。”

希拉改变了很多，约翰觉得很困惑。不过有一件事是肯定的，她不会再到街角，或者在后门苦苦等待他——他只能失望而归了。

“再见了，希拉，我很快就会再见到你的。”

不过，拉伯没有向希拉道别。他甚至都没提出，把客人送到贝肯山庄。他直接跟着希拉走了。拉伯的举动把约翰激怒了。如果说谁能送希拉回家的话，那一定非他莫属了。至少，拉伯也应该叫上他，“来啊，约翰，咱们一起送希拉去莱特家吧。”尽管约翰很生气，他还是会原谅拉伯唐突的做法，还会给拉伯准备炒鸡蛋当晚餐。从报社走到莱特家需要十五分钟，回来需要十五分钟。约翰在心里盘算着时间，开始生火、炒起了鸡蛋。他心不在焉地炒着，最后，厌烦地把鸡蛋盛出来，吃掉了，还不时地去楼下，看看时间。拉伯出去了一个小时四十七分钟才回来，根本没因为错过了约翰做的炒鸡蛋而觉得遗憾。他在莱特先生家的厨房，吃了很多贝茜给他准备的美食，他吃得很饱。拉伯觉得希拉很了不起。

在过去的一个多小时里，拉伯过得很开心，约翰能从他的眼神中看出来。约翰却怎么也高兴不起来，拉伯一看见约翰拉长的脸，就忍不住笑起来。

现在，约翰的生活里有两件事是固定的：他会尽力在每个星期四，去见一次希拉，还会每天照顾高博林。可是，他一到非洲皇后餐厅，就进入了敌人的领地。以弗朗西·史密斯上校为首的英国军官无耻地占领了餐厅。高博林是餐厅马厩里唯一不属于英国军官的马，店主把自家的马都送到了乡下，害怕他的马被英军霸占，或者英军把自家的草料都抢走，自己的马会忍饥挨饿。在马厩周围，随处可见英国士兵、军官、仆人和英国的马童，马童是最低贱的奴仆，他们总会成群结队。约翰从不理会他们，他们都知道约翰替《波士顿观察家报》送报——他们也知道，约翰也给英军军官送信。

有时，那些英国马童会找约翰的茬。一次，约翰被逼急了，觉得应该找欺负自己最凶的那个马童较量较量。不能总受他们欺负，这次他必须反抗了。其他的马童都站在周围，要求公平地决斗，他们高喊："身手不错啊，美国佬，打得漂亮。"最后，约翰打败了欺负他的那个英国马童。约翰以为，其他马童会一拥而上，一起打他，可是他想错了，那些马童都很尊重他。此后，约翰的境遇大大提升了。直到有一天，他发现史密斯上校找了一个新马童，上校从英国带来的马童溜之大吉，所以他又让军令官给他找来了一个新马童——那新马童正是多弗。约翰看到，多弗笑嘻嘻地看着自己，希望他们能成为朋友——因为在马厩里，只有他俩是波士顿本地的孩子。

"居然是你……"约翰强忍着怒火，挤出了几个字，"你这废物、窝囊废，一无是处的东西……你怎么沦落到这个地步，替他们卖命了，说啊？"

"说实话，约翰，我得混口饭吃啊。老推迪把我开除了。"

一位军令官把头探进马厩里，"孩子，"他招呼约翰，"史密斯上校有封信要送到米尔顿。你到客厅找他本人，或者找斯特兰杰中尉。"

多弗的脸上，缓缓地露出了得意的笑容。

"看起来，你不也替他们卖命吗？"

"看起来是。"约翰恶狠狠地说。

约翰找到了上校，回家换马靴马刺，牵出了高博林，上马启程。一个英国马童把多弗拉出来，正在拧他的胳膊，让他发誓，效忠于英国女王和乔治三世国王。多弗说誓词时，说地很快，还说他是真心实意地发誓。叛徒都该被绞死。约翰觉得一阵恶心。他想去救多弗，却提醒着自己，要记住，他有多么憎恨多弗。

"可是，那边那小子"——多弗说着，指了指约翰——“他其实是假意投奔你们……”约翰没听下去，他骑马离开了。还是让多弗自求多福吧。

这是炎炎夏日里，难得的清爽天气。酷暑持续了一周时间，今天终于有神清气爽的感觉了。高博林的状态也很好。它从侧面跑出马厩，舞蹈、嬉戏。约翰让它活动活动身子——舒展一下筋骨。他很喜欢这匹马，喜欢骑着这匹马时，人们投来的羡慕的目光——马夫见了这匹马，羡慕得扔掉了手里的马栉梳；军官打开窗户，都冲着高博林点头，然后交头接耳；女仆和富裕的托利党绅士们看到高博林，无一例外地停下脚步，目不转睛地盯着高博林。

约翰看高博林那两只平贴在脖子上的耳朵时（马儿有这种反应，说明它接下来会跳起来），发现门厅窗户里，有张肥胖、红彤彤的脸在张望，那是史密斯上校，他听到了窗外的嘈杂声。

“小子……等一会儿。”显然，他改主意了，不想让约翰把信送到米尔顿了。

他的军令官斯特兰杰中尉走出客厅。他没戴帽子，手里拿着马刺。中尉很年轻，皮肤黝黑，比拉伯大不了多少。约翰一看到中尉的肤色和举止，就会想起拉伯。

“你的马不错啊。”

“还行吧。”

“恩，我们不愿意看到这样的骏马，落到讨厌的美国佬手里，出个价儿吧，这马你多少钱能卖？”

“这匹马是我主人，罗恩先生的。”

“史密斯上校，”中尉朝窗户里那张僵硬、红扑扑的脸喊道，“这匹马是那个印刷商罗恩的，就是印《波士顿观察家报》的那个，你知道的，我们能搞定他的。”

“你帮你主人出个合理的价钱吧。”

“这匹马不卖。”

“哦，不卖，是吧？我看你太小看女王军队的权力了吧？你给我下马，我要骑上它遛一圈儿，看看它适不适合给史密斯上校当坐骑。”说着，他蹲下身子，开始绑马刺。

客栈里那漂亮的洗衣女工莉迪亚走了出来，手里拿了一大篮子湿衣服，看到那篮子衣服，约翰计上心来。

“遵命，斯特兰杰中尉。”约翰礼貌地回答。

“把马蹬放下来点儿，把手套递给我，我十分钟以后就回来。”

高博林那双淡蓝色的眼睛，斜着看中尉，几个月以来，骑在它背上的，一直是约翰·特雷梅恩。

中尉自信满满地上了马，拿起了缰绳，他拿缰绳的姿势深得马儿欢喜。于是，高博林乖乖地走出了酒店后院，史密斯上校见状，放心地从窗户前走开了。

“莉迪亚，”约翰一边打着招呼，一边朝洗衣女工那边走去，“我来帮你晾衣服吧。”

莉迪亚朝约翰粲然一笑，“我的小主人，约翰，你帮我，我当然愿意了。那些英国人的床单，一周就要洗一次，衬衫每天都得洗。”

约翰心不在焉地在晾衣绳上晾了几件衬衫，面色凝重。他学莉迪亚，在嘴唇周围夹了很多个木衣夹。皱皱巴巴的衬衫迎风飘舞。

“有床单要晾吗？”

“有十七个军官住在这儿，床单我们都是按打儿洗。”

“听着，莉迪亚，把床单借我一会儿。如果床单被我弄脏了，我给你洗。此外，我还会帮你把篮子里的衣服都晾好。”

“孩子，我不知道你在打什么坏主意。不过我想，不是什么好事儿。”

“你会借我床单吗？”

“如果你想捉弄一下那个骑走你马的斯特兰杰中尉，我愿意帮忙。”

“他想替他的上校驯服高博林。”

“哎呀！我可不知道什么驯服不驯服的，不过听着好像挺残忍的。”

“就是煮东西的一种方式。”约翰假装严肃地说。

“天啊，孩子，可不能让他们把那匹漂亮的马给煮了。”

“还是让我先把他们给煮了吧。现在，听着，我们得像这样，站得离马路近点儿。你拿着床罩的一边，我拿着另一边，我们让床罩迎风飘舞……等等，他回来了。准备……现在松开手吧，莉迪亚，快点儿！快松手！”

莉迪亚一松手，床单就像风帆那样撑开了。高博林见识了斯特兰杰中尉高超的骑术，也知道他并无恶意，因此一直表现得很顺从。中尉觉得，他应该建议上校出个好价钱，把这匹上等的骏马买下来。史密斯上校虽然骑术不高，也很胆小，却喜欢炫耀上马的姿势。这匹马，值得他炫耀一番：马的毛色很浅，马鬃和马尾都是红木色的。他决心，下个月，整月都会驯服这匹马，直到它变得温顺，适合上司骑为止。他心里想着，步子变得跳跃起来。让我想想，我该给罗恩出个什么价儿呢……

没想到，马突然受惊了，卷起了一阵土。中尉受到了撞击，接着被甩下了马，摔到了泥坑里。而马儿一溜烟儿地跑进了马厩。中尉站起身，懊悔地看着自己那条脏兮兮的白色马裤，无可奈何地耸了耸肩，走到约翰晾衣服的地方。约翰和莉迪亚都小心翼翼地转过身去。

“怎么样？”他气势汹汹地问约翰。

“怎么了，长官？”

“在街上，我就注意到，你的马看到吹起的纸张——那一类的东西就紧张起来。我想，这件事，你也应该知道吧？”

“是的，长官。”

“把那些该死的衣夹子摘下来，转过身，回答我的问题。”

约翰摘下了夹子，忍俊不禁。

“回答您什么问题，长官？”

“你是故意晾那床单的，对不对——你想看我掉进泥坑里，看我的笑话……”

“我想让我的马远离军队。”

“哎，你这个……”斯特兰杰中尉假装怒不可遏的样子，可是约翰知道，他并没有真的生气。

史密斯上校那张通红的大脸又一次出现在了窗前。

“这马怎么样，中尉？天啊，中尉，你这是怎么搞的？那匹马呢？你怎么弄得这么狼狈？”

“我从马上摔下来，掉进泥坑里了，长官。”

“是匹烈马吧？”

“不是，长官，但是有点儿脾气。不适合行军打仗骑，也不适合在波士顿市区骑。”

“可是那该死的孩子——他怎么能在市区骑呢？”

“毕竟那是他的马呀，长官。”

“谢谢，中尉，还是替我去别的地方找找吧。”上校说完，就进屋去了。

斯特兰杰中尉抻了抻懒腰。

“看来，这几天，我得站着喝啤酒了，”他好像在自言自语。接着，仿佛又恍然大悟，“啤酒……嘿，厨房，”他大喊着，约翰注意到，每次中尉点菜时，都是这样傲慢地大喊大叫，“来两大杯啤酒——给我拿到院子里来。”

他转过身，问约翰：“你的马叫什么名字？”

“高博林。”

“让我们为高博林举杯。酒官儿，给这个小伙子一杯酒。你知道吧，像这样害羞的马是治不好的？”

“有人告诉过我，它是不会变得温顺的。”

“如果它像看上去那么棒，我觉得它就是无价之宝。不过像现在这样，我不会出十五先令买下它的——除非给我自己骑。你教它怎么跳跃了吗？”

“没有，我只想骑马，不想炫技。”

“我们在公共马场那边，放置了很多跳栏，如果我在那儿训练的时候，你也恰巧路过那儿，我会教你的。”

“谢谢您，长官。”

“你有时候，还会被甩下马吗？”

“有时候会，所以我一看到晾晒的床单，就赶快骑过去。”

“那个床单！哈哈，那是你的小把戏。不过这把戏不错，真不错。你这个小恶棍……替我喝完这杯酒，喝完了把杯子送回厨房。”说完，他就大步走开了，还自嘲地笑着。

自从高博林把斯特兰杰中尉甩到泥坑里那天，英国的马童就不再为难约翰了。约翰找不到喂马的燕麦和干草时，那些马童就让约翰拿他们的。

约翰和英国马童，都拿多弗开玩笑。多弗总是信誓旦旦地效忠英国，可是约翰知道，他是个托利党人。多弗像快溺死的人，紧紧地缠着约翰不放，约翰也会保护他，他控制不住自己。就这样，多弗渗透进了约翰的生活。多弗大多数时间，都待在报社里，他总会不停地抱怨。什么东西好吃稀有，他就吃个没够。约翰和拉伯都很讨厌他。但是拉伯说过，英国人是不会这样安安静静地待在波士顿，他们会来个突然袭击，没收当地居民秘密搜集的军用物资。约翰知道，多弗说的并没错。上校何时出兵，上校的马童会提前一天，或提前几个小时得到消息。约翰负责盯着多弗，拉伯负责指挥行动、发号，这无可非议，毕竟他接受过军事训练。

可是约翰该做些什么呢？约翰自认为，他做不了什么，空有保国情怀，却整天闲来无事，心里烦闷。

约翰从米尔顿回来的路上，往城门走。这段路程很漫长，路上荒无人烟，约翰能看到前方的城门和绞刑架，他突然意识到，自己的手受伤已经是很久以前的事情了，当时，他得知多弗是这起事件的罪魁祸首时，自己是多么憎恨他，发誓要以牙还牙（多弗这个满口谎言的伪君子——他告诉拉帕姆师傅，自己那么做，是想教育约翰，让他遵守安息日的规定）。现在，他每天都会在非洲皇后餐厅看到多弗，可是，他似乎不憎恨多弗了，也忘记了自己当初立下的，要报复多弗的誓言。看来，一个人对他人的憎恨之情和报复欲望并不能持续很长时间。约翰结交了新朋友，永远告别了那段在拉帕姆家生活和工作的经历。即便如此，他还是会怀念老拉帕姆先生，师傅已经在那年春天去世了，可约翰对他的感情，甚至比生活在他家里时更为深切。就连他脑海中的拉帕姆太太的形象也不那么可恶了。约翰只会想起拉帕姆太太为了让全家人吃饱，是多么努力地干活儿、她把学徒们的衬衫洗得干干净净，把地板和家里的铜器擦得焕然一新！现在，约翰回忆的拉帕姆太太，已经不是一年前，他头脑里那个恶毒的怪物形象了。每天，她都是家里第一个起床的人。约翰住在拉帕姆家的时候，还不懂事，当时他以为拉帕姆太太早起，是因为她愿意早起，现在他才明白，拉帕姆太太一定也想像多弗那样，赖在床上，多睡一会。可是，为了一家人的生计，她还是挣扎着爬起来。他记得，家里没钱买肉了，她就会挨个肉店打听，直到她找到能赊账的那家店铺。或是到卖鱼的摊子，用她的哀悼亡夫的戒指，换一篮子腌青鱼。当时，约翰觉得拉帕姆太太那种物物交换、讨价还价的做法太小家子气了，现在他成长了，也懂事了，才明白，拉帕姆太太为了照顾一家人的饮食起居，付出了多少辛劳。

没错，梅婕成年以后，也会成为一个粗手大脚、热心肠的女人——可是有多少女人连这一点都做不到。约翰又想起了朵卡斯，他同情她，因为她总是东施效颦、附庸风雅。可是她从没有提出过分的要求——她没吵着用瓷器餐具。

只用白镴餐具就心满意足了。可怜的姑娘——以后她跟小弗雷泽生活，是过不上什么好日子的。可是，约翰还是在心里真诚的祝福她生活幸福。

接着，他又想到了普雷希拉·拉帕姆。自从拉伯送希拉回家，害得约翰一个人吃了六个炒鸡蛋之后，他对希拉的感觉就有了变化。他在拉帕姆家当学徒那些年，希拉就一直是他最好的朋友。不过，当时他对希拉并没有什么好感。只是，似乎一夜之间，他就喜欢上了希拉。自从那天起，约翰就一直盼望着星期四快些来临，他好去莱特家厨房找希拉，吃点儿油饼，坐在果树下，单独和希拉相处半小时。有时候，他还会见到拉维尼亚小姐。每次见到拉维尼亚，约翰都屏住呼吸，觉得脊背发凉，不过这种感觉让他乐在其中。

他对伊萨娜的感觉也起了变化——不过，并不是变好了。如果伊萨娜长大了，虽然长得漂亮，可心肠恶毒，希拉一定会伤心欲绝的。可是上个星期四，伊萨娜做了一件事情，让约翰心里不是滋味。那天，他和希拉坐在后院的门廊里聊天，看到拉维尼亚走出来了。她穿着一身酒红色的骑马装，英气逼人，她身边跟着一位英国军官，伊萨娜夹在两人中间，他们从约翰身边走过。伊萨娜不可能没看到约翰，可是，她当时只是瞥了约翰一眼——就把头扭过去了，连声招呼都不打。

约翰骑着马，穿过了城门，向守门的士兵报告了自己的行踪。接着，他先去了保罗·瑞威尔先生家，向他汇报了情况。米尔顿有一家托利党人想搬到波士顿来，史密斯上校在信中提到了这家人要搬家的事情。虽然，很多辉格党家庭都要搬离波士顿，却很多托利党人，因为害怕自己在内陆地区受到残暴的迫害，都急于到波士顿来，接受英军的庇护。接着——约翰想，既然他从洛克斯比回来的一路上都在想念拉帕姆一家——便决定回拉帕姆家一趟，看看大家。自从推迪先生和拉帕姆太太急着把他赶出家门的那天，约翰就没再踏进拉帕姆家半步。

约翰看到，银器店里只有那只尖叫的猪一个人。没有学徒帮他生炉火、打扫作坊，他连一个帮手也没有。他喜欢独自工作，约翰看到，他正在修理一位英国军官的银质剑柄。

“你来这儿干什么？”看到约翰进来，推迪先生怒气冲冲地问。

约翰拿出了马刺，给那银匠看了看弄坏的小齿轮，气定神闲地说：“我想让你帮我修理一下，今天下午就修好——推迪先生。”

“好的，先生……没问题，能修好的。”约翰成了店里的客人，推迪马上将往日的仇怨一笔勾销，“请坐一会儿，我十五分钟就给您修好。”

约翰忍不住想刁难推迪先生，于是他高傲地说：“我给你十分钟时间，银匠先生。”

“那就十分钟修好，先生。”

约翰走进了厨房，厨房里没有人，可是他能闻到烤面包的香味。他到病号屋看了看，发现那里又变成了仓库。约翰觉得不可思议，自己曾经在这间小屋里住了那么长时间，从某种意义来说，他已经在这间屋子里死去了。至少，发生了一些事情，约翰不再是昔日那个聪明能干的学徒约翰了。今天他再次站在生死屋的门口，物是人非，他已经变成了另外一个人。

他走出厨房，来到了有煤仓、厕所和老柳树的后院。柳树下，坐着一位英国海军中士，梅婕·拉帕姆就坐在士兵的腿上。

约翰宁愿看到，拉帕姆一家人支持托利党人，也不愿看到他们和英军混在一起。不过，梅婕的举动，无异于与敌为伍了。

那个英国中士的块头，还没有梅婕的一半大，可是，他的双腿能承受住梅婕这样大块头的重压。这样的坐姿，腿上坐一个小孩子，都维持不了多长时间。约翰觉得，那个中士一定很强壮。两人听到了身后传来的脚步声，回头看见了约翰。约翰大笑起来，那个英国中士和梅婕也跟着笑了起来。梅婕说："还好不是妈妈。"接着，又深情地注视着她心上人的眼睛。约翰想，陷得越深、伤得越重。看来，梅婕是真心喜欢那个英国中士。

"亲爱的中士，"梅婕说，"我想给你介绍一位家里的老朋友——天啊，约翰，你怎么长这么大了！我不知道该叫你约翰呢，还是特雷梅恩先生呢。"

约翰的确长大了。过去一年的大部分时光，他都是在户外度过的。他骑着马，顶着烈日，冒着风雨。

“就叫我约翰吧。”

“盖尔中士，亲爱的，这位是约翰·特雷梅恩。”

中士和特雷梅恩互相问候，盖尔的腿一定要被梅婕压得抽筋了，他抱起了梅婕，好像抱起他的宠物猫，让她坐在了身边。约翰想，这个瘦小的男人一定异常健壮。约翰喜欢他那张丑陋，布满皱纹的脸。虽然盖尔是海军，不过长这么多皱纹也不太常见。拉帕姆家的几个姑娘里，约翰最不喜欢的就是梅婕了，可她现在看起来面色红润，似乎神采奕奕，笑脸盈盈。约翰听说过，爱情是美妙的东西，它能让梅婕·拉帕姆变得如此可爱。约翰很认同这种说法。

“快坐下，约翰，跟我们讲讲你的事儿吧。”

“没什么好讲的，就是努力生活吧。”

“伊萨娜多幸运啊！能跟富裕的小姐一起生活，人家把她当自己的妹妹那样对待。”

“更像是宠物狗那样对待。”约翰坚定地说。

“天啊！你怎么一点儿没变啊，还是喜欢挖苦别人。”

“我现在还没改呢。拉帕姆太太怎么样？”

“别提她了。”这次是盖尔中士开口了。

“妈妈说，我必须嫁给推迪先生。可是，他不乐意，我也不乐意。哦，约翰，你太年轻了，不懂这些事儿；我看，妈妈是老糊涂了，总记不住。推迪先生不想娶我。我不能嫁给推迪先生，我不能——我喜欢的是盖尔中士。”

“你不会嫁给他的，”中士说：“梅婕——我现在就表白，免得你猜测——梅婕会嫁给我的……是不是啊，你这个好看的、胖乎乎的板油布丁？”

看来，这个瘦小的、脸色通红的无赖，是真心喜欢胖姑娘。

约翰回到了银器店，付了推迪先生工钱，系好了马刺。这次回到拉帕姆家，他很喜欢这种感觉。推迪先生对他点头哈腰，还叫他“先生”，虽然自己只给了他一点小恩小惠，他却无比感激。梅婕对他也很好，他还喜欢拉帕姆太太做的烤面包的香味。

约翰把高博林绑在了码头上，马儿踢着地面，它转身看着约翰，嘶鸣起来。约翰骑上了马背，高博林就向菲什大街飞奔而去。约翰觉得这次去拉帕姆家的探访很愉快——不过他不会再去了。过去的生活已经结束了。

贝茜，那个莱特家的“长相凶恶，心地善良”的厨娘，每到周四下午都会不时向外张望，等着约翰来。约翰来访期间，她总会确保，希拉有足够的空闲时间，跟约翰单独相处，因为她是家里的管家兼厨娘。又到了周四，约翰如期而至，可是贝茜冲着约翰摇了摇头。

“进来吧，约翰，可是我猜，今天你只能见到我了。你的小心上人——”听到这个称呼，约翰激动得胃都翻腾起来。“——她在客厅忙着呢。客厅里坐着九、十个英国军官，拉维尼亚小姐给他们准备了一场精彩的表演。”

约翰注意到，贝茜每次提到拉维尼亚时，都会采用不敬的言辞。她还总是告诉希拉，听到小姐摇铃叫她，也不用着急去，“让她急的哭鼻子去吧。”她说道。约翰知道，这位老仆人对自家的小姐并不衷心，这不是什么好兆头，因为拉维尼亚小姐自幼丧母，贝茜从她婴儿时期就一直照顾她。约翰知道，拉维尼亚·莱特一定有什么让人讨厌的地方。贝茜知道，那是什么。希拉现在也知道了，可是她不肯告诉约翰。每次他和希拉谈到拉维尼亚小姐时候，希拉都遮遮掩掩，用余光看他，沉默不语。不过，约翰知道，希拉一定知道。

“客厅里那些人，都忙着梳妆打扮呢，他们今晚要去盖奇将军在普罗文斯的家，去参加舞会——化装舞会。拉维尼亚小姐会装扮成黑桃皇后，她那些追求者都会扮成扑克牌里的国王，或者杰克，或者小丑。伊萨娜也会去。”

“伊萨娜也去？”

“没错。现在小姐去哪儿，那孩子就跟到哪儿。她现在叫‘伊西’了——以前没人这么称呼那小姑娘，她会扮成红桃二，给拉维尼亚小姐提着裙摆。”

希拉跑到厨房，看起来很活泼、很兴奋。

“约翰，我想你就会在这儿。他们想用锡给黑桃皇后做个权杖。我告诉他们，你能做。拉维尼亚小姐请你过去。”

客厅里的主色调是典雅的银灰色、淡紫-偏黄色，拉帕姆太太管这里叫“宫殿”。军官们都等着让女主人替他们选择服装呢，他们还带来了一位军队里的裁缝，那裁缝正盘腿坐在地板上，缝制一件扑克牌里杰克穿的，黑色和黄色条纹服装呢。

拉维尼亚小姐的黑桃皇后服装，似乎是半遮半露的。约翰一时呆住了，并不是因为，拉维尼亚小姐的衣服穿得不像平日那样多，约翰不太习惯，而是他被小姐的美貌惊呆了。约翰从没见过拉维尼亚这么开心、这么活跃过。她试着把画着两个红桃的卡片绑到伊萨娜身上时，笑得花枝乱颤。可是伊萨娜身上，只穿了一件内裤，她那两条粉嫩的小腿儿露在外面，一直到腿肚子的位置。如果一位母亲看到自己的女儿这样打扮，一定会气死。约翰才不在乎呢，可是他忍不住去想，可怜的拉帕姆师傅泉下有知，一定会不安稳的。约翰没有理会兴致正高的莱特小姐，径直走向了伊萨娜。

“听着，小姑娘，你这就上楼去，把衣服穿上。”

伊萨娜瞪着约翰，她那双漂亮、温柔的棕色大眼睛空洞茫然，看上去像瞎子一样。

“你知道吗，要是你爷爷知道你穿成这样，怎么能死得安心呢？你的家人平时可不是这么教养你的。”

伊萨娜不客气地说：“我太小了，即使穿成这样，也不淫荡。”显然，她只是重复大人们告诉她的话。约翰扇了她一巴掌，这一巴掌不是为他自己打的，而是替伊萨娜的爷爷打的。伊萨娜委屈地坐在从阁楼里拿下来的华服堆里，玩儿起了倒立。她站着的时候，人们会觉得她在男士面前穿得太少，可她这一倒立，看起来什么都没穿。屋子里的人都大笑起来，拉维尼亚笑得直抹眼泪。斯特兰杰中尉——他去把伊萨娜抱了起来，笑得大口喘着粗气……“哦……逗死我了……哎呀……”坐在角落里的一个少校说，他快要笑死了。只有那个军队里的裁缝连头都没抬，忙着缝衣服。

“哦，约翰，”拉维尼亚终于不笑了，开口说话了，这是她第一次叫约翰的名字，“你参加舞会，会给每一位你认为穿得少的女士一巴掌吗？哦……太逗了。我快要笑死了。给我……希拉，快拿……”

希拉知道小姐想要什么。她跑到厨房，把嗅盐取来了，可是她把嗅盐放得离小姐的鼻子太近了，弄得小姐快要窒息了。

“哦，你这个蠢丫头！差点要了我的命。算了，拿走吧。”

伊萨娜跑过来，把她羞红的小脸儿埋在了拉维尼亚的怀里。大家都关注她，她觉得有些害怕，可是，她因为成为了众人的焦点，感到莫名的兴奋。拉维尼亚小姐斥责姐姐是笨手笨脚的佣人，却爱抚起了她妹妹那头柔软、飘逸的卷发。

约翰抑制不住心中的怒火。他讨厌拉维尼亚小姐和那群笑得前仰后合的军官朋友，还有伊萨娜。他虽然知道，两姐妹在这里的待遇会有差别，可是他以前从没有亲眼看见，她们的境遇会如此悬殊。

希拉默默地退下，站到了一边，等着随时听小姐吩咐，别人不跟她说话，她就沉默不语，好像一件摆设。约翰走到了希拉身边。

“希拉，”约翰说，“别再待在这儿了。我不想让你留在这种地方。这些人一无是处——他们只是一堆扑克牌——把他们撕碎，离开这儿。拉维尼亚和伊西——她们也是扑克牌。”

拉维尼亚小姐终于恢复了平静。

“我不允许我的仆人叫伊萨娜‘伊西’。”

“我才不是你的仆人呢，如果她表现得像个木偶，那她就叫‘伊西’。可我刚才说了，希拉……”

“我不允许我的仆人在我的客厅里谈论私事。普雷希拉，如果你在这儿觉得不满意，我就把你送回去找你妈妈，可是，你决不能随便把街头的小混混、喂马的小工，小恶棍……”

“是你让我去把他请来的。”

“我才没让你去请他呢。”

“你让了。”

“我让你去请个机灵的工匠，你却把这小子带回来了……这个冒失鬼，他根本干不了活儿，因为他……”

约翰严肃地等着她把话说完。如果她敢说出心里想的那个原因——因为约翰手有残疾——他就会走过去，一把掐住她的脖子，把她掐死——虽然她身边有一群士兵守护着。拉维尼亚眨了眨眼睛，并没有说下去。

“希拉，我命令你回房去，躺下休息休息。你太累了，不然怎么会那么无礼地顶撞自己的主人呢？”

“是，莱特小姐。”

“还有你——”她说着，转身面对约翰——“你滚回你那脏兮兮的住处，回到像你们这种小子住的地方去。”

“是，莱特小姐。”约翰模仿希拉的样子，装腔作势地说。

贝茜什么也没说，不过，她显然是知道在客厅里发生了什么。

“好了，约翰，”她轻柔地说，“坐下喝点儿水吧。这虽然不是真正的茶叶，但是我给你加了点儿白兰地，又好喝，又暖和。”

“拉维尼亚小姐就快把伊萨娜当成猴耍了。”过了好一会儿，约翰才说话。

“如果那小姑娘不是猴子，谁也别想把她当猴耍。”

“希拉在这儿开心吗？”

“哦，挺开心的。你还能指望什么呢？她知道，她失去了伊萨娜。开始，她因为这事儿总是哭，不过，现在她已经接受这个事实了。她现在觉得，生活忙忙碌碌，还能四处走走，挺有意思的。今晚去参加一个舞会，下星期，他们会去米尔顿，这个夏天，他们会待在那儿。不过，他们不会待多久的。”

“为什么呢？”

“因为，自由之子的成员就要来找莱特先生了。所以，他们现在还没对托利党的人动粗。他们按兵不动，希望能引诱莱特先生出来。他们会抓到他，然后在他脸上涂上烟灰，给他头上戴羽毛。他们会让拉维尼亚小姐坐上游行车，把她赶出城。一旦他们发现莱特先生躲在家里——他们就会毁了他的乡间豪宅。”

“可是两个姑娘……她们会受伤吗？”

“我也会去的，这是我的秘密，我想我可以告诉你，但是如果你能守口如瓶，我会不胜感激的。如果有自由之女的组织，我一定是其中的成员。你可以向萨姆·亚当斯问起我，我已经偷偷地帮助他们很多年了。”

约翰曾经认为，托利党家里的奴仆，自然是托利党人。因为，极少有仆人，会和自家的主人政治立场向左，而贝茜是少数敢于坚持立场的仆人之一，想到这里，约翰用钦佩的目光，看了看贝茜。

“莱特一家会在米尔顿待上一个月的时间，”贝茜小声说，“记住我说的话。”

第八章　迎接新世界

约翰碰巧看到莱特家的那辆宝石红色马车缓慢地在橘子大街行驶，向米尔顿的方向驶去，去那里呼吸清新的乡间空气。灿烂的阳光把马车上那个金色眼睛标志照得金光灿灿的。光芒投射到了车门上、投射到了拉车的健壮马匹那黑色的鬃毛上。约翰真想拦下那辆马车——莱特小姐，千万别去米尔顿，他们已经设下了埋伏，等着你们自投罗网呢。他不忍心去想拉维尼亚被壮汉推推搡搡，塞进小车游街。约翰能从马车车窗看到莱特小姐的侧影，希拉坐在她对面。伊萨娜现在成了莱特家的人，地位很高，所以她坐在莱特小姐旁边。马车上的人，只有伊萨娜左顾右盼，从车窗里向外张望，观察着街上那些比比皆是的“下等人”。她看到约翰，只是漠然地盯着他，而约翰也看着伊萨娜，好像谁也没认出对方。

可是，约翰再次看到那辆宝石红色马车的时候，就不是碰巧了。八月末的一天，消息已经在波士顿传得沸沸扬扬了，有的说“商人莱特已经在米尔顿被抓了”，有的说“很快就会在米尔顿抓到莱特了”。莱特一家除了乡间别墅以外，只有一个安全的栖身之所——英军驻扎的波士顿市区。

临近傍晚，约翰开始在城门附近闲逛。他看到农夫的推车，满载着供给波士顿的食物和燃料，不停地从连接城镇和内陆地区的土房子里进进出出。把守城门的英国士兵（大约有两百名英国士兵日夜驻守在那里）予以放行，不过等天色完全黑下来之后，他们就关闭了城门，大多数士兵都回到了兵营里。只留下少数步兵值班，一个下士留在卫兵室里指挥。约翰安下心，静静等待，他打起了盹儿，不过很快就醒了，因为他听到了步兵的叫声，还有命令打开城门的声音。

接着，寂静的夏日夜晚，传来了马蹄声、马车吱吱嘎嘎的声音，越来越近，与此同时，约翰还听到了令人毛骨悚然的吼叫声……那是一群人的吼叫，好像狼群的叫声。下士都没来得及穿好军装，不过他很快就知道发生了什么事——又有一名来波士顿的女王的忠实支持者，被暴民追赶，到这儿来避难。

“只拿火把就行了，”他大声吩咐手下，“别拿火枪，如有开枪者，格杀勿论！”

士兵们手里只拿着火把，没有武器，他们跑到马车周围，解救马车里的人。那些暴民停下脚步，都往回走了。约翰看到了火把摇曳的橙色光亮，闻到了漆黑的马匹身上的焦糊味道，汗涔涔的马身拖着那辆沉重的宝石红色马车，缓缓地驶进了城门里的安全地带。城门关闭了，那辆马车看起来报废了，马匹也累坏了。士兵举起了一个火把，照亮了车夫的脸，车夫因为恐惧，吓得魂飞魄散。

“莱特先生，”年轻的下士一边招呼马车里的人，一边打开了马车门，“让我扶您下车吧。您的马车车轮掉了一个。请您移步卫兵室，等待接应您的马车。”

莱特先生被下士搀扶着，其实他是靠莱特小姐的搀扶，爬出了马车。他想挤出一个微笑，可是他那长长的黄牙紧咬着嘴唇，根本没法微笑。约翰曾见过一只死去的土拨鼠也是这副表情，看来莱特先生已经病入膏肓了。

拉维尼亚的脸上并没有表露出恐慌——她只是关心父亲的病情如何。她告诉下士，必须找个医生来——她想请瓦伦医生来。

“我知道他是个叛徒——可是请帮我把他找来。他是镇上最好的医生了，爸爸——爸爸必须看最好的医生。”

拉维尼亚把父亲安全地送到了卫兵室，回到街上，茫然地看着那辆报废的马车，看着从马车上抬到卫兵室的人，那辆马车是他们从米尔顿抢救下来的最珍贵的财物了。这时，约翰才看到了希拉。她和车夫一起坐在了哨房里，现在，她走到了莱特小姐身边。

“可惜，”希拉说，“银器留在家里了。”

“银器？”莱特小姐现在的心思都在父亲的病情上，好像根本听不进去别的。

“你让我打包好的那些银器，我刚包好，就听到了暴民的声音，接着，莱特先生就犯病了……”

“哦，是啊……我想起来了……那些银器……好吧……”

她站在大街上，等待着瓦伦医生的马车。伊萨娜很乖，一声不吭，她依偎在莱特小姐身边，她的小手放在莱特小姐的手里。

“哦，别担心，孩子，”莱特小姐安慰着伊萨娜，她说话时显得心不在焉，却很温柔，“至少，大家都还安全，只要爸爸没事儿，还有……”

“我要回米尔顿去，小姐，赶在暴民偷东西前，拿回那些银器。”

“很可能他们已经偷走了银器。”

瓦伦医生的马车停在了卫兵室旁边。他下了马车。拉维尼亚再也不去想她的那些银器了。

约翰走到希拉身边。

“别怕，希拉，我在这儿。”

“最后太混乱了。”希拉好像努力地跟自己解释着，她犯了什么错误，而不像是对约翰说话。“莱特先生脸色发紫，昏倒在地。暴民步步紧逼。他们来的要比贝茜太太警告的时间早。”

“贝茜太太？”

“是啊，她从村民那儿打听到了消息。”

最后，贝茜不愿见到她那位体贴的主人受尽凌辱，她已经服侍了主人三十年了；还有她的小主人，从她的孩提时代，贝茜就一直服侍她，一直到她长大成人。如今，她的小主人受暴民的侮辱、欺凌。约翰觉得，从心里更加喜欢贝茜了。萨姆·亚当斯会说贝茜心慈手软，不会那么尊敬她了，可是约翰更加尊重贝茜了。

“约翰——我得回米尔顿一趟，去救回那些银器。都是我的错。”

“可是，拉维尼亚都不在乎那些了。她也没责备你呀。”

“如果她责备我了，我反倒不会回去了。”

“她觉得那些银器已经被偷走了。”

“还没有。那些暴民砸了大门和窗户，就离开了房子，跑来追赶我们。我们不敢从前门走，是从草料场出来的，可是他们听到声音，就追了过来，开始我们成功逃脱了，后来跑到了城门，一个马车轮跑掉了，当时真是太可怕了。不过——我得回去了——现在就回去。”

“我跟你一起去吧。可是我们需要一匹马、一辆马车。从这儿到米尔顿有七英里的路程呢。”

瓦伦医生站在警卫室门前的台阶上，他告诉莱特小姐，她的父亲必须整夜都平躺在那些士兵搭建的床上，不能动弹，而且，他再也不能因为任何事情生气了。虽然莱特小姐爱自己的父亲，可她不能保证，从现在开始，不惹父亲生气、不让他操心了。漂亮的莱特小姐只是不住地点头，这些重要的事情她都一一承诺会做到的。接着，她回屋去看望自己的父亲了，手里还拉着伊萨娜。约翰去找瓦伦医生，跟他借马车。

瓦伦医生显然不愿把马车和马借给约翰。他并不关心莱特家的银器会不会被偷，不过，他为人慷慨，还是把车马借给了约翰，还给约翰开了一张通行证，保证辉格党的暴民不会骚扰约翰。他还让希拉找英国士兵开一张类似的通行证，这样，辉格党和英军都不会找他们的麻烦。就这样，城门又一次缓缓地打开了。城门之外，是无尽的黑暗，还有满目疮痍的土地和大海。瓦伦医生那匹长着长耳朵的小马向前奔跑，看来用不了多久，他们就会到达米尔顿了。

虽然，有一两次，瓦伦医生那辆轻便的马车驶进了莱特家马车留下的车辙印，除此之外，他们并未看到什么暴力的痕迹。已经完全看不到暴民的身影了。直到他们抵达了岁克斯伯里，才知道了时间。当地的钟敲了两下，已是午夜两点了。目前，他们还没看到人影，不过，他们经过客栈，看到客栈门口，有几个不安分的家伙，到了米尔顿，有一群他们不认识的人拦下了他们，可是那群人认出了瓦伦先生的马和马车。

“走吧，瓦伦……祝你好运，瓦伦。”

从米尔顿一路走来，道路崎岖。莱特先生的乡间别墅就在这里。约翰下了马车，打了火，点着了在马车里找到的灯笼。他站在莱特先生家的大门口。希拉说得没错，那些暴民砸碎了大门上的纹饰。可怜的米尔顿地区的穷人已经受够了那个冉冉升起的眼睛的标志。约翰不确定，自己是否也受够了那个标志。

约翰在前面走，希拉跟在后面，拉着马。四周很黑，他们什么都看不清楚，不过在黑暗中，房子似乎看起来并没有受到严重的破坏。希拉有后门的钥匙，门上留下了被斧头砍过的痕迹，不过，门还是完好的。他们走进厨房，希拉借着火光，点亮了桌子上烛台上的蜡烛，屋子里立刻明亮起来。

莱特家吃饭的时候，就感到了恐慌。他们掰开了面包，可是根本没吃。烤牛肉上的约克郡布丁都粘在了凉汤汁里。碗里的沙拉还很新鲜。细高脚杯里的葡萄酒也没动。看上去，主人离开这个气派的大宅不像只有几小时时间，而是有几年之久了。好像有巫师给这个房子施了法术。约翰看到，希拉开始打包银器了。

“贝茜太太去哪儿了？”

“她在我们出发之前就离开了，坐着一个农家车走的。可是——知道吗——她不会有事的。”

希拉去收拾银器了，她在厨房的壁炉里生了火，好烧些热水，清洗餐具。希拉天生就爱干净，她想在离开之前，收拾收拾屋子。

约翰拿起放在厨房桌子上的灯笼，穿过安静的房子。他看到，一层窗户的玻璃都被打破了，不过没人进来。他走上楼梯，来到了拉维尼亚小姐的房间，房间里凌乱地散落着一些约翰从未见过的东西——胸衣、手绢、装饰盒、丝带，还有艳丽的饰品，散发着淡淡的薰衣草香味。

他来到了莱特先生的房间。四根桅柱的床板顶到了天花板上，床上放着锦缎的睡袍，莱特先生最喜欢戴的那顶假发，放在了假发架上。在宽敞的卧室外，有缓步台阶，通向一个小房间，那是莱特先生的更衣室。莱特先生好像也把这里当成办公室。屋里放着他的桌子，桌子上有一幅画，画的是他最钟爱的货船，独角兽号。约翰发现，凳子倒了，地毯也弄皱了，看来莱特先生就是在这儿，突然发病的。他在犯病前，在这里收拾重要文件——那些他不想让别人看到的文件。约翰捡起了一本皮边儿书，莱特先生把书掏空了，做成了一个盒子。这本带皮边儿的书放在书架上，不会有人起疑心的。约翰匆匆看了看盒子里面的文件。他看到的每一份文件，都是萨姆·亚当斯需要的。约翰把这些文件装进了口袋。其他的书都散落在地板上，约翰捡起了一本厚厚的《圣经》，希望这本也是经过莱特先生改装的、用于存放重要文件的盒子。他把《圣经》放在桌上、静静翻开。发现，在《旧约》和《新约》之间，夹了几页纸，纸上，是莱特家族的家谱。

莱特家谱显示……乔纳森·莱特家族的先祖于十六世纪在肯特出生……娶了叫玛蒂尔达的女子。他们搬到波士顿，共有四子和三女。这七个莱特家的孩子又有了自己的孩子，以此类推。约翰追溯到了商人莱特家族这一代，希望从中找到有关自己母亲的信息。他果然找到了莱特先生和他的女儿，拉维尼亚·莱特，看到了他的两个儿子在瓜达鲁普溺死、女儿于襁褓夭折的记录。他还找到了伯特姨母（与仆人一起，住在波士顿）。约翰看到了族谱里，有两位叫拉维尼亚·莱特，一位嫁给了安迪科特，另一位嫁给了欧提斯，可是她们的年龄都与母亲的年龄不符。

他看到了族谱里，有一个名字被勾掉了，一开始他还以为，那些勾勾划划只是起装饰作用。他在那些勾勾划划里看到了一个名字，另外一个拉维尼亚·莱特，约翰把灯笼靠近了一些，他看到，那个拉维尼亚生于一七四零年，嫁给了查尔斯·拉图医生。他们二人在约翰出生前不久，在马赛爆发的一场瘟疫中丧生。他的妈妈曾经告诉过他，他出生在法国，他的父亲在他出生之前就去世了。可是，为什么是查尔斯·拉图医生呢？为什么他母亲的名字会被人从家谱中勾掉了呢？不过，约翰找对了地方——那是他父母在莱特家族留下的唯一痕迹。

虽然，以前他认亲时，常常异想天开地认为，自己是莱特先生的侄子，或者曾侄子，没准儿是他的孙子，不过他当时并不相信，自己和莱特先生的关系会那么亲近。现在，他找到了家谱，知道他的祖父是罗杰·莱特（早在二十年前就过世了，正是他建造了这栋房子），是乔纳森·莱特的弟弟，约翰这才确认了，自己是商人莱特的侄子。

约翰从兜里掏出了小刀，把那几张家谱切割下来。这几张纸，可能以后他能用得上。

他听到希拉在喊他。她想让约翰帮忙，把那些装着银器的箱子和篮子抬上马车。他们发现橱柜里还有东西没打包，正是那四只莱特先生的银杯。

“哪个杯子是你的，约翰？”

约翰仔细地看了看那四只杯子，只有银匠能分辨出这几只杯子的细微差别。其中一只杯子的底座微微弯曲，又经过了平整。

“那只是我的杯子。”

“现在就把它拿走吧。”

“不行。”约翰放下了杯子，转身看着希拉，露出不安的神情。他不能告诉任何人他在想些什么——连希拉也不能告诉，甚至连他自己也说不清楚。他只是盲目地说话、做事。

“我那么做不好。我们……还是收拾别的东西吧。”

“可是，这杯子当初是莱特先生从你那儿偷走的，你现在拿回去，不算偷窃啊。”

“我不想要了。”

“你说什么？”

“不要了，我还是不要它更好。我不想跟他们扯上什么关系，不管是亲戚关系，还是这只杯子……我帮你搬篮子吧，希拉。那个破杯子归莱特先生了。”

“那你妈妈怎么办？”

“她也不喜欢那只杯子。”

约翰搬完了篮子，回到厨房，站在了壁炉前。希拉生了火，想烧些开水。约翰把手放在壁炉架上，额头枕在手上，就那样站在那里很久很久。他想，是他的祖父建造了这所大房子，他的母亲曾在厨房的地板上玩耍。他的父亲当初也来过这儿吧——他的父亲，那位法国医生？……就是夹在《圣经》里的莱特家谱中记载的那个名字。真是怪事，为什么不是特雷梅恩医生呢？为什么，家谱里不是写着，他和拉维尼亚·莱特，在约翰出生以前，就在马赛爆发的瘟疫中丧生了吗？那是在一七五八年——自己出生的三个月前？这件事到底重不重要？不，他大声回答了自己心中的疑问，从兜里掏出了那沉甸甸的家谱，莱特家族所有成员的名字都写在了里面。他不明白，为什么自己会把这家谱切割下来，他慢慢地把那几页纸绑上了丝带，然后扔进火炉里，付之一炬。

希拉让他关上窗户，拉上百叶窗，虽然窗户被砸坏了，这样可以对室内起到一定的保护作用。约翰听见，自己的脚步声在诺大的空房子里回响。约翰把百叶窗一个个拉下来，拴好了窗栓。久未使用的折叶吱嘎作响，接着“砰”的一声关上了，约翰就这样，把窗户一个个关好了。他脚步的回声更加清晰。

“我祖父建造了这栋房子……”

“这是我妈妈的家，她爱这里……”

“我还没出生，父亲就去世了……”

只要这栋房子屹立不倒，就会是间鬼屋。约翰感觉，这栋房子里的鬼魂在黑暗中等待，直到他和希拉来这里取东西。商人莱特——他的鬼魂不久以后，也会回到这里。拉维尼亚小姐呢？也许她能活到一百岁，可是到她寿终正寝的那天，不管她愿不愿意，她的鬼魂也会回到这里。这栋房子里有大大小小的鬼魂，他的母亲也是其中之一。约翰见过死去的妈妈的脸，那天夜里，他躺在考伯岗妈妈的墓旁边，又看到了她的脸庞、听到了她的声音，一切是那么清晰。约翰温情地回忆着妈妈，他现在能理解她的苦心（妈妈去世时，自己还小，根本不理解她的良苦用心）。约翰离开了鬼魂出没的房间，走出有回声的大厅，高兴地到厨房找希拉。逝者已逝，亡灵是不应该看到生者的——生者也不应该久久注视亡灵。

希拉并没有察觉约翰的情绪发生了变化，她收拾完东西，满意地看了看四周。

“等莱特一家回来的时候，一切就都和以前一样了。”

约翰听希拉这么说，觉得很难过。他走到希拉面前，一把搂住了她，他那尖尖的下巴抵着希拉的头发。

“希拉，他们再也不会回来了。”

“永远不回来了？”

“是的，都结束了。一件事物的终结——也是另一件事物的开始。他们不会回来了，因为会有一场战争——内战要爆发了。我们会取得胜利的。像他们那样的富人首先会被赶出米尔顿——然后会被赶出波士顿。局势变了，就像扑克牌，都会重新洗牌，重新发牌……我该把厨房里的百叶窗也拉下来吧？

“是的。”

约翰拉下一个百叶窗时，窗户就会发出吱嘎声、接着是“砰”地关上的声音，好像在说：“结束了。”那声音在整栋屋子里回响：结束了。结束了。

约翰自言自语地说：“我的妈妈曾经在厨房的地板上玩耍，我的祖父建造这栋房子时还年轻呢，我是他的孙子，比他的哥哥更加有权继承这栋房子。”

深夜里，黑漆漆的，屋子里充斥着鬼魂，希拉和约翰关好门，锁上了厨房那扇沉重的门时，发现就快天亮了。

“就像参加了一场葬礼，”希拉小声说，“比参加葬礼还要难受。”

看来约翰知道，经历了最近发生的事情，自己感受如何，希拉也感同身受。

在狭窄、晦暗的乡间小路上，“分钟人”民兵队迎着新一天的晨光行进着，为了即将到来的战斗做好训练，这个时候，本是他们晨起劳作的时间，他们却用来备战训练。左、右、左、右、左、右……他们虽然行军并不整齐。一个跟脏小子米勒差不多大的孩子拿起了一个笛子，试着吹响笛子，可是他不会吹，只发出了嘟嘟的声音。民兵们走过了莱特家的乡间别墅那破败的大门，并没有回头看，也没有回头看坐在瓦伦医生马车里的约翰和希拉。

约翰心想，上帝啊，保佑他们吧。他们没见过波士顿驻扎的那些英国士兵，但是我见过。他们没见过英军将领佩戴的装备和火枪——那么正规、现代，英军人手一个刺刀。这些，他们都没见过……

很快，马车超过了那些民兵。

拉伯心心念念，却一直没有得到想要的火枪，这件事一直困扰着约翰。不过，那些英国士兵去酒馆和码头，或者去非洲皇后餐厅的马厩闲逛时，从不随身带着火枪，而是让卫兵看守。英国士兵用火枪练习枪法（拉伯说，他们的枪法很差劲），还会不时地，在公共马场击毙一个逃兵。可是，约翰没见过那些英国士兵随手把火枪丢在一边。无论是他们训练、行军，还是练习枪法，都会把火枪摆在兵营里，至少有一名中士负责看守这些枪支。

约翰和拉伯每次谈论英军的那些火枪，即使在他们私密的阁楼里，也会压低声音。美国的那些火枪制造商都会日夜赶制枪支，拉伯年纪尚小，他觉得，只能从英军那里弄到一把火枪，在别的地方根本没有现代的枪支。

约翰小声问："离他们出兵……战争还有多久能爆发？"

"上帝知道，"拉伯嘟哝着，"这种事儿只有上帝和盖奇将军知道。也许是明年春天才会打仗，因为军队总会在春天采取行动。可在那之前，我必须要弄到一把好枪。好汉配好枪，遇事不用慌。好汉无好枪，只能愁断肠。"

约翰从没见过拉伯为了什么事儿如此发愁过。显然，他的生活一向平顺，好像刀切过奶酪，畅通无阻。一天，他告诉约翰，他跟一个来自梅得威的农民签了一份协议。那个农民能从英国士兵手里买到火枪，再转手卖给民兵。可是他要价很高，拉伯不愿向他的姑姑要这笔高昂的买枪费用。家里的开销捉襟见肘，可是罗恩姑姑却同意了，她说：

“买武器比买食物重要。”

一天早晨，约翰得知，拉伯要去市场见那个贩卖枪支的农民。他知道，英国士兵完成执勤任务，回到营房以后，会随手把枪放在干草垛上。看来这次，拉伯能如愿以偿地得到火枪了。可是，约翰听到了集市那边传来的叫喊声，和英军召集预备役的鼓声时，就匆匆往市场那边跑，他有种预感，这些骚动是跟拉伯买火枪的事儿有关，事实证明，他的预感是对的。

一位身材魁梧的英国士兵，向集市上的人和当地居民展示着英军的火枪。来看热闹的民众数以百计。一位英军上尉冲着人头攒动的观众大喊：“退后，波士顿的良民，退后，这是我军的私事。”

“出什么事儿了？”约翰问一位养鸡的农妇。

“他们抓了一个英国士兵，那个士兵把火枪卖给了一个农民。”

“那人是梅得威来的吗？”

“听说是。”

“除了士兵和农民，他们还抓别人了吗？”

“一共抓了三个人。他们把那几个人带到省议会大厦，盖奇将军那儿去了。”

“盖奇将军在萨勒姆呢。”

“那就是带去见哪个上校去了。”

看热闹的人里，没人敢站出来解救两个犯了事儿的美国人。大家现在都对英国人的做事方式有了一定的了解。将军，或者是上校有权处置贩卖枪支的士兵，也有权处置怂恿士兵贩卖枪支的美国庶民。

约翰一路跟踪行进的英国士兵，到了省议会大厦，他才看到了被抓的三个人。一个英国士兵冲着约翰咧嘴笑着，约翰猜到，那个士兵早就知道自己在跟踪他们，只不过他故意跟他玩儿起了“猫鼠游戏”，想捉弄一下“乡巴佬”。

那个贩卖枪支的农民穿着一身赶集的衣服，他那一头灰白的头发又细又直，一副刻薄嘴脸。一看他的长相，就知道他是那种爱财如命的人，做这种危险的行当，只是为了赚钱，而不是帮自己的同胞争取自由。拉伯平日里，行事一向机敏而小心的，很有分寸，看来，他是求枪心切，一时迷失了心窍，否则，他绝不会和这种人打交道的。拉伯看上去闷闷不乐，他不喜欢挫败感，但他又能怎么样呢？那些英国士兵可能会囚禁他，还可能鞭打他。最糟糕的情况，他们可能会把他交给某个强硬的军官，好好“教训”他一下。不过，这种不正规的惩罚无疑是最惨的下场了。

省议会大厦外观颇为漂亮，约翰在大厦门前走来走去，足足花了一个小时的时间欣赏这栋气派的建筑。省议会大厦就坐落在熙熙攘攘的马尔堡大街后面，炮塔顶端，是带着玻璃眼珠的印第安人雕像。大门上，有彩色狮子和英国独角兽的纹饰。约翰听到，从大厦后面，传来了英国军官的命令声，还有英国士兵的叫喊声——最糟糕的是，他们在大笑。他看到，上校奈斯比的马童牵来了他的坐骑，大街上，还站着很多人。士兵的大笑声并没有缓解人们对那三个被抓的人的命运的担忧。约翰听到了士兵们立正时，肩上背的火枪发出的唰唰声，接着，四名鼓手整齐划一地敲起了鼓点。

头戴黑色熊皮高帽的鼓手最先出现在了马尔堡大街上，奈斯比上校骑马紧随其后，最后出现的是第四十七军团的士兵，他们都围着一个马车。马车上坐了一个难看的黑漆漆的东西，看着像只大鸟，可是身形、大小都如人一般，漆黑的头向前探，好像是一只脱毛的乌鸦。那真的是一个人，一丝不挂，浑身都涂着黑灰，身上还沾满了羽毛。辉格党人就用这一招来惩罚敌人，他们在阶下囚身上涂满黑灰，沾上羽毛，还把他们塞进马车，拉到波士顿城区游行。现在，这个招数被英国人发扬光大。英国士兵气势汹汹地前进，上校的马在昂首阔步地前行。那辆载着可耻的罪犯的马车压过了鹅卵石路面，发出吱嘎、吱嘎的响声。约翰只看了车上的人一眼，就知道那不是拉伯。那面目可憎的黑色大鸟大腹便便，拉伯没有大肚腩，那一定不是他。

众人来到了排屋前。奈斯比将军下令，停止前行，一位军令官出列，宣读了一个告示。告示只是简单地说明了发生了贩卖火枪的事件，出现这类事件的原因，并声明，对触犯军规者严惩不贷，以威慑有贩卖火枪心思的人。

接着（奈斯比上校显然有阅读报纸的习惯），他带领一行人来到了元帅大道，在报社门前停了下来。上校扬言，会对《情报》的编辑做出同样的惩处。接着，他们向印刷《公报》的埃德斯和希尔报社走去。约翰猜想，他们到达《波士顿公报》之后，就会去《波士顿观察家报》，便跑到索尔特大道，去给罗恩姑父报信。他跳进了报社，“砰”地一声关上了门，四处搜寻罗恩姑父。拉伯穿着印刷时穿的围裙，站在工作台前，静静地排版印刷。

“拉伯，你怎么在这儿？你怎么逃出来的？”

拉伯听到约翰这么问，眼中闪过一丝光亮。他虽然看上去很镇定，可是心里很是气愤。

“奈斯比上校说我还是个孩子。他告诉我：‘还是去买把玩具枪玩儿吧，孩子。’他们从后门把我扔了出来，让我回家。”

约翰听了，不禁大笑起来，他实在忍不住了。据约翰所知，别人一直把拉伯看成大人一样对待，拉伯也一直以大人自居，没想到受了这样的侮辱。

“这么说，他们抓你，只是伤了你的自尊心，没让你受皮肉之苦吧？”

拉伯突然咧嘴笑了一下，可是笑得不那么自然。约翰把那个农民的遭遇告诉了拉伯，还把四十七军团到索尔特大道上的各家报社前宣读警告，威胁他们不乖乖听话，就难逃游街的命运的事儿告诉了拉伯。

“他们来了——那群穿着红色军装的猢狲们。不过，他们只能阻止我们印刷报纸，读读他们的示威告示，然后就拍拍屁股走了，他们不敢有其他举动。”

英军在报社的警告活动结束，转向《联合报》报社，约翰和拉伯站在大街上，看着他们离去的背影。

“还好，”拉伯说，“我没把预付款给他。我会把钱还给罗恩姑姑的。”

说完，他依然静静地站在大街上，看那些前进的军人整齐划一的步伐。他们消失在道路尽头前，那闪闪发亮的火枪和刺刀发出的炫目的光芒。

“要打败他们，是很容易的，”他心不在焉地说，“在莱克星顿，我就听人说，擒贼先擒王。先干掉军官，然后是中士。他们胸前的白色十字架很容易辨认……”

拉伯的话着实吓到了约翰。斯特兰杰中尉、盖尔中尉、皮特凯恩少校……约翰绝不想把他们当成靶子。可是，拉伯想。

莱特家的院子里有苹果树，现在树上果实累累。约翰和希拉一起，坐在凳子上。自从希拉跟着莱特一家去了米尔顿，约翰就开始想念她。时值夏末，空气中到处都弥漫着秋天的气息。希拉和约翰的对话内容很有意思，希拉告诉约翰，梅婕和盖尔中士私奔，还嫁给了他，妈妈为了让推迪先生留下来，只好以身相许。

“妈妈说，推迪先生岁数太大了，不能把我嫁给她。可是，让他娶妈妈，他又太年轻了，可是他手艺高超，妈妈只能依赖他了——嫁鸡随鸡、嫁狗随狗。”希拉低下头，忙着手里的活儿。她正忙着给一块小手绢缝边，那是拉维尼亚小姐的手绢。

“这么说，她现在就成了推迪夫人喽？”

“是啊，玛丽亚·推迪。也不赖嘛，知道吗，你要嫁的那个人，他的姓必须和你的名搭调才行。比方说，如果我叫茄，就不能嫁给姓巴伯的人；如果我叫香烟，就不能嫁给姓烟袋、烟斗或是……”

“怎么会有人叫香烟呢？”

“有没有人叫这名字，你也不知道。如果南方的商人靠烟草生意赚了很多钱，可能就会给女儿起名叫……香烟。”

“我们这儿都是靠卖鳕鱼为生的，我从来没听哪家哪户给自己女儿取名叫鳕鱼的。我看你是犯糊涂了。”

“我就喜欢犯糊涂。我喜欢为今后的生活打算，比方说吧，我……我不能嫁给一个姓……”

“叫普雷希拉的女孩儿嫁给姓什么的人都可以啊。”

“不，才不是呢。比方说吧，我就不能嫁给拉伯。”

约翰很吃惊，呆呆地坐在那里。他有点生气，可是他觉得很好奇，然后，他真的有些生气了。

“又没人让你嫁给他。”他马上说。

“我知道。可是姑娘家总得考虑这些事儿吧。身为女孩儿，命运不由自主。她必须心中有数，将来才知道如何选择。”

“你不能嫁给拉伯，他太……太……”

“太优秀了？”希拉用深情款款的余光看着他，问道，“你是不是这个意思？”

“当然不是了。可是他和我认识的那些男孩儿都不一样。”

希拉没再低头看手里的活儿了，她朝着贝肯岗的方向走去。从他们坐的地方，可以看见大海。

“我自己知道，可是一旦你了解他，就知道他没有那么优秀了。我是说，他是很优秀，可是要比优秀好多了。”

约翰不想再问她问题了，可是他忍不住自己。

“你……你怎么这么……了解他？”

希拉显得很惊讶。“怎么了，他来这儿了，带我去散步，还给我买糖吃，还有一次，他带我去老南站，听瓦伦医生演讲。”

这些事儿，拉伯从没跟约翰提起过。虽然，拉伯生性低调，凡事都喜欢保密，他生性如此，无法选择，可是约翰觉得很生气。想到这里，约翰脸色阴沉下来，希拉注意到了。

“普雷希拉·锡尔斯比这个名字够糟糕了，可是希拉·希尔斯比更糟。”

听了这话，约翰气得撇嘴。现在风和日丽，约翰那金色的头发却乱作一团，都是他自己弄乱的。

“可是，普雷希拉·特雷梅恩这个名字就很好，”她接着说，“自从你来银器店当学徒，妈妈就告诉我，有一天，我会嫁给你，我就当真了。那年，我十一岁……”

那一年，他们都十一岁。希拉那时长得又瘦又小，面容温柔、说话不饶人。她穿的衣服，都是朵卡斯穿剩的，穿在她身上，总是肥肥大大的。她不得不在腰间紧紧地系一条束带，免得裙子掉下来。希拉总是个矛盾体，她长相甜美，却总穿得破破烂烂；她温婉可人，却总是恶语伤人。约翰从一开始就很喜欢她，不过不像现在这样，把她当心上人看待。希拉低头忙着做活儿时，约翰端详着她。她那尖尖的下颏贴着领口白色的领边。她的发梢微微卷起，其余的头发都是直的。她的鼻子小巧玲珑，长得很扁，她的睫毛很长。希拉嘲笑他时，那长长的睫毛也来助阵。约翰发觉，希拉变得那样漂亮，有些难以置信。以前，他总是仰慕拉维尼亚·莱特那种惊世的美丽，每次看到美艳的莱特小姐，约翰就觉得脊背有刺痛感，很是快意。现在，带给他这种感觉的，是他面前的、他再熟悉不过的希拉·拉帕姆。

在他十一岁时，曾经说过——只有迫不得已，才会娶她为妻。他十四岁时，信誓旦旦地说，就算有金盘子给希拉当陪嫁，也不会娶她。现在，他十五岁了。很快，他就成年了，到那时，他就会像拉伯那样，去追求希拉。

希拉收拾起了针线包。

“该给拉维尼亚小姐上茶了，我还得去给伊萨娜换衣服、帮她梳妆打扮，给她喷好香水，然后去带她见拉维尼亚小姐。”

驻扎在公共马场第四军团的一个士兵帮莱特家打理马厩，赚了些钱。希拉起身离开，那个马夫马上走了过来，帮她打开厨房的门。那只装腔作势的猴子——成天围在希拉·拉帕姆身边献殷勤。那个红头发的、人云亦云的鹦鹉甚至连英语都说不明白。不过，他知道的事情，约翰却没意识到：希拉已经出落成了一位漂亮的女子——一个窈窕淑女。

“希拉，”约翰大喊，“再待一会儿——求你了。”希拉又走向约翰，把那个点头哈腰、满脸堆笑的马夫晾在了一边。

“怎么了？”她一边问，一边来到约翰面前，两人依然站在苹果树下。

“我说，那个家伙叫什么名字？”

“南瓜。”

“那算什么名字？”

“可是，他就叫南瓜啊。”

“怎么会呢？——没有姑娘会嫁给他，成为南瓜夫人的。”

“不会有人嫁给他。”

两人都沉默了一会儿，约翰先开口了，可他的话，显得有些笨拙。

“有一件事情你说对了，普雷希拉·特雷梅恩——是个好名字。”他这么说，本来是想开个玩笑的，不过话一说出口，就变味儿了。

两人都站在那里，都感到很尴尬，只好低头盯着鞋看。

希拉没有说话，她伸出手，穿过果树的叶子，摘下一个绿色的小苹果，给了约翰。

“我不知道，冬天结出的苹果还能这么绿呢。”她说完，就朝着屋子走去了，南瓜含情脉脉地看着她，可希拉连看都没看他一眼。

约翰把苹果装进了兜里。他想永远留着这个苹果。这个苹果代表，希拉真的觉得特雷梅恩是个好名字。不……这么小的绿苹果，也不会保存长久的。它会枯萎、会成熟、会烂掉。人们的关系也不会长久不变的。就像这个苹果一样，它会升华成更加美的情感，或者，就像那个苹果一样，腐朽变质。

约翰把苹果放在窗台上，等待着，想看看那苹果会有什么变化，他迷信地认为苹果的变化会代表他和希拉的关系如何发展。他没想到，苹果被拉伯吃掉了。

约翰本来就满是醋意，他平生第一次，因为拉伯带希拉散步、给希拉买糖的事儿嫉妒拉伯——他生拉伯的气，还因为这些事情，拉伯对他只字未提——所以，约翰就对他不依不饶。拉伯不明所以，一头雾水，不明白他只是吃了一个苹果，约翰怎么发了这么大的火儿。

约翰也猜到了事情的结果，拉伯拒不认错。他说，自己只不过吃了一个生了虫子的坏苹果而已，会给约翰满满一袋好苹果，“这样你就不用一直瞪我了。”

“那苹果真的长虫子了吗，拉伯？”

“是啊。”

约翰通过苹果的变化，来预测他和希拉的关系会如何发展，真是蠢到家了。

到了秋天，萨姆·亚当斯让约翰召集观察家的会员，在那天晚上八点开会。

“开完这次会议，我们就不会再见面了，我认为，盖奇将军已经知道了我们开会的事情。他会展开行动，逮捕罗恩先生的。也许还会派兵把我们都抓起来。”

“我觉得，他们是不会绞死所有会员的，先生，他们只会绞死你和汉考克先生。”

约翰说这些话，本来是想恭维亚当斯先生的，可是亚当斯先生听了，并没显得高兴，而是颇为震惊。

“有人注意到我们的一些会员经常出入索尔特大道，进出报社。以后我们集会的时候，要分成若干小组。不过，这是我们最后一次召开集体会议……所以，尽力给我们做点儿好喝的潘趣酒吧。”

约翰挨家挨户地发布会议通知，他告诉会员，欠了报社八便士，可是，他脑袋里始终想着潘趣酒。一连五个月，没有一只商船进入波士顿港，只有英国的船只可以进出。现在，只有英国军官——还有他们的托利党盟友可以吃上青柠、柠檬和橙子这些稀有热带水果。莱特小姐跟很多英国军官都是朋友，所以莱特家肯定会有那些水果的。

贝茜静静地听约翰讲述来莱特家的目的。

“如果我给你水果，我得知道，谁会吃这些水果，喝果汁的。”

“嗯……萨姆·亚当斯算一个。”

“不用多说了，把你的邮差包拿来，约翰。”她进了厨房，过了一会儿，拎了满满 兜了水果出来了。

“不过，没有青柠了，都让伊兹吃了。”

“伊兹给他们变戏法儿吗？她以前经常在汉考克码头，给那些海员变戏法儿。”

“戏法儿吗？她变戏法儿吗？斯特兰奇中尉教给她可怜的妮尔·格温在戏院卖水果的戏。不用我告诉你，她演得怎么样了吧？”

“那个斯沃尔表亲怎么样了？”

“去伍斯特了，加入了民兵队。”

“可是他太胖了，而且……”

“太软弱了是吧？从现在开始，没有人因为太胖了，太软弱了，就被拒之门外。新时代就要来了。”

二十二个辉格党成员，多半搬离了波士顿，或者受到了英军的逮捕威胁，不敢来参会，所以能来参加会议的人不多。约西亚·昆西在英国，所以三个革命党医生，只剩下沃伦医生和丘奇医生了。杨恩医生已经转移到了安全的地点。詹姆斯·奥提斯现在波士顿市内，约翰没通知他，不过他也是创始人之一。自从他变得脾气古怪以后，会员都不想让他参会，即使他在头脑清醒的时候，也会滔滔不绝地说话，只要詹姆斯·奥提斯一说话，别人想插嘴的机会都没有。

最后一次会议和以往的会议不同，会议刚一开始，潘趣酒就上了桌儿，不像往常，在会议快结束的时候，才能喝上潘趣酒；会议不设主持人，约翰和拉伯也不用回避。大家议论纷纷，说盖奇将军终于有胆量往波士顿城门以外的地方派突击兵了。在民兵团得知英军的突击计划以前，英军已经在查尔斯敦截获了民兵队的大炮和火药，装在小船里，运回了波士顿。他们没浪费一枪一弹，等到警报响起、几千名武装的农民赶到波士顿时，已是深夜，那时，驻扎在波士顿的英军已经安然撤离了。可是，萨姆·亚当斯提出反对意见。他认为，在新英格兰的土地上集结一千人的队伍，势必会惊动盖奇将军。一旦英军离开波士顿的警报得以传开，能够召集民兵队，就说明组织民兵的方案没问题，也就是说，问题出在波士顿。

“先生们，也就是说，是我们犯了错误。如果我们能提前一、两个小时，获悉英军的行动方案，我们的人就会赶在英军之前到达目的地，而不是在他们离开半小时之后才赶到。”

约翰的任务就是，替英国军官送信，和他们在非洲皇后餐厅的马夫、马童搞好关系，不过，这项任务，他完成得并不好。没人知道，有二百六十名英国士兵乘着小船，沿神秘河而上，溜进了他们藏匿军备的小船，抢夺了美国人的军备，然后划着船，把军备送到了城堡岛。

轮到保罗·瑞威尔发言了，他说：“我们必须设计一个更好的方案，监视英军的行动——不过，我们的行动必须隐匿，不能让他们有所察觉。”

萨姆·亚当斯和约翰·亚当斯站在会场中间，其他会员围在他们身边，争相和他们握手，预祝他们在费城召开的“第一届大陆会议”成功。他们第二天就要动身去费城了。大家都想给他们献计献策，告诉他们去那里该见什么人，该说什么话，或者预测这次会议有什么结果。保罗·瑞威尔和约瑟夫·瓦伦分开了，各自策划起组织急需的英军监视方案。他们找来了约翰，约翰听到，站在两位亚当斯先生身边的一个人说：“可是，我们和英国放下争议，握手言和的希望还是存在的。先生，难道你不想争取和平吗？”

萨姆·亚当斯当时并没说话，他信任他身边的那些人，对他们的信任程度超过了对其他人的信任。

“不，和平时代已经过去了，我宁愿，通过战争，使美洲殖民地摆脱欧洲统治，获得完全的自由。但愿不久，上帝就会恩准这场征战。我们已经探索了十年时间，尝试了各种争取自由的方法。我们尽力安抚他们，他们也曾安抚过我们。诸位，你们知道的，和平这条路走不通。‘求和，和平——却不得和平’。我到了费城，会小心行事的——我不会亮出所有底牌——不，我不会的。不过，我会努力促成一件事。战争——战争意味着流血、牺牲、毁灭。不过，在浴血中，一个新的美国会诞生，我们会为之奋斗……”

从一楼的报社门口，传来了沉重的脚步声。拉伯立刻下楼，侦察情况。

“是詹姆斯·奥提斯。”拉伯告诉站在亚当斯身边的那些人。

“是吗，”萨姆·亚当斯有点生气了，“大家不必留下，听他说话。他的那套言论，我们早就听腻了。到了这时候，他还谈什么天赋人权——还在宣扬大英帝国的荣光！约翰，你和我还是回家去，睡个好觉，明天一早还得赶路呢。”

奥提斯拖着他沉重的身子爬上楼梯，虽然没人愿意看到他，大家都保持起码的礼貌，没有起身离开。奥提斯上楼以后，大家也都热情地招呼他，给他搬了一把舒适的扶手椅，并为他倒了一大杯潘趣酒。今晚，他看起来不太爱说话，他那通红而友善的大脸盘转来转去，还不时向朋友们点头致意，他认为，自己在这里还是个重要人物。他不知道，早在多年以前，大家就已经把他看成了过眼云烟了。

他闻了闻杯中的潘趣酒，啜了一口。

他对萨姆·亚当斯说："萨姆，我上来时，听你们说……'我们会战斗'，你们都做了那个打算了？"

"是啊，怎么了，那也不是什么秘密了。"

"我们为了什么而战呢？"

"把波士顿从那些可恨的英国军人手里解放出来，还有……"

"不妥，"奥提斯说，"小子，再给我倒点儿潘趣酒，这个理由不足以发动战争。哪个被占领的城市像波士顿这样，能得到英国的如此优待？他们勒令哪家反动的报社，停止印刷那些带有反动性言论的报纸了吗？你们在街上看到行刑队向民众肆意开火，看到监狱里囚禁政治犯了吗？萨姆·亚当斯，还有你，约翰·汉考克，你们因为叛乱，上了绞刑架吗？我和你们一样，也痛恨那些可恶的英国军队随意在这里驻扎，走到哪儿都能碰见他们。可是，我们不能因为要赶走他们，就发动一场战争吧？我们为了什么而战？为什么？为什么？”

大家都不说话了，屋里的气氛很尴尬。萨姆·亚当斯是公认的领袖，现在，大家都等他开口辩驳呢。

“我们为了争取美国人的权利而战。英国人不能靠征税，就把我们手里的钱抢走。”

“不，不。是为了比美国公民口袋里的钱更重要的东西而战。”

拉伯说：“为了英国人的权利——全世界的英国人。”

“为什么只是为了英国人？”奥提斯来了兴致。他的嘴很大，弯弯的，他说话时，靠着扶手椅。他说的那些言论，约翰闻所未闻，那些话语穿透他魁梧的身躯，从他的大嘴里倾泻而出。他说话时，并不提高音量，只是不停地说。有时，约翰觉得，他的声音让人如痴如醉，并没有听他说的是什么。他那轻柔、低沉的声音似乎回荡在他身边：将他紧紧包围。

“……为了全世界的男女老少，”他说，“这个高个子、黑黝黝的男孩儿说得没错，即便是我们枪杀了那些英国士兵，也是为了在千百年以后，为我们子孙后代争取自由。”

“……不再有专制统治。少数人无法从多数人手中夺取权利。一个人有权利选择由谁统治。”

“……法国的农民、俄国的农奴，现在的生活如同猪狗。可是，如果我们奋起反抗，会迎来自由的曙光。上帝赐予人类权力，即使那些卑微者……”他说着，突然微微一笑，接着说：“……或是疯狂者。”说完，就又喝了一大口潘趣酒。

“……我们打赢了最坏的英国人，就会使最好的英国人收益。说到收税，英国人之中，究竟有多少得到了我们税款的实惠呢？我看，不会多的。如果我们赢了这场战争，对他们也大有裨益。”

“英国人的金色马车压死了法国农民的孩子，可是每次那些农民见到英国士兵，还会脱帽行礼，规规矩矩地说‘是的，先生。’吗？他们不会了。在意大利、在德国各州，情况都是如此。他们不就是英国士兵吗？难道就没有人告诉他们，居民的权利是什么吗？让我们举起手中的火把——让我们铭记于心，这火把会燎原英国的自由之火——会成为冉冉升起的太阳，照亮整个世界……”

萨姆·亚当斯着急回家睡个好觉，第二天一早，他还要启程去费城，他一边无奈地听奥提斯滔滔不绝的演讲，一边微笑，满头银发的他不时地点点头，看似表示赞同。实际上，他觉得很无聊。不过，他想，现在，奥提斯说什么并不重要——不管他说话时，头脑清不清醒。

约瑟夫·瓦伦那白皙的脸激动得通红，他的眼中似乎闪烁着奥提斯说的那火把的火光。

“我们真幸运啊，”他小声说，“我们有可以为之献身的事业。这种荣誉可不是每一代人都能有的。”

“小子，”奥提斯招呼约翰，“把我的酒杯满上。”

他喝光了杯中酒，用手背擦了擦嘴，又开始慷慨陈词。大家都静静地坐在那里，等着他说话。看来，他好像又一次给他的听众施了魔法一样，用话语再次吸引了他们的注意力。

“他们说，”奥提斯接着说，“自从那个税官的车撞到了我的头，我就变傻了。嗯，萨姆·亚当斯先生，你就是这么想的，对吧？”

“哦，不，没有的事儿，奥提斯先生。”

奥提斯接着说：“我们中，有些会失去才智，有些会失去财富。呵，约翰·汉考克先生，我说的，你听到了吧？财富——这么说很伤人啊，对吧？你准备好舍弃银质杯盏、华丽马车和精美的华服了？”

汉考克看着奥提斯，面无愧色，约翰从未像这样欣赏汉考克先生。

“我准备好了，”他回答，“没有那些，我也生活得很好。”

“你呢，保罗·瑞威尔先生，你愿意放弃你钟爱的银匠行业吗？上帝赐给你一双巧手，是让你做银器的，而不是去拿枪打仗的。”

瑞威尔笑了，“铸银器有时，造大炮亦有时。如果这句话没写进《圣经》，那就应该加进去。”

“瓦伦医生，你年纪轻轻，还有一家子人要养活。你心知肚明，如果你战死沙场，你的家人就会活活饿死。”

瓦伦说：“这些我早就想到了。”

“还有你，约翰·亚当斯，你的律师当的风生水起，把我的客户都挖跑了，这些我都知道了。啊，不过没关系，这些都过去了。大家都应该各尽所能，有的人——”他转过身，面对着拉伯，说：“有些人还会失去生命。还没成年，就因此送命，膝下无子，更不能享受晚年。小小年纪，丢掉了大半生命，未免令人痛心。”

拉伯看着奥提斯，面无惧色。他双臂交叉，放在胸前，昂起头。他张开嘴，好像要说什么，可欲言又止。

“就连你，你是我的老友——还是我的宿敌？我该如何称呼你呢，萨姆·亚当斯？你也要献出最宝贵的东西——政治头脑。哦，去费城吧！尽管拿出你的招数，动用关系。是啊，去吧，去吧！愿上帝与你同行。我们需要你，萨姆。这场仗，我们必须打。你得出一份力……不管你会起什么作用……你不会知道的。”

詹姆斯·奥提斯站起身，他把头倚在阁楼里的椽木上，把木头搭成了帐篷的形状。奥提斯伸出胳膊。

“比你想得要简单。”他说着，举起了手，把搭好的椽木堆推倒了。

“我们献出我们所有，我们的生命、财产、安逸的生活、手艺……我们战斗，我们牺牲，只为了得到自由这样简单的东西，有了自由，人才能活得顶天立地。”

他匆匆点头致意，就走了。

约翰就站在拉伯身边，奥提斯先生说：“有些人会献出生命”时，他很害怕，他直盯盯地看着拉伯。还有那句，“有了自由，人才能活得顶天立地。”

萨姆·亚当斯再次成了众人关注的焦点。他又开始系扣，准备离开，可走之前，他转身看着瑞威尔。

“现在，他走了，我们可以讨论一下，你打算在波士顿建立的那个英军监视网了。”

保罗·瑞威尔，也和他的朋友约瑟夫·沃伦一样，都被詹姆斯·奥提斯的一番慷慨陈词所倾倒。

“我之前并没想在波士顿建立英军监视网，”瑞威尔并没有回答萨姆·亚当斯的问题。“你们知道吗，我的父亲是法国人，他就是因为那儿的专制统治，才逃离法国的。当时，他还是个孩子呢。现在，从某种意义上来说，我就是为了像他那样的孩子在战斗……为了让那些孩子不再惊慌失措，确保他们不因种族和宗教信仰，被赶出自己的国家，沦为难民。”说完，他平复了一下自己的情绪，回到了萨姆·亚当斯提出的监视英军的话题上，说出了自己的意见。

那天夜里，约翰和拉伯躺在床上，准备睡觉。平时，拉伯入睡很快，而且睡得很沉，可今晚，他在床上翻来覆去，睡不着觉。约翰知道，拉伯失眠了。

“约翰，”拉伯终于忍不住了，“你没睡吧？”

“没睡。”

“他是怎么说来着？”

“人活着，应该顶天立地。”

拉伯叹息一声，不再辗转反侧，很快，他就睡着了。于是，像往常那样，在黑暗中，约翰睁着眼睛，又一次失眠了。

“人活着，应该顶天立地。”

他忘不了奥提斯抵着头顶椽木，说出这句话的样子。

“人活着，应该顶天立地。”——简简单单地一句话。

在西边的天空，挂着一轮朝阳，发出万丈光芒，照亮一个即将到来的新世界。

第九章　血雨腥风

那年秋天，保罗·瑞威尔真把监视系统组建起来了。这个系统的中心人物，是来自波士顿各个地区的三十位工匠，他们大都是各行各业的老师傅，可以发动手下的工人和学徒，而工人和学徒又发展各自的朋友，朋友再动员他们的朋友。就这样，监视英军的耳目越来越多，组成了一个庞大的监视网。英军不得不谨言慎行，英国士兵再也不敢口出狂言，说出屠杀美国佬，以他们的血当成泳池那样的话了。那几个年少轻狂的英国军官，也不敢在非洲皇后餐馆的桌布上画战略部署图，他们害怕自己的言行被敌军知晓。波士顿的各个地区，都有哪些军团驻守、盖奇将军为了抵御“民兵攻城”而修建的防御工事有多强大，这些情报，英军的监视网都一清二楚。

各类情报，不论重要与否，都汇总到三十位工匠那里，他们会到绿龙酒馆秘密集会，听取汇报。

若是以前，有人看到三十位辉格党领导人在报社集会，不久就会谣言四起；可是，三十个平民百姓——像银匠保罗·瑞威尔、油漆匠托马斯·克拉夫斯、蒸馏匠查兹这样的人——聚在绿龙酒馆，就不会引起怀疑。这家小酒馆是共济会的人开的，大部分工匠也是共济会会员。因此，在自家的私密会所组织秘密集会，又有谁会泄露风声呢？

每次会议开始之前，各个成员都要把手放在《圣经》上宣誓：不把会议的事情透露出去、他们打探到的英军作战计划的消息，只能汇报给四个人：萨姆·亚当斯、约翰·汉考克、瓦伦医生和切尔奇医生，他们德高望重，被视为波士顿的辉格党领袖，很多其他的辉格党的领袖都认为，离开波士顿更安全。约翰探听到的消息，通常都向保罗·瑞威尔先生汇报，不过有时，他也向瓦伦医生汇报。他被分配，执行一项特殊的任务：密切注意史密斯上校，还有住在非洲皇后餐厅的第十军团军官的动向。约翰的马就在非洲皇后的马厩里，所以他出现在餐厅的马厩、后院和厨房里，都不会引起英军的怀疑。幸运的是，约翰和英军的马夫关系都很好，而且，他还跟上校的马童多弗关系亲近，这对监视第十军团的工作更为有利。

“一定要把那个多弗盯紧了，约翰，”保罗·瑞威尔嘱咐约翰，“如果英军要向我们发起进攻，上校的马童一定会提前知道消息的。”

每一天，约翰都会打探到第十军团接到了哪些命令，他还知道，在波士顿的其他地区，还有很多男女老少，也像他一样，都在密切地监视着其他几个军团的动向。非洲皇后餐厅那个漂亮的黑人洗衣工莉迪亚，能进出英国军官的卧室，她能从那里探听消息，她常常会趁着约翰帮她晾晒床单的时机，把自己得到的消息告诉约翰。她告诉约翰的消息倒是不少，不过这些消息都没有什么价值。有一天，约翰在马厩里，喂高博林草料，莉迪亚喊他出来帮忙。

“约翰啊，”她喊道，“过来帮我晾床单，我给你块儿糖吃。”

“有什么消息？”约翰帮莉迪亚搬沉重的洗衣篮时，轻声问她。

“昨天晚上，在就寝前，史密斯上校把我找去，他说我给他那件衬衫不是他的。我进屋时，看到那个斯特兰奇中尉站在壁炉边上，他感谢上校，同意他去‘处理那件小事’。他看上去很兴奋，就像年轻人得到家长允许，去参加舞会那样兴奋。”

“可是‘小事’可能代表任何事啊。”

“那倒是，不过斯特兰奇看上去可高兴呢。他可不像有的英国人，善于掩藏自己的情绪。他回房间的时候，还哼着小曲儿呢。他一回屋，就开始写信，写了一个多小时呢，写了又撕掉，撕完了又写。今儿早晨，他让多弗给拉维尼亚小姐送了一封信。不过，我偷偷地把他撕掉的信捡起来，藏在我兜里了。我不识字，这张纸他没完全撕碎，就在口袋里呢。”

“莉迪亚，把你的口袋给我。”

她把系在腰间的棉布袋拿下来，约翰把袋塞进了自己的夹克衫里，一路跑回了报社。

很快，斯特兰奇那两封被撕毁、丢掉的信就拼凑好了。第一封信是写给拉维尼亚小姐的，约翰知道，斯特兰奇中尉喜欢拉维尼亚，一直在巴结她——他先是直截了当地拒绝了拉维尼亚小姐的邀请，参加十二月十五日，在军事音乐会后举行的舞会。今天是十二月十二日。

拉伯说：“很明显，他第一封信没说什么，第二封信说得又太多了。所以，他把这两封信都撕了，写了第三封信。”

拉伯、罗恩先生和约翰都站在画板前，等着第二封信拼完，想看看信里都写了什么。这封信上，没有第一部分内容，看来这部分他没写。

“很久以前，诗人勒夫莱斯曾经说过：‘亲爱的，假如我不更爱荣誉，我也绝不会如此深深爱你。’我最最亲爱的莱特小姐，正是因为荣誉，我才不得不拒绝您诚挚的邀请，我无法出席您在十二月十五日的舞会了。一个军人的荣誉和那迷人的眼睛，那双比你那美丽的双眸更加绚烂的眼睛，那危险的绚烂，在召唤我勇往直前。我只将此秘密透露给你一人，在那天夜里，我会身在距此处以北六十英里外的地方，我们必须夯实战斗堡垒，以便……”

信到此戛然而止。

“六十英里，”罗恩先生说，“他说的是朴茨茅斯的威廉与玛丽堡垒。那里只有少数士兵驻守，英军大量的枪支弹药都在那儿。”

“怪不得呢，”拉伯说道，“斯特兰奇要撕掉这些信。要不然就会走漏风声。约翰，你要去哪儿？”

“去找保罗·瑞威尔先生。”约翰急匆匆地走了，回头喊了一声。

他跑到门口，都没停下来穿上外衣、戴上手套。十二月末，天空阴沉，飘着雪花，不过雪花一落地，就变成了冰。在这种天气里，踏上北上那荒凉、危险重重的北上路程，真是件糟糕的事情。

约翰把这一消息告诉了瑞威尔先生，十分钟后，他就穿好了带皮边的大衣，扣子一直系到耳边，骑上了马。他的妻子刚刚生下孩子，家里又添了丁，现在她还躺在床上。她敲了敲窗户，约翰连忙跑过去，看看夫人有什么吩咐。“他忘了带这个”，瑞威尔太太说着，递给约翰一张草草写下的字条，幸亏她想到了。瑞威尔太太在字条里提醒丈夫，如果守城的英军盘问起来，就说是伊普斯威奇的亲戚来信儿了，说让他火速赶回去，祖母病危。约翰听了，大笑起来。守城的英军，看到辉格党人要出城，就会没完没了地进行盘问，有时候，他们会一时兴起，不让他们通行，故意延误他们的行程。有了瑞威尔太太的这封信，那些士兵就不会起疑心了。

那一夜，顶着呼啸的寒风，踏着结冰的路面，保罗·瑞威尔骑着马行驶了六十英里。英军还没踏上北上的行程，就传来了国王在朴茨茅斯的堡垒被攻陷，女王的军备被美国叛军偷走的消息。很快，这个消息就在波士顿传开了。

希拉告诉约翰，斯特兰奇中尉最终参加了拉维尼亚小姐那豪华的舞会，只是，她从没见过中尉那样闷闷不乐。

约翰在拉帕姆先生家的银器店当学徒的那段日子里，只要他愿意，多弗一定会巴结他，成为他的朋友。当时，他们之所以互相仇视，错在约翰，他比多弗年轻、比多弗聪明。约翰开始培养多弗时，就吃惊地发现，不论他如何尽心尽力，多弗都没什么反应。多弗一直很寂寞，现在也是如此。那些美国孩子一看见他，就朝他扔牡蛎壳，还咒骂他，因为他替英国人效力。英国的马童也欺负他。斯特兰奇中尉认为，多弗是他见过的人中最笨的懒猪，有一天，他还把多弗在他心里的印象，毫不客气地告诉了多弗。史密斯上校发现自己的马没有被照料好，就骑着马，把多弗撞倒。不过，约翰对多弗的感觉发生了变化，虽然多弗好吃懒做、不是牢骚满腹，就是大话连篇，可是每当约翰看到别的孩子欺负他，或者他的主人打他，约翰就觉得很伤心。多弗好像是约翰养的一条没趣的赖狗，他可以惩罚他的狗，可是他憎恶别人欺负他的狗。不管多弗多么不堪，现在都成了他的私人财产。

多弗每天会偷偷溜到报社一次，有时一天两次，甚至一天三次，去那儿偷懒。只有在报社的时间，他可以躲避主人的谩骂暴打，也可以远离那些马夫对他的欺辱。约翰和拉伯觉得，自己对多弗过于粗鲁，可是多弗认为，他们对自己很不错。至少，他们允许自己在椅子上打个盹儿、发发牢骚、吹吹牛皮、吃些东西。

罗恩先生家的食物本来就不多，多弗来了就大吃大喝，看着他们赖以生存的粮食就这么被多弗挥霍，拉伯和约翰心里真不是滋味儿。不过，他们觉得，要走进多弗的心，还得先抓住他的胃，所以还是尽量把仅存的食物拿出来，跟多弗分享。

虽然多弗受到英国人的虐待，却有两个美国同伴好心相待，可是他越来越支持英国人，至少他在跟约翰和拉伯说话的时候，表现出了这种倾向。他把自己视为英军的一份子，还总是吹嘘，“我们”会把那些叛军如何。

有一天，多弗说：“是啊，我们就从这儿出发，见到一个叛军，就杀一个。扒了他们的皮，砍了他们的脑袋。”“在波士顿，只要盖奇将军一声令下，我们就把叛军通通绞死，数以百计的叛军，一个不留，就这么干。”

约翰听得都困了，他抑制不住自己，打了个哈欠。

也许就是这个哈欠，惹恼了多弗。

“对了，你的事儿，他们都知道了。最近，他们就没找你送信吧，对不对？”

的确如此，虽然约翰替那些英国军官送信，并未发现什么有价值的信息，不过，通过送信，可以和他们建立联系，而且也能挣很多钱。现在，他不能再给英国军官送信了，觉得很失落。

“是我提醒他们的！我告诉他们了，我告诉他们约翰·特雷梅恩是个深藏不露的大叛徒。”看来多弗为了打压约翰，真是费尽心机，他这么做是不是太过分了？

“哦，你这个小人！大嘴巴，一天叭叭叭地说个没完。”

“我有分寸，知道什么该汇报，什么不该汇报，像那些军事机密的事儿，我就没跟他们汇报。”

多弗一进屋，就径直走到拉伯和约翰放食物的橱柜边，不客气地吃了起来。他说话的时候，食物残渣不断从他的嘴角漏出来。

他接着说：“还有，去年十二月份，斯特兰奇中尉要去朴茨茅斯，可是他没去成，这事儿你不知道吧？我知道他打算去的，可是我知道分寸，这事儿我没告诉你。你看，我能守口如瓶吧？”

多亏了莉迪亚，他们才及时得知了这个信息，可约翰全然不知，多弗也知道这件事，而且，他从一开始就知道。

“现在，这也不是什么秘密了。不过，盖奇将军下一步要进攻什么地方，就是秘密了。你们肯定很感兴趣，对吧？要是我愿意，也许就会告诉你。你们这儿没有什么喝的东西吗？”

拉伯和约翰交换了一下眼色，约翰给多弗倒了一大杯麦芽酒。也许，这个家伙掌握了不少信息，酒精能让他把这些信息透露出来呢？

“等会儿，多弗，我马上就回来。”约翰跑到非洲皇后餐厅的后院。他记得，史密斯上校告诉过莉迪亚，他手下的一个年轻士兵喜欢一个人喝闷酒。他吩咐莉迪亚，如果在那个士兵的房间里发现了白兰地，就收起来。不过，他并没告诉莉迪亚，把酒拿到哪儿。那天早晨，莉迪亚在给那个士兵铺床的时候，又发现了一瓶白兰地，于是，她又拿走了酒瓶，等到天黑再卖给他。约翰抢了先机，拿回了那瓶白兰地。

约翰得意地说："加上这个，肯定能增添不少滋味儿。"他一边说，一边给多弗倒了满满一大杯酒，多弗兴奋得连那发白的睫毛都在颤抖。

"你真是个好人啊，我的天啊，这酒真不错。这才叫好酒呢。我刚才说了，现在是三月份，春天到了。到了春天，军队就该一展身手了。他们要出兵打——"他打了个嗝儿——"打仗了——今年春天就打——我和其他马童都参加！我可警告你们，我要是你们，就不会坐在这儿傻等了，我会拔腿就跑，等到我跑到了伯克郡，我才敢停下来。"

"我才不相信他们能出兵，去伯克郡那么远的地方呢。"

"谁说英军要去伯克郡了？那儿又没有军工厂。英国国王命令老盖奇奶奶，查——收——查封所有叛军的军工厂。国王龙颜大怒，他认为，盖奇吓破了胆儿，才迟迟不出兵镇压叛军的。”

“盖奇已经三次尝试截获我们的军备了，他在查尔斯敦、撒莱姆和朴茨茅斯都采取了行动，一次成功了，另外两次，我们抢先他们行动了，所以他失手了。他不知道，我们把军备都藏在什么地方。”

“是吗？他真不知道吗？”

约翰又把多弗的酒杯倒满了吓人的麦芽酒和白兰地的混合物。

多弗一饮而尽，心满意足地打了个饱嗝儿。

“他们有地图。地图装在地图箱里。他们在地图上把伍斯特和康克德标红了。他们知道，该到哪儿找。你知道，现在波士顿里有多少英军的现役部队吗？”

“多少？”

多弗说的数字比真实数字差了十万八千里。看来他们的麦芽酒和莉迪亚的白兰地给多弗喝，算是浪费了。

多弗突然变得感伤起来。他眼里泛着泪光，告诉约翰和拉伯，他有多爱他们。“你们是我最好的朋友了，”他嘟哝着，“你们是世界上最好的男孩儿，”他突然用手指着英军驻扎的方向，生气地喊：“他们是坏蛋，我要跟你们俩去伯克郡，我才不想待在波士顿，给他们喂马呢，挖个地洞，钻进去，替我挖个地洞，躲起来，等战争结束了再出来。孩子们，孩子们，”在酒精的作用下，他绝望地哭了起来，“快跟我来，我受不了看你们被绞死……我受不了！”说完，他大哭起来。

“冷静点儿。”拉伯严厉地命令多弗。对有些人，拉伯可不像约翰那样随和。

“是啊，我会的，我现在就出去。”他站都站不稳了，接着说：“我要告诉斯特兰奇，我不干了。我要把马梳扔到那狗屁上校的脸上……我要……”

“哦，站那儿别动，你不能去，多弗，”拉伯说着，站在门口，挡住了多弗的去路，“快点儿坐下，明白吗？冷静冷静。”

多弗喝醉了，他这副模样，不能回餐厅，否则他就会被解雇的。看来两个男孩儿这次捉弄多弗的做法，有些过分了。

他们花了半个小时，才让多弗安静下来。他们反复劝说多弗，告诉他，他的工作多好，能成为英军的一份子是一件多么光荣的事情。渐渐地，多弗不再闹了，他开始犯困了。

“不过，这也改变不了什么，不管怎么样，我都会被解雇的。斯特兰奇告诉我，让我把上校的马刷洗得干干净净的。还让我在四点多少来着，准备好，可能是四点半。”他说着说着，就往后一靠，睡着了。

“看起来我们得替他干活儿了，”约翰轻声说。“我们不能让他丢了工作。现在四点了，哦，那头懒猪，那头……”

他一路跑到了马厩，在此之前，他也没少帮多弗干活儿。

上校有两匹马：一匹是壮实的黄色战马，名叫森迪，是上校从英国带过来的。还有一匹平日里代步的母马，那是斯特兰奇中尉在发现高博林不适合给上校当坐骑后，给上校挑选的，它叫南，跑起来，比战马步子更为轻快。上校喜欢骑着南，在波士顿到处转悠。可是，南还没训练好，一听到鼓声和子弹声就害怕，上校骑术不佳，因此，他不愿骑着南率军出行，害怕出丑，所以带兵打仗，他都会骑着森迪。

南外观漂亮，生性热情；而森迪性情平和、成熟聪颖。这两匹马约翰都很喜欢。多弗在呼呼大睡，约翰替他刷马，他一边干活儿，一边吹起了口哨。

四点三十分，他给南带好了马鞍，把它牵到了餐厅前面。上校体型偏胖，没法在平地上马、下马，所以特意设了个上马桩，靠它上马、下马。

“把马牵回去吧，孩子，”斯特兰奇中尉告诉约翰，“史密斯上校发火儿了。”说完，他才注意到，来送马的是约翰，不是多弗，于是，那张英俊的脸庞露出了笑容。不过，他什么也没问。

“听着，孩子，”他说，“去把你的马牵来，我骑着南，教你怎么让马跳跃起来。”

斯特兰奇中尉以前告诉过约翰，公共马场有栅栏，约翰一直盼望着跟那些穿着红色军装的军官学习骑术。他不敢去向他们讨教，怕他们把自己赶走。不过，斯特兰奇带来的朋友，他们是绝不敢赶走的。

虽然，在莱特家和非洲皇后餐厅里，年轻的斯特兰奇中尉的阶级等级还是很严明的，可是一旦他们骑着马，他和约翰的等级差别似乎就不见了。他成了伯乐，总算遇到了可以调教的千里马。其实，他收了两名弟子了，在第一节课要结束的时候，他就说高博林是他见过的最棒的跳跃高手。约翰知道，斯特兰奇中尉很想拥有高博林，他只需要随时把这个想法说出来，高博林就会归他所有。他也知道，斯特兰奇中尉绝不会那样做的。

约翰和斯特兰奇中尉一起练习跳跃、一起训练马那天起，他就为中尉高超的骑术折服，十分敬佩他，甚至喜欢他了，因为他长得真像拉伯啊，可是，只有在骑马时，他们才是平等的。在室内，他又变成了英国军官，一位“绅士”，而约翰只是下人。这种身份的转换让约翰觉得很困惑，可斯特兰奇中尉看起来却丝毫也不显得困惑。

现在，每个星期五和星期六，约翰不用跑到波士顿郊外的各个地区送报了，也不用每周日晚，乘坐查尔斯敦周日晚间的最后一班渡轮，赶回波士顿了。首先，现在没有渡轮了，其次，守城的英国士兵疑心都很重，他们肯定会把约翰的邮差包翻了个底朝天，然后把报纸看个遍，再丢进泥坑里的，还会装出一副无心的样子，其实他们是有意为之。罗恩姑父安排莱克星顿希尔斯比家的人，把报纸装在装农产品的手推车里，每周送到市里一次。

三月下旬的一天，那天是星期四，约翰启程去送报纸。高博林不听话，约翰决定，先带高博林去公共马场训练一下，让马儿撒撒野再去送报。他像往常那样，路过了英军的营地，走过无所事事的士兵、堆放着的火枪、军工厂和炊事房。士兵都让他通过了，可是一位刮了一半胡子、穿着衬衫的英国军官朝他大喊，约翰没听清，好像是："把那个傻瓜赶出去，"还有"这小子跑这儿来干什么？""嘿！拦住他！抓住马缰。"

约翰知道，英军上下紧张不安，他从前从营地穿行，去查尔斯的开阔地遛马，他们从未阻拦他，驱赶他。

他只能坐在马上，见机行事。士兵朝高博林这边走过来，粗暴地抓住了缰绳，马儿受了惊吓，把一个士兵撞倒，还踢了一个士兵，约翰连忙安抚高博林。结果，邮差包掉在了地上，正好落到了那个刮了一半胡子、穿着衬衫的军官脚下。

“让我们看看，这个无赖把什么反动报纸带到了女王陛下的皇家军队了。”他拿起报纸，瞥了一眼，脸色马上阴沉下来。“反动言论，煽动群众造反的言论。原来是那该死的《波士顿观察家报》啊，我要是盖奇，一定会绞死那个印刷商，还有这个小无赖的。小子，看来你要挨几鞭子了。也许，以后你还能在波士顿大街上，继续兜售这些谎话连篇的报纸，可是，以后不允许你再来毒害女王的军队了。克莱门斯中士——把他衣服脱了，给他三十鞭子。”

“遵命，长官。”

约翰注意到，牵着高博林的那个下士是一个长着一头橘黄色的头发，满脸雀斑的男孩儿，又瘦又小，甚至比他还要瘦。他正是在莱特家，赚外快的马童南瓜。约翰和南瓜对视了一下，南瓜什么也没说，只是默默地用唇语说出“马刺”这个单词。

约翰用马刺踢了高博林，马儿本来就惊恐不安，受了刺激立即一跃而起，转了几圈，甩开马蹄，飞驰而去，甩掉了很多士兵，可是有一个士兵，是一个中士，还死死地抓着马缰不放手。他很壮实，他想靠自己的体重把马拖垮。波士顿的男孩儿都会随身携带一把小刀，约翰从兜里掏出小刀，割断了马笼头。他甩掉了那个中士，不过也搭上了缰绳。高博林抬起那漂亮的头，载着约翰扬长而去。

约翰不明白，马儿为什么能一路飞奔，不被帐篷钉、篝火、火枪堆和待宰的羊绊倒。他听到身后有枪声——那一枪一定是军官放的。只有军官可以佩戴手枪。也许，那军官放的是空枪，他们经常会那样做。很快，约翰就离开了公共马场，他骑着马，一路狂奔到了汉考克路。没了缰绳，他只能由马儿飞驰，没法控制住马。高博林加速，穿过了田地和果园，约翰只有俯身贴着马的脖子，才不被那些低矮的树枝刮伤。他们一路跑过汉考克和莱特家、越过了一道石墙、跨过了栅栏、吓坏了一个正在晾衣服的老妇人，害得她差点吞下一个晾衣夹，穿过了波士顿西区，又回到了贝肯山庄。

高博林跑累了，安静下来。贝茜和希拉总喂它胡萝卜吃，难怪它在莱特家放慢了脚步，静静地听约翰的安抚，“放松，放松，你看，高博林，我在这儿呢，什么也不能伤到你。安静，安静。慢慢地，放松，放松。”虽然没有缰绳，马儿在莱特家的后门停住了脚步。它满身是汗水，不停地喘着粗气，四处张望，找胡萝卜吃。

莱特家拉马车的一匹黑马栓在马厩里，有个马夫正在喂它。那人正是南瓜，他脱下了军装，把军装挂在了栅栏上。南瓜抬起头，看见约翰，咧嘴一笑，“我宁愿挨三十鞭子，也不想骑着一匹脱缰的马，没命地跑。"

"哦，我倒是愿意骑马，"约翰快活地说。他也有些害怕，只是不肯承认罢了。

南瓜说："回去告诉你家主人，报纸送到了能发挥作用的地方。"

"你是说英军吗？"

"是啊，你知道吗，他们中间，有很多都是辉格党。这样的人很多，就像在英国，很多人都是站在你们这边的。"他说着，把马梳倚在了树桩上，接着说："所以英军里出现了很多逃兵，快要把那些军官逼疯了。"

"可是逃兵是要被枪决的……就在公共马场的栅栏那边。"

"那是他们被抓了。"

"如果打起仗来——要是真打起仗，他们会怎么样呢？"

南瓜那张布满雀斑的脸上，长着一双三角形的绿色眼睛。他盯着约翰，回答："哦，我们会拼命战斗的，我们总是拼命战斗。"

"你会拼命战斗吗，南瓜先生？"

"我？"南瓜啐了一口痰，接着说："我是个话不多的人。事实胜于雄辩。"

“如果可能的话，你愿意当逃兵吗？”

南瓜抬起了他那平淡无奇的脸庞，“希拉小姐——她真是个好姑娘啊——贝茜夫人说，你值得信赖。等我弄到一套农民穿的工作服，等我能弄到一顶里面缝着头发的旧帽子，像这样露出假发来的那种，明白了吧？等有农民发誓，愿意雇我干活儿，带着我走出城门，通过守城士兵的盘问的时侯……”

约翰走近南瓜，告诉他：“这要的东西我都能帮你弄到。”

“你确定吗？”

“当然了，你救了我，没让我挨鞭子。”

“是啊，小子，我喜欢这儿。我希望能永远生活在这里。有一个自己的农场，养些牛，在英国，穷人家一辈子也不会实现这些愿望的。”

“在这儿就可以。”约翰和南瓜把头靠在一起，秘密商议着。南瓜紧张得四处张望，他抬起了一个马蹄，开始清理起来。

“有时候，得信任别人……赌上一把。我就相信你了——现在我就想跑。”

“可是，如果你被抓住，会被枪决的。”

“被枪决？见鬼，当年参军都不怕死，现在还害怕被枪决吗？”

“听着，我能弄到那些工作服。我会把衣服拿到这儿来，藏在谷仓的干草堆里。希拉会告诉你，我什么时候拿来衣服，衣服放在哪儿了。我会帮你找一个莱克星顿的农民，他每周四都会来赶集。他会带你出城。有了消息我就会告诉希拉，希拉会通知你。到了那时——你就会自由了。”

“再也不用听中士冲我大呼小叫了，还有自己的农场，养一群牛。”

“没错，我们这里有空地，你还能分到土地。”

“我骨子里就是个农民，不是士兵，我讨厌弹药味儿，喜欢牛粪的味道。”

“只有一件事，南瓜先生，我帮你逃跑，你得答应我一件事。我想要你的火枪——给我的朋友。你能把火枪藏在我放衣服的地方吗？”

“我能。”

约翰的母亲在去世以前，曾经给他做了四套工作服。她特意把工作服做得很大，她认为这些衣服一直能穿到约翰学徒期满。可是，这几套工作服，约翰从没穿过。只有农民，还有司机、搬运工、屠夫和烧砖工干活儿的时候才会穿工作服。银匠和印刷工都不用穿工作服，马童也不穿工作服。

因此，那些衣服，约翰用不上。他低下头，看了看那几套工作服，它们不适合他从事的行业。

约翰从阁楼的箱子里，取出了一件工作服，那工作服是淡蓝色的，他以前从没注意过，工作服上的针脚缝得多么好，一想到自己以前太高傲，不肯穿妈妈做的工作服，他就觉得很难过。现在，他长大了，才知道妈妈当时给自己做这套衣服时，倾注了多少爱心和心血。他当年只是觉得，妈妈并不了解银器行业，明知儿子要去当银匠，还给他做工作服穿！她什么也不懂，真的，她不知道做短工、当学徒是会有怎样的生活。她一直体弱多病、受人排挤，可是自始至终，她都在跟命运抗争，为了一件事争取着，那就是她的儿子。想到这里，约翰觉得很愧疚，无地自容。

一顶帽子、黑色的假发不难弄到。约翰尽自己所能，把两样东西缝到了一起。他还找来了罗恩姑父的一条旧马裤，珍妮弗姑姑说约翰可以拿去。罗恩姑父只信任拉伯，必须由拉伯说服他，把一个英国逃兵装上偷运《波士顿观察家报》的手推车里，一起运出城去。

十天以后，希拉告诉约翰，他藏在干草堆里的工作服不见了，南瓜把自己的军装和火枪留给了他。

南瓜的火枪由罗恩姑父偷偷运出了莱克星顿，它被藏在了推车的下边，藏得很巧妙，没人能发现。可是，那个英国逃兵，并没有穿着那件蓝色工作服，戴着假发，按约定时间和罗恩姑父出城。他好像人间蒸发了一样。很快，英军就兴奋起来，他们在波士顿挨家挨户的搜查逃兵的下落。

南瓜已经走了一个星期，约翰终于不再担心他，他认为，南瓜一定是想出了其他的出城办法。

约翰把得到的火枪给了拉伯，拉伯并没说什么，不过，他的眼睛里放出了光芒。

约翰凭借着在银器店里学到的手艺，打出了一个做子弹的模子。到了夜里，他们就锁上店门，开始做子弹。他们蹲在阁楼的壁炉边，能听到从非洲皇后餐厅传来的无忧无虑的笑声、歌声，有时还能听到喝醉的军官争吵的声音。

在新英格兰的各个地方，人们都在做子弹。可是，用来做子弹的铅很少，妇女们就从梳妆台上拿下她们漂亮的锡杯，心酸地看着杯子在熔炉里熔成锡水。盛粥的粥碗、酒杯、勺子、茶壶都做成了子弹。

珍妮弗姑姑也把自己的锡杯拿出来，给拉伯做子弹。那只锡杯，差不多是家里传了几百年的宝贝，她还是忍痛割爱。约翰熔掉那只锡杯时，她只是默默地站在那里看着，面色凝重。

火药更难弄到，他们只好自己做。整个新英格兰的硝石、硫磺和木炭都被压成了粉末，和成了糊状，再搓成弹药丸，以备不时之需。

每个民兵都自己动手，制作子弹和弹药壳，给自己的枪支配足装备。

火药粉和弹珠都卷在了纸筒里。罗恩叔叔拿出了装订成册的布道页，一页一页撕下来，当成做子弹壳的材料。可是，这种纸张太硬了，民兵在给枪上膛时，只能用嘴把外露的纸边咬下来。一半火药都倒进了弹夹，没用上的弹药，连同子弹和纸制弹壳，都塞进了枪膛里。布道纸张太硬了，拉伯的牙已经很结实了，都咬不透这种纸。幸好，有更为柔软的便签纸。希拉搜集了满满一桶便签纸，都是那些英国军官写给拉维尼亚小姐的信。拉伯做弹壳用的便签纸，有一些是邀请拉维尼亚去舞会的、有些是向她表白心意的、有些是写给她的十四行诗，把她比作女神戴安娜和阿弗洛狄忒。一次，约翰在一张便签纸上认出了斯特兰奇中尉那写得像小学生一样的字体。

从此以后，民兵每次到莱克星顿进行军事训练，拉伯就在子弹盒里装满自制的子弹，用他自己的话说，就是：“感谢上帝，我终于有了一件像样的武器。”

三月过去了，紧接着是四月。在波士顿，氛围愈加紧张。大家都知道，春天一到，盖奇将军就要执行国王的命令，出兵攻打波士顿郊区了。这次，他会派重兵出击，而不会像以前那样，只派几个英国士兵做做样子了。他知道，民兵分布在乡村，手里都有武器，正摩拳擦掌，等着会会他们呢。英王乔治因为盖奇将军谨小慎微、迟迟不出兵镇压叛军，大发雷霆。在此期间，英军几乎没有截获叛军的军备。在新英格兰，到处有民兵进行军事训练。女王已然下令，要英军驱赶波士顿的民兵队。有消息传到了波士顿，有三位骁勇善战、比温和的盖奇将军更为强硬的将军，就要来接管波士顿地区的军事指挥大权了。他们分别是霍威将军、克林顿将军和伯根因将军。毫无疑问，盖奇将军一定心急如焚，会赶在那三位接替他的凶恶将军到达波士顿之前，奋勇出击，攻陷敌军。

约翰继续关注着驻扎在非洲皇后餐厅的史密斯上校的一举一动。多弗在无意中向他透露的所见所闻，约翰都仔细倾听。他害怕再遇到上次那个刮了一半胡子、穿着衬衫的军官，上次就是他下令鞭打他的。约翰每天都会去公共马场，有时他会去遛史密斯上校的两匹马，他骑着森迪、牵着南。骑着森迪，约翰才发现，驾驭一匹马竟然这样容易。在此之前，他还想当然地以为，骑马是会丢掉性命的危险差事呢，可是这匹马十分温顺，不像高博林性子那么烈，这让约翰感到莫名惊喜。驾驭高博林让约翰吃了不少苦头，不过，约翰也算吃一堑、长一智了。

约翰骑着森迪、牵着南，绕过了公共马场，来到青蛙大道。现在，他不敢再从英军军营穿行了。遛将军的马本应是多弗的工作，可是约翰总是替多弗干活儿，让多弗呼呼大睡。

约翰在公共马场，看到了帕西爵士把他手下的军团都拉出来阅兵——整整三个军团。

帕西总喜欢炫耀他的军队。他总是紧紧跟随着他的士兵，训练他们、调教他们，他比波士顿的其他英国指挥官都要负责任，他才算是一流的军官。

虽然，公共马场的高地区域人头攒动，到处是行进的军人，一列一列的。

还有些人，看不清是军人还是平民，也在那儿。约翰觉得，从栅栏溜进马场应该不会被发现，这样可以让森迪和南在查尔斯河河边吃草。他知道，马儿喜欢吃嫩草，就好像他喜欢吃糖果一样。

约翰注意到，有一小队英国士兵在盐沼地那边干什么，他觉得也许是在摸黄鳝，不过他才不在乎那些士兵在干什么呢。马儿低下了头，伸了伸腿，大口吃起了青草。

接着，约翰听到了阵阵鼓声，那声音很肃穆，并不是平日里那种轻快的鼓点声。

帕西率领的军队似乎正向他的方向行进。很快，他们就遍布整个公共马场，只有放置栅栏那一小块地没有英国士兵，此时，约翰就坐在那块草地里放马吃草的，英军一个排、一个排地走来，人越来越多。森迪是一匹战马，听到了阵阵鼓声和军靴踏步声，立即抬起头、弓着脖、竖起尾巴，摆出军姿。而南则不同，它毫不在意和军队有关的事情，依旧低着头吃草。

约翰四下看了看，他这才明白了，那几个在盐沼地里的军人在干什么了。

他看到军队的教士打开了祈祷书，在读着什么，还有那个木棺材、那匆忙挖好的坟墓。那八个士兵和他们的长官并不是在那儿抓黄鳝（在这样晴朗的天气里，做这种悠闲的活动再合适不过了），他们是行刑队。那个被蒙住双眼、五花大绑的人，是个逃兵。帕西把整个旅的士兵都叫来，观看处决逃兵，想杀一儆百，打消他们心中逃跑的念头。

约翰看到了蓝色的工作服，还有一头橘色头发，看来，他们抓到了南瓜。

英军不允许等待枪决的逃兵穿着帅气的军装，因为他们辱没了国王的军队，所以，南瓜只能穿着那身约翰拿给他的的工作服，去另一个世界。

南瓜很害怕，咬紧了牙关，可是他被卡在栅栏里，动弹不得，根本不可能逃跑。在他前面，大约有一、两千名站得笔直、怒目而视的英军；在他身后，就站着行刑队，还有湍急的河流。头戴高高的熊皮帽的鼓手举起鼓槌，静静地等待号令。一时间，子弹声和鼓声同时响起，约翰看不到背后的情景，但是他从那些军人的冰冷的眼睛里，看到了些许投影，他看到了南瓜那张惨白、满是汗水的脸。一位年轻的军官的脸吓得发青，只有森迪悠然自得，好像很喜欢这种场合。它听到了鼓声和枪声，把头抬得更高了。南不安地扭动着身子——如果史密斯上校这时候骑上南，受到惊吓的南一定会把他甩下去的。

约翰用双手捂住脸，他的脸已经被泪水浸湿了，他的手在不停颤抖。他想起了妈妈给他做的那身蓝色工作服，现在已是千疮百孔。南瓜这一辈子，追求的东西很简单：他只想拥有一个农场，养一群牛。没错，拉伯渴求火枪，结果他得到了。而南瓜想要个农场，可是他的这个愿望，永远也不会实现了。只有波士顿公共马场的这方寸土地，才是他的归宿。在魂归西天的那天，陪伴他的，不过是这方寸异乡的土地。

“动作快点儿！快！快！”

行刑队从约翰身后跑过来，约翰没有回头。他们离他越来越近，约翰能看到他们留下的背影。他们是掷弹兵，戴着熊皮帽，军装后摆扣了起来，露出了白色的马裤。他们肩膀宽阔，鲜红的军装加身——每个士兵的肩上，都扛着一把火枪。

在每把火枪的一端，都有一双邪恶的眼睛——那些眼睛，似乎都在看着约翰。八双凶残的眼睛。约翰看到那些眼睛，就好像看到了死亡。

约翰一直都很勇敢，面对为难，他总能坐怀不乱。他不惧怕打仗，在码头的时候，他没少跟别的男孩儿打仗。以前，他从没怀疑过自己的胆量，可是现在，他开始怀疑了。

他觉得，人们不会有足够的勇气，站出来，直面那些杀气腾腾的眼睛，反正，他绝对不会有那样的勇气的。

那天晚上，他又想起了那恐怖的时刻，他很庆幸自己的一只手残废了。这样，他就不会成为那些邪恶的眼睛瞄准的目标。一连很多天，无论他做什么，都觉得自己心不在焉。那个他心目中“勇敢的约翰·特雷梅恩”真的是个胆小的鼠辈吗？

现在，拉伯也这么看他吗？约翰看着拉伯，并没有发现他对自己有什么异样。可是，即便拉伯心里真的认为他是胆小鬼，也不会说出来。约翰决定，决口不提此事，可是南瓜的死，把他吓得不轻。

第十章 “叛军，散了吧！”

时间到了一七七五年四月十四日。

盖奇将军派出了奸细，打探民兵的消息。他们装扮成找工作的美国人。在四月十四日这天，那些探子回去汇报搜集到的情报。盖奇将军把所有英军上校都召集到了省议会大厦，和他一起听这些探子的汇报。这件事，约瑟夫·瓦伦知道，保罗·瑞威尔先生也知道，就连约翰·特雷梅恩也知道。那些探子什么时候回去，向长官汇报，很容易就会知道——可是，他们汇报了什么内容，就不得而知了。

时间到了四月十五日。

当天，是星期六。每个军团的总部都贴出了相同的将军令，由盖奇将军亲自签发。所有掷弹兵和轻步兵军队都暂停执行现行任务，等待上级进一步指令，他们要学习一些新的招式。

约翰也在非洲皇后餐厅里看到了这些命令。有人起来，“什么新招式啊，那个像老太太似的盖奇将军成天都在想什么呢？”可是，斯特兰奇中尉看到了这个命令，竟然吹起了口哨，还大笑起来。他说：“这次，看起来要动真格儿的了——终于盼来了。”

每个军团都挑选出两个连队的战士，接受训练，执行特殊任务。轻步兵战士，是每个军团中最活跃、最聪明的。斯特兰奇中尉就是轻步兵连的长官。这些士兵只配备轻型武器，负责侦察和从侧面包抄敌军。掷弹兵各个都人高马大、身强力壮，他们骁勇善战，随时都做好了进攻准备。

如果有十一个军团，从每个军团中选出两个最好的连，那么，这些士兵加起来，可达七百人之多。

四月十五日那天，大家都预感到，会有大事发生。约翰看到，史密斯上校兴奋得满脸通红，就知道他们要有动作。史密斯上校走过非洲皇后餐厅的马厩，步伐轻快，还特意收起了他的大肚子。他的眼里泛着光芒，那会是对即将到来的战争的期待吗？

斯特兰奇中尉也满心欢喜，不知什么原因，他还给了多弗三便士。

这一年，春天来得比往年早。生长在非洲皇后餐厅后院的桃树已经开花了。斯特兰奇中尉这么高兴，一定有事要发生。约翰在公共马场，看到帕西爵士率领的军团在做准备工作，他们在擦两门大炮。士兵们都排着队站在磨刀石前，忙着磨刺刀。这有什么特别的？他们经常这么做。这一切，是预示着有什么大事要发生，还是他们的胡乱猜测？

约翰去找保罗·瑞威尔先生，他的妻子告诉约翰，去瓦伦医生家找找。约翰来到瓦伦医生家，看到瓦伦医生和瑞威尔先生坐在手术室里，听各方打探到的消息。看起来，最近，英国军官情绪振奋、英国士兵严阵以待，这些其他人也都注意到了。但是，他们到底要干什么呢？如果英军准备发动战争，谁会指挥他们？这些，没有人知道。也许，只有在真正的战争发动之前，盖奇将军才会得到消息，才会告诉他手下的军官。

那一整天，英军的运输队都在忙着为登录船只做好准备。也就是说，有可能，有英军坐船出海，英军会沿海岸线部署兵力（萨勒姆在两个月前遭到进攻，就是用的这种方法），或者，他们也许只是想把士兵运送到查尔斯河对岸，送到查尔斯敦或者剑桥去。从船上运载的军备来看，这些运送的士兵不会出城的。可是……也许盖奇将军这么做，只是想声东击西、掩人耳目，迷惑波士顿的民众。大家在瓦伦的诊所，一直讨论到了天黑。

大家在讨论时，约翰就在手术室的沙发上休息。他做好了准备，随时接受任务，到指派的任何地方去，帮他们打探消息。已过了午夜时分，约翰不知不觉就睡着了，他只是迷迷糊糊地觉得，自己在做梦。他梦到，自己在汉考克码头，忙着煮龙虾——他身边，是约翰·汉考克先生，还有萨姆·亚当斯先生。那些龙虾长着人的眼睛，有长长的睫毛，不停地扭来扭去，还可怜巴巴地抬头看着他们。汉考克扭过头，索性不去看那些龙虾，嘴上说：“快走吧”（可是他还不停地用那只金头拐杖，打压着那些龙虾）。萨姆·亚当斯摩拳擦掌，咯咯直笑。

约翰一觉醒来，发现屋里只剩下瑞威尔先生和瓦伦先生，他们在讨论汉考克和亚当斯的事情。他们俩三月份离开了波士顿，作为代表去康科德参加第一届大陆会议了。英国禁止常设法院举行会议，可是马萨诸塞州的人将其立法机构换了个名字，照常召开了会议。这说明，那些英国人已经知道了，这两股叛军势力，就在莱克星顿之外的克拉克斯地区吗？

“警告他们也没什么坏处，”瑞威尔说着，站起身来，“我今晚就坐船，去趟查尔斯敦，然后去莱克星顿，告诉他们，大批英军很快就会采取军事行动，最好今后这几天躲一躲。”

“还得告诉康科德的人，最好把大炮和军备藏好了。”

“好的。”

“告诉他们，我们这些驻守在波士顿的人，已经掌控了局势。一旦英军发起攻势——不管是从陆上还是海上——我们都会提前给他们警报，好让民兵队准备好。我倒是想知道，他们会从哪儿下手。”

“可是，万一我们一个都跑不出去怎么办？盖奇知道，我们会散布消息的——假如我们能跑出去。所以，他一定会派重兵守城，到时候我们根本出不去。”

约翰还在半梦半醒之间，他打了个呵欠，又想起了梦里的那些龙虾。那些长着人眼睛的龙虾……还有长长的睫毛……泪光闪闪的……

瑞威尔戴上了手套。

“……科南特上校在查尔斯敦。我会告诉他，盯着点儿教堂的尖顶，一旦英军出城，我们就在塔尖上挂一盏灯笼。如果他们坐船从海上进攻——我们就挂两盏灯。不管有多危险，我一定会想办法出城，看看英军到底有什么动作。可是，这期间我可能会被捕。如果我被捕，会有别人接替我出城的。”

他们想到了很多人选，最终确定了比利·道威斯。他能装扮成任何人——他可以化装成英国将军，也可以扮成醉醺醺的农夫。这有助于他顺利出城。

保罗·瑞威尔离开了瓦伦医生的诊所，约翰紧随其后，他们走出门时，一个人从夜色中向他们走来，把一只手放在了瑞威尔的肩膀上。约翰凭借着微弱的亮光，认出了那灵动的黑色眼睛，还有那随意的衣着，来者正是切尔奇医生。“保罗，”他轻声说，“发生什么事儿了？”

“没什么。”瑞威尔简单地回答，就继续往前走。

“英军准备出兵了吗？”

“你干嘛不去问问他们呢？”

切尔奇医生消失在了黑暗中，约翰觉得很奇怪，瑞威尔先生怎么什么事儿都不告诉切尔奇医生呢，他可是核心领袖。看起来，瑞威尔也对自己的谨言慎行感到诧异，他只是说：“可是，我不想再相信那个家伙了……我从没相信过他……以后也不会相信他的。”

四月十六日。

波士顿，钟声四起，提醒人们该去教堂了。大批英国军官涌入英国国教教堂，军中牧师在军营里，给英国士兵布道。可是，波士顿的民众对此却毫不在意。保罗·瑞威尔先生出发去执行任务了。波士顿居民一切如常，还是那样无忧无虑。约翰开始怀疑，这一切困境，还有英军可能发动的进攻，是否只是他们捕风捉影，想象出来的？拉伯很确定地告诉约翰，英军的进攻迫在眉睫，他就要永远离开波士顿了。这个星期结束之前，战争就会爆发，他要参加战斗。现在，他就要动身，去莱克星顿报到了。

听到了这个消息，约翰觉得很伤心。他无法忍受拉伯离开自己，更确切地说，是丢下自己。

“可是，如果第一声枪声响起，到了年龄，应该参军的人就别想离开波士顿了。他们不会允许那些人走的。要么现在离开，要么就别想离开。”

他要离开约翰，似乎毫不伤感。约翰坐在床上，看着拉伯，悲伤欲绝。拉伯在这个报社，最后一次切面包片和奶酪。约翰数不清有多少次，看着拉伯用他那坚固的牙齿撕咬粗糙的面包片。他见到拉伯的第一次，拉伯就在吃面包片和奶酪——那是很久以前的事情了。看来，最后一次见面，他吃的依然是面包片和奶酪。约翰感觉胃里痉挛似的疼痛，觉得恶心。他吃不下面包和奶酪，可是，他看到拉伯吃得那么起劲儿，不免有些生气。

拉伯看上去容光焕发，他身体健康、兴致很高。他十八岁了，身高超过了一米八，看上去是个男子汉了。他在阁楼里走动，四下看看，找到多余的袜子就塞进兜里。还用一块带格子图案的包布把衬衫包了起来。他就要离开我了——却一点儿也不在乎——约翰愤愤地想。

“也许，我也会走的，”约翰连忙说，他希望拉伯告诉他，“只要你跟我走——我什么都愿意舍弃——包括我的火枪，”或者，只要他说一句：“好的，跟我走吧。”他就会心甘情愿地跟随拉伯。

没想到，拉伯却说：“不行，你不能走，你还有任务呢，必须留在这儿。你就跟你那个胖子朋友多弗，一起待在这儿吧。谢天谢地，我总算不用再听多弗唠唠叨叨的了。等我走了，你和多弗相处得会很愉快的……”

“你知道的，我无法忍受多弗。”

“是吗？我还以为你们俩的关系很好呢。”

“我可以离开波士顿，去莱克星顿，没有理由不让我去，我看，是你不想带我去罢了。”

约翰明明知道，事情不是那样的，可是他控制不住自己，他渴望跟随拉伯。他多想听拉伯说：“我会想你的，就像你会想着我。”

拉伯非但没说约翰想听的话，反而大笑起来。他就要离开，也不会说什么“煽情”的话。约翰只是瞪着他，闷闷不乐。拉伯拿出兜里那只袜子，把衬衫包解开，把袜子放到里面，和衬衫还有其他衣物放在了一起。

“我看你就是想一走了之。”约翰指责拉伯。

“没错。”

“那没什么好说的了——你走吧！”

“我这就走。”

约翰虽然嘴上说着狠话，心里却在喊：哦，拉伯，拉伯！你看到火枪枪口那边，有双小眼睛正在瞄准你吗？拉伯，你别走，千万别走！

拉伯压低声音，唱起了歌。他唱的，是《林肯郡的偷猎者》，那首歌是保罗·瑞威尔先生教给约翰唱的，约翰又教给了拉伯。拉伯的歌声似乎有种魔力，他的声音低沉，略微沙哑。他唱得有点儿跑调儿，可是约翰每次听他唱歌，都会着迷。他唱歌时、他打架时，天不怕地不怕的样子、他孤注一掷的冒险——还有他和女孩儿们跳舞的时候，约翰能看到，他内心隐藏的热情之火！拉伯的眼睛里，闪现着兴奋的光芒。他又要置身险境了。他要去战斗了——想到这些，拉伯内心渴望冒险的冲动，让他莫名兴奋。

约翰想告诉拉伯那些行刑队队员的事情，可是，他没有说出口，只是说了一句，“我想，你是真想离开这儿，去莱克星顿——去那儿跳舞。”

“没准儿。”

约翰没再说什么，他只是呆呆地坐在床上，低着头。拉伯走到约翰身边，把一只手放在了约翰肩头。

“再见了，约翰，我走了。”

约翰并没有抬头。

“你是个勇敢的家伙，约翰·特雷梅恩。”拉伯笑着说。

约翰听见，拉伯下梯子的脚步声，接着，传来了报社门关闭的声音。他连忙跑到窗边，向外张望，他看见拉伯站在罗恩家门外，像个大人一样，跟他的姑父握手道别。接着，他附下身，亲吻了珍妮弗姑姑的手——像一个男子汉那样，和姑姑道别。他还抱起了小兔子，小家伙现在已经能蹒跚走路了，拉伯亲了他一口。接着，他大步流星地走了，差点儿就跑起来，很快到了索尔特大道，看不到了。

约翰紧跟着跑到了街上，可是已经追不上拉伯了。他不能就那么让拉伯走了。他还没有祝拉伯好运，没说上帝与他同在呢。是啊……他可能再也见不到拉伯了。想到这些，约翰回到了阁楼，一头倒在了床上。他真想大哭一场，可是转念一想，自己已经是个男子汉了，不能再哭鼻子了，又觉得些许安慰。

今天，那些商铺和码头都静悄悄的。听不到扫烟囱工人的喊声、卖牡蛎人的叫卖声，还有磨刀霍霍的声音。整个城镇悄无声息，因为今天是星期日。约翰躺在床上，听到教堂的钟声响起，那是在提醒人们，该去参加下午的活动了。钟声轻柔，好像好友之间的细语。钟声从英国工会教堂、科克瑞尔教堂、旧南教堂、老教会教堂、霍利教堂和国王教堂传来，这些教堂，约翰都知道在哪儿。曾经，这些教堂传来急促的钟声，那是在告诉人们，发生了火灾；洪亮的钟声响起，是召唤自由之子开会。他曾经听到过为逝者敲响的丧钟钟声，激起民愤的事情被废除，响起的欢快的钟声，还有控诉专制统治，响起的令人颤抖的铜钟钟声。清晨，他在钟声中醒来；夜里，钟声伴着他入眠，可是，每逢安息日，教堂那金色的鸣响，似乎敲开了天堂那蓝色的穹顶，约翰最爱那些钟声。他似乎能看到，天堂里的天使俯身向人间张望——也许是在俯看喧闹的波士顿。“和平，和平，”柔和的钟声在向人们宣告，“我们获得了和平……”

突然，从附近的非洲皇后餐厅传来了英军的鼓声。横笛声响起，似乎在说，“太-太-太晚了。”即便在安息日，英军也进行军事训练。还有些人也在训练——即便在安息日。例如，莱克星顿的那些民兵。

四月十六日，就这样过去了。

星期一，依然很安静，相安无事。斯特兰奇中尉面色凝重，也许，英军根本不会出征。

四月十八日。

到了下午，镇上随处可见英国军士，围在掷弹兵和轻步兵周围，告诉他们（在他们耳边低语），月出时分，到公共马场的栅栏处报到，“整装待发”。

中士会用手指敲敲手下士兵的红鼻子，让他们“守口如瓶”，但是，军营内外，英军今晚出征的消息已经尽人皆知了。

就在今晚——天色一暗——那些人就会行动，可是，他们的目标是哪里呢？谁会指挥这次军事行动呢？肯定只有一位上校被委派，指挥这次军事行动。

约翰只负责盯紧史密斯上校，那一天，他几乎没离开非洲皇后餐厅，忙着帮侍者给餐厅里的军官倒酒。一位和斯特兰奇中尉坐在一起的年轻军官，一边用拇指搅动白兰地和水的混合液，一边说，他希望很快就能像那样，搅动美国佬的鲜血——他说这话是什么意思呢？那天，史密斯上校和军中牧师一起进餐，听人们说，人在面临危险的时候，都会突然变得虔诚起来，那是不是表明，史密斯上校要率军出战了呢？

约翰能确定一件事。多弗知道的消息，还没有他知道的多。多弗那个榆木脑袋，根本没发觉，有大事要发生。他坚信，那些掷弹兵和轻步兵只是去训练“新招式”了。多弗只把注意力放在因为自己受了哪些非人的待遇，总是闷闷不乐的，根本没留意，身边发生了什么事。

到了五点，约翰觉得，应该离开非洲皇后，去向保罗·瑞威尔先生汇报了，今天他没有什么新的发现。可是，他在离开之前，他还想去看看多弗，有没有什么新的发现。

他第一次发现多弗在卖力地干活儿，他努着嘴，他那发白的睫毛湿润了。他在擦拭马鞍。

“那个家伙，”他抱怨起来，“总是无缘无故地打我。他让我好好打理他的马，他要上战场了。”

“他是谁？”

“那还用说吗，当然是史密斯上校了。”

“你照他吩咐的做了吗？”

“我努力了，可是我哪知道，他有两个马鞍。所以，我只擦了他平时用的那个。我擦得可干净了，都能当镜子用。他一把从我手里抢过马鞍，还用它打了我的头。骂我是猪头，分不清平时骑马的马鞍和战马的马鞍。我怎么能知道啊？他都来这儿一年了，那个战斗用的马鞍，他从来没用过。我还是到斯特兰奇中尉那儿拿的那个马鞍呢。我怎么能知道呢？”

约翰什么都没说。他意识到，可能听到了重要的信息。要谨慎……要谨慎……可别说什么，以免打草惊蛇。

“你的刷子弄哪儿去了？我来帮你刷马镫吧。”

约翰一开始工作，多弗就像往常一样，躺在了干草堆里。

“有个马镫刮到了我的头，把我的耳朵刮破了，流了很多血。”

约翰仔细端详起了膝头上的马鞍，那马鞍是皮质的，分量很重，还有铜乘骑（不是银质的）。有三个肚带，而不是两个。马鞍上的钩子和袋子很多，用于挂地图箱、望远镜、长颈瓶、和各种战斗装备。

史密斯上校要出征了。可是，也许他不是出征，只想骑马去纽约转转。

约翰向后一靠，计上心来。他跟多弗说：“喂，咱俩找点儿时间，出去吃晚饭，怎么样？非洲皇后餐厅的厨子答应我，给我做顿大餐，因为我下午帮他收拾桌子来的。他会给我做烤鹅的，我跟他打声招呼，把你也带上。”

“哦，上帝啊——不行。”

“都过了五点了，上校今晚哪儿都不会去的。”

“哦，看在土地老爷的份儿上，约翰，他说了，六点整就得把马鞍拿给他，如果他不满意，就会把我剁成肉馅。

他总是那么说，他是……”

约翰并没听多弗是怎么评价史密斯上校的，他在思考。

“那，在那之后——史密斯上校吩咐的事儿办完了，你能出去吗？”

“今晚可不像平时。他告诉我，让我把森迪喂饱、刷干净、戴上他那副旧的行军马鞍，今晚八点整把森迪给他牵过去……”

看来，史密斯上校真要出远门了，今晚八点出发。也许是军事行动。想到这里，约翰又有了主意。

“我看啊，要是史密斯上校要出远门，他准保会带上南的，南轻便，骑着更容易一些……要是他去很远的地方。”

“他才不喜欢那匹马呢——骑着一点儿也不刺激。他只是骑着那匹马，逛逛波士顿。昨天，他让斯特兰奇中尉把那匹马牵到公共马场去了，正赶上军事训练。斯特兰奇说，那匹马一听到鼓声和枪声，就吓得不行。我亲耳听他说的。”

“哦。”鼓声和枪声。看来史密斯上校这趟远征，不管要去哪儿，比如纽约，那儿注定不会太平。想到这儿，约翰用力地拿布擦拭着马鞍上的黑色皮革。这个时候，他绝对不能说错半句话。不说话总比说错话强。所以，约翰沉默了好一会儿。

“桑迪才好呢，可是它上了岁数，身体不那么灵活了。它的左前腿有旧伤，也撑不了多久了。”

“史密斯上校又没说要骑它骑多久。”

他觉得自己这句话说得不好。可是多弗并没理会他，仍然自顾自地说。

“上校和医生，还有中尉都这么说。斯特兰奇今儿早上就来看森迪了，医生说，老森迪走三十英里还不成问题。斯特兰奇说，不，他说，南要是总是不安分，就没法用船运它。”

约翰在头脑里拼凑这些零散信息，也就是说……英军这次出征，在当晚八点开始。上校的马通过船只运送。会有鼓声和枪声响起。他们不会去超过三十英里以外的地方。他们的人之前猜测，英军的这次远征，会去莱克星顿，或者康科德，看来他们猜对了。指挥这次军事行动的，是史密斯上校。

约翰内心的兴奋之情，全都体现在他卖力地擦马鞍的动作上了。马鞍上的铜乘骑被他擦得金光铮亮，那黑色皮革看着像黑色绸缎那样光滑。

“好了！这回你可以放心地把马牵过去，让你的上校看看！”

可是约翰还得再等一会儿，等多弗从上校那儿回来，可能还能从他那儿打探到新的消息。

约翰去了高博林的马厩，高博林装出了一副不认识他的模样，它的耳朵向后背，还咬起了主人。

约翰又去桑迪的马厩转了转，那只黄色的大马看他走进来，就小心翼翼地站到一边，给约翰腾出了些地方站，还嘶鸣了几声。约翰爱抚地摸了摸森迪的那张带白色条纹的脸，拽了一下马耳朵——它的耳朵里毛很多，和脸部的鬃毛混在一起，就像小马驹那样。

约翰说："我猜，你会在我之前见到拉伯的。也许，你也许会在莱克星顿见到他。如果你看到他，替我转告他，让他机灵点儿。照顾好自己，告诉拉伯……哦，把我想跟他说的话，都告诉他吧。"

多弗兴高采烈地回来了。

"上校说了，我干的又好又快，明天给我放一天假，作为奖励。他得明天晚上才能回来呢。"约翰想，这次远征可能很快就会结束——如果一切都按照英军预想得那样顺利。

"他们今晚就行动，"约翰告诉瓦伦医生，"史密斯上校指挥这次行动。"他继续告诉瓦伦医生从多弗探听到的消息。远征今晚开始，英军可能会去莱克星顿，或是康科德，之前在瓦伦医生的手术室开会的那些人已经猜到了。可是，他们得知，史密斯上校是这次军事行动的指挥官，还有，他也许率领部队，第二天回到波士顿时，还是很感兴趣。看起来，盖奇将军的确是很谨慎的，他选择弗朗西斯·史密斯指挥这次军事行动，是因为他比其他上校服役时间更长（也更精明）。

“你们听！”

他们听到，一小队士兵偷偷地在特雷蒙大街行进，他们向着公共马场的方向走。这是他们首先听到的声音。很快，又有一队士兵走过，接着，又有一队。负责在公共马场监视英军船只的人来到瓦伦医生的诊所，说他看到英军上了船，船向剑桥的方向开了。

瓦伦转过身，对约翰说：“快去安大街。告诉比利·道威斯到这儿来一趟，准备好骑马上路。再去一趟北广场，把保罗·瑞威尔找来。我必须赶在他动身之前，找他谈谈。他和道威斯都在等信儿呢。”

比利·道威斯在厨房里。他是个长相平平，身材瘦长的年轻人，两个眼睛距离很近，嘴很大，富有表现力。他和妻子共同努力，进行了一番精心装扮。他的扮相——醉酒的农夫，看起来惟妙惟肖。他的妻子看上去不像是严肃的女警卫，更像是个女学生。她一看到丈夫的扮相，就笑个不停，越笑越厉害，比利也跟着笑了起来。这时候，约翰走进了屋子，告诉他们时间到了。比利马上戴上了一顶破旧的帽子，头上还插了一根折断的羽毛。他的妻子拿起了一瓶朗姆酒，倒在了丈夫穿的那件破破烂烂的夹克衫的前襟上。接着，她亲吻了丈夫一下，二人又大笑起来。约翰看到，站在他们面前的比利，表情开始变了。

他的眼神变得迷离，他的笑容变得痴痴的，他一边打嗝，一边摇摇晃晃地走路。他不仅看上去像个醉酒的农民，身上也散发着浓浓的酒味儿。可是，他兜里还有钱，一个农夫到城里纵酒狂欢后，兜里不会剩下钱的。不过，那晚把守城门的一个士兵认识比利，他自信能安然无恙地混出城。

在道威斯家厨房的一幕轻松诙谐——约翰和道威斯夫人都忍俊不禁——约翰不知道，道威斯太太知不知道，自己的丈夫会置身何种险境。不管哪个国家的法律，都规定：勾结叛军，就会被枪毙。可是，那个年轻人关上门的那一瞬间，约翰就意识到，道威斯太太已经知道了。她站在丈夫离开的地方，脸上的笑容瞬间凝固了。看来，比利·道威斯并不是家里唯一一位出色的演员。

约翰从道威斯家里出来，又一路往北广场跑。到了北广场，他看到那里挤满了轻步兵和掷弹兵，他们都重装上阵。约翰与英军走了个顶头碰，他们都挡住了彼此的去路。一个英国士兵骂了约翰，还用枪柄打了他的头。看来，英军现在有些气急败坏。约翰没办法直接去瑞威尔家门口，只好爬过几道栅栏，来到瑞威尔家厨房门口，轻轻地敲了敲门。保罗·瑞威尔听到有人敲门，马上开开门，出现在夜色中。

“约翰，”他轻声说，“萨默赛特号战舰已经抵达查尔斯河河口了，你能去科伯岗看看，然后回来告诉我一声，看没看到其他战舰？我只能划一艘船，要是来了三、四艘战舰，就麻烦了。”

“我这就去看看。”

“等等。再去罗伯特·纽曼那儿一趟——就是那个教堂司仪，他和他妈妈住在教堂对面。”

“我知道了。”

“是英国军官给他们安排的住处。记住，到了不要敲门，拿上这根小棍，慢慢地走到他家房子门口，用这个小木棍轻轻敲在门上，直到看到他家窗户透出光亮来为止。然后，绕到房子后面的小胡同等纽曼，见到他以后，告诉他现在就去挂灯笼，挂两个灯笼，他就知道该怎么做了。”

约翰站在孤寂的科伯岗上，周围都是墓地，他眺望着查尔斯河那宽阔的入河口。从那里，他能看到查尔斯敦的万家灯火。他知道，那里的人们也在眺望着波士顿，他们的目光都锁定在教堂的塔尖上——等待着信号。他们一看到信号，他们就会以最快的速度，给保罗·瑞威尔先生备好整个查尔斯顿跑得最快的骏马——保罗·瑞威尔曾经许诺过，如果可能，他会亲自出马。他会骑着马，四处发布警报，召集民兵。约翰看到，萨默赛特号上，装备的强大的六十四眼枪炮。英军以为，有了这样一艘强大的战舰，就一夫当关，万夫莫开，足以阻止当晚从查尔斯河通行的大小船只。

月升潮涨，萨默赛特号停靠在查尔斯河口。夜色十分迷人，宛如仙境。风中飘着泥土的味道，还有大海的味道，空气中最浓重的，还是春天的味道。

纽曼先生住在萨勒姆大街上，这里和北广场一样，到处都是英国士兵。英军集结在此，准备向公共马场进军——看来英军的行动慢了一步。他们应该在月升时分就准备好的。一位中士从约翰身边走过，冲他大喊起来，约翰佯装一瘸一拐，谎称自己的脚被一位士兵的火枪误伤，可怜巴巴地告诉中士，他只想回家找妈妈。虽然约翰已经十六岁了，可是他临危不乱，急中生智，装成了受伤的小男孩儿。

约翰来到纽曼家楼下，他向屋里张望，发现一楼有几个军官，像往常一样，在那儿打牌。他们的衣服连扣子都没扣，喝得满脸通红。他们一边喝酒、一边大笑。二层楼有一盏灯亮着。约翰觉得，二楼的人是不可能听到他敲门的。他敲了敲门，二楼的灯马上就熄灭了。看来，屋里人听到他敲门了。

纽曼很年轻，长着一副苦瓜脸，他从屋子二楼后窗爬了出来，跳到了棚顶，从棚顶下来，然后在胡同等着约翰。

“一盏还是两盏？”他轻声问。

“两盏。”

两人对话到此为止。接着，罗伯特·纽曼像是消失在了夜色里。约翰听到了细微的咔哒声，那是纽曼用钥匙打开教堂门的声音。

保罗·瑞威尔和约瑟夫·史密斯这两个好友此时站在瓦伦医生的手术室里，他们单独待在一起。瑞威尔催促瓦伦，当晚就跟他到查尔斯敦去。如果明天打起仗来，盖奇抓到他，一定会以叛国罪之名，毫不犹豫地绞死他。可是，瓦伦拒绝了，他要留下来，随时掌握英军的战斗动向，直到最后一刻。

“我一听见枪响，就会给你信儿的。”瑞威尔向瓦伦承诺。

“那我就静候你的消息了。怎么了，瑞威尔，我还没见过你为什么事儿担心过。今晚，我处境比你安全多了——你要到那条河去捞螃蟹。去萨默赛特号那儿，还会摔下马——我不会忘记你和帕森·托姆利的慢步跑的。”

瓦伦经常拿瑞威尔摔下马的经历取笑他，那是两人之前经常开的玩笑，约翰并不知道内情，只是看见他们二人都大笑起来。约翰走进手术室时，气氛还很沉重，可是现在，气氛变得轻松起来。两人分手时都很随意，就像两个朋友那样道别，以为几天后就能见面那样。可是他们心里都清楚，对方会有生命危险。那时，已是夜里十点了。

瓦伦医生吩咐黑人手下，在手术室给约翰搭张床。可是约翰根本没心思睡觉了，他偷偷溜进了公共马场，看英军“秘密”上船。约翰看到，英军差不多都上了船，也谈不上什么秘密。河岸上站着几百个居民，他们都在静静地看着大大小小的船只从剑桥返回，满载着另一批英军启程。可是，这些士兵要去哪儿，是谁指挥他们，恐怕只有约翰知道。约翰还知道，萨默塞特号战舰就在附近，随时待命。现在，保罗·瑞威尔应该已经上了船，偷偷绕过了那艘战舰。查尔斯敦接应他的人已经为他备好了马，迎接他。

约翰看到，森迪被运上了船，毫无畏惧。约翰认出了斯特兰奇中尉那匹马，还借着月色，看到了中尉阴沉的脸色。约翰是爱马、懂马之人，他注意到，那匹白色骏马有些异样，它体型与森迪差不多，只是比森迪年轻不少，那匹马是皮特卡林少校的。这次出征，除了掷弹兵和轻步兵，还有海军吗？还是说，那个体格强壮、和蔼可亲的老少校只是为了消遣，才跟他们同行的呢？

约翰觉得，他又观察到了重要的情况，可以向瓦伦医生汇报了。组织里的其他眼目也汇报了英军登陆的消息。他们发现，皮特卡林没住在他经常落脚的客栈。有人看到他穿着一件平民穿的斗篷，往公共马场的方向去了。他肯定要去公共马场。盖奇派他去那儿，也许是因为他心里清楚，论军事指挥能力，皮特卡林少校比史密斯上校强；也许对付扬基军队，皮特卡林少校更有一套。人人都喜欢虔诚、脾气和善、嘴硬心软的皮特卡林少校。

赫尔大街餐厅的女招待走进了瓦伦医生的手术室，说她看到本特利和理查森划着船，送保罗·瑞威尔去了查尔斯敦，他们并未遭遇英军阻截，双方也并未交火。另有捷报传来，比利·道威斯假扮醉酒的农夫，并收买了守城的英军士兵，成功地混出了城。他牵着一匹马，谎称想要出城卖马，别看那匹马看着不起眼——瘦骨嶙峋，驮着绳子，它确是整个波士顿跑地最快的骏马。

瓦伦医生让约翰躺下，安心睡会儿觉。要临近午夜了。

约翰脱下夹克衫和靴子，把黑人奴仆为他准备的毯子一裹，就躺下了。此前的两个晚上，他都因为拉伯离开的事情心烦意乱。他一直在想之前睡在身边那张空床上的拉伯，所以睡不好觉。虽然手术室里的人还在交换着意见，猜测未来会发生什么，可是约翰很快进入了梦乡。

天亮了，手术室里只剩下约翰，他还在睡觉。可是，在莱克星顿格林村，战争的第一枪已然打响。起初，是一声枪响，接着，传来炮声。皮特卡林少校一声令下："你们这些叛军，快散开！散开！还不放下武器？"

战争爆发了。

时间是四月十九日清晨。可是，约翰·特雷梅恩还在睡梦中。

第十一章 扬基·杜德尔

约翰就这样，昏昏沉沉地睡着。他醒来时，天已经大亮了，瓦伦医生把手放在约翰的肩膀上。约翰听到，窗外的特雷蒙大街上，有军靴踏步的声音。一位中尉在谩骂他手下的士兵。大街上没有人行道，因此，那些士兵都站在靠近房子的地方，乍一看，还以为他们进屋了呢。

瓦伦先生不敢大声说话，只好轻声低语。

“我们得走了。”

“出事儿了么？”

“是啊。”他打了个手势，示意约翰跟他到厨房去，手术室在房子的最里面，因此他们在手术室里说话，不会被街上的士兵听到。

瓦伦医生穿的，还是昨天穿的那套衣服。他整夜都没合眼。不过这会儿，他已经戴好了帽子，他那装药和手术工具的黑包已经装好，放在了桌上。瓦伦医生悄悄地把牛奶、面包和鲱鱼放在了包的旁边，示意约翰和他一起吃。

“从哪儿开始的？”约翰问道。

“莱克星顿。”

“谁赢了？”

“他们赢了。敌军七百，我们只有七十个人，那不算是战争，只能算是……只是一次打靶演习……对于他们来说。我们的人，被他们打死了，英军高呼胜利，往波士顿进军。”

“那他们夺取了我们在那儿的军备了吗？”

“我不知道。英军在莱克星顿开战后，保罗·瑞威尔就发来消息，让我去那儿。”

瓦伦先生那一向面色红润的脸看起来很憔悴。他深知，这天的战况，对于他自己，还有他的祖国，意义多么重大。

“可是，警报四起。人们都拿起枪——去了康科德。保罗·瑞威尔昨晚及时到了那里。比利·道威斯稍后也赶到了。数以百计——也许是数以千计的民兵也正在往那儿赶。

今天晚上，真正的战斗才会开始——这次，绝不是英军的打靶演习了。可是，盖奇并不知情，直到他听到保罗·瑞威尔在乡间发布警报——才去召唤援军。他去向帕西爵士求援了。约翰，你和我差不多是波士顿唯一知道，有人流血牺牲事情的人。”

“在莱克星顿——死的人多吗？”

“不，不多。只有少数人——奋起反抗。英军朝那些人开了枪，就在黎明的时候。”

约翰舔了舔嘴唇。问：“他们告诉你，那些被杀的人都是谁了吗？”

“没有。拉伯也去莱克星顿了吗？”

“去了，是上周日的事儿。”

瓦伦医生那双清澈的蓝眼睛变得阴沉起来。他知道，约翰心里在想什么。他拿起了包，说：“我得去找他们。他们需要医生。我宁可与他们一起战死，也不愿死在绞刑架上。盖奇要是抓住了我们，绝不会手下留情的——一旦他知道，战争已经打响了。”

“等会儿我，我去穿鞋。”

“不，约翰，今天你就留在这儿吧，帮我搜集情报吧。你看，从我卧室的窗户，能看到从街道的尽头到公共马场这段路，有些英军，你帮我查清楚，这些士兵是哪些军团的——诸如此类的信息。今天，你四下打探一下，看看人们都议论什么了。还有，看看能不能打探到，英军抓的那些俘虏都是谁。盖奇的部队今晚就会回到波士顿。要是他们回来，城里肯定会发生混乱的，你静观其变，趁乱溜出来找我。”

“我去哪儿找你呢？”

“上帝知道。你到处打探打探吧。”

“我会的。”

“他们发起的战争，由我们来终结，可这毕竟是战争……可能会持续很长时间。”

两人默默地握了握手。约翰知道，一直以来，瓦伦医生都注意到他残疾的手，别人都接受了这个事实，并且都已忘却了这件事，可是瓦伦没有忘记。约翰听到，后门轻轻地关上了，瓦伦走了。

约翰来到手术室，穿上了靴子和夹克。他看了看墙上的钟，已经八点了。是时候出去走走了。可是，他不能从正门出去。现在，那些士兵正倚着门儿呢。约翰能从窗帘后，看到他们背着的火枪，还能看到他们军装上的贴边。那是二十三军团。整个特雷蒙大街上，挤满了穿着红色军装、原地待命的英国士兵，好像血红的河流。约翰不想再看窗外的英军了，他走出手术室，回到了厨房。

约翰来到康希尔，感到这儿的人们都在压抑着兴奋之情。大家都知道，要发生大事了。可是却不知道会发生什么事。家家户户的门窗都敞着，人们到处游荡，四处打探，或是聚在一起，交头接耳。约翰张大双眼，竖起耳朵，探听风声。大家都知道，昨晚英军“秘密”开始了远征。史密斯上校率领七百英军，到达了剑桥。盖奇将军还会派一千名英军进行支援，这件事也尽人皆知。可是，波士顿的人和盖奇将军一样蒙在鼓里，战争已经开始了。

约翰来到省议会大厦，发现那里一切如常，门口站着守卫，年轻的军官四处闲逛，还有一个喝得醉醺醺的。约翰看到，南面大厅有几个士兵在打牌，也许他们执行完了昨晚的任务，来这里消遣消遣。

约翰知道，盖奇将军住在哪个房间。现在，他的房间还没拉开窗帘。史密斯上校一大早就给盖奇将军打来电话，请求支援，不过他的电话并没打扰将军休息。将军接完电话，下令帕西爵士率领手下前去支援，就翻了个身，又睡着了。

约翰来到公共马场。他在瓦伦医生家附近就看到，帕西率领的军队已经出发了，不过，他当时只看到了军队的排尾。在公共马场，约翰看到了这只红色部队的队首。士兵们一个个都躁动不安，他们抱怨着、吐着口水、来回移动着肩上沉重的火枪。有些士兵已经站了三个小时，约翰从一个随行的妇女那儿得知，他们迟迟不行进的原因。他们在等待，一个海军分遣队会加入他们。约翰四下张望，看到了一个一百二十人的队伍向他们走过来，他们扛着炮，推着行李车。

民众们见此场景，顿时紧张起来。到底发生了什么？会发生什么事情？店铺、学校都关闭了，约翰碰到了一些小孩儿，边走边唱，“打仗喽，停课喽。”看起来，他们比大人猜得更准，那些大人还自欺欺人地认为，不会发生战争，不会听见枪声。

接着，从波士顿北边，传来了轻快的鼓点声。只见五百名海军战士，快步行进，来到了北广场。他们列队站好。有些士兵还在忙着整理装备，有些还没吃完塞给他们的面包。他们迟到了几个小时，可是他们一接到通知，就风风火火地赶来了。

他们后面，还跟着衣着不整、半睡半醒的随军。约翰认出了他的熟人，梅婕。她结婚以后，体重和对她丈夫的爱意似乎都与日俱增。看到了约翰，梅婕她那胖乎乎、红扑扑的脸上，挂着泪水，她似乎忘记了与约翰的旧日恩怨，一下扑到了约翰身上。

“我，我受，受不了了，可是他说，他必，必须去。”

在她附近，是她的丈夫。盖尔中尉身材瘦小，却很结实。他昂首阔步，像一只矮脚鸡，正在教训手下士兵，因为他们军装上的扣子擦得不够闪亮。他明知妻子就在身边，却假装没看到她。他这么做，一来是肯定妻子会跟从，二来是向妻子炫耀自己的威风。男人们征战，女人们只能默默垂泪，这似乎是天经地义的事情。

“他必须得去，”约翰安慰梅婕，“但是人家都说，盖奇将军派他们去，只是为了练兵。他们整个冬天，都闲在兵营里，闲的抓跳蚤。海军怎么来得这么晚？”

“盖奇给皮特卡林少校去了封信，让他出兵。可是皮特卡林当时不在。”

“皮特卡林昨晚就走了，他被派去，配合史密斯上校执行军事任务。”

“你知道吗？海军是十分钟以前，才接到这个通知的。”

约翰没忍住，大笑起来。如果瓦伦医生知道英军做出了这等蠢事儿，一定会开怀大笑的。盖奇居然把海军少校已经出发的事儿忘得一干二净，给他写了一封信，又呼呼大睡。

整个军团突然安静下来。只见，那位身材瘦削的帕西爵士在一些军官的掩护下，骑着白色的马，慢慢地跑进了公共马场。

骑马的军官共有五个人。阳光明媚，微风徐徐，吹乱了马的鬃毛，英国军官红色的骑行斗篷在风中招展，英国国旗在风中飘扬。约翰也算是英国人。那些围观的群众脸色阴沉，帕西爵士经过他们时，他们的脸上都充满敌意，等待着军队早点出发，他们都是英国人。而那面英国国旗——提醒着人们大宪章、《权利法案》、被送上断头台的查尔斯一世国王，还有几百年来，为了实现“英国人自由”而做出的斗争。可是这里的人民对于“自由”这个词还有更宽泛的理解：他们认为，他们由谁统治、向谁交税，必须由他们自己投票决定。不要忘了，他们至今还在为获得“英国人的自由”而战斗。在我们的北边，有法国奴隶的控诉；在我们南边，是西班牙奴隶的哀嚎。只有我们——这些在英国统治成长起来的殖民地获得了自由，品尝到了自由之禁果。约翰想起了詹姆斯·奥提斯的话。高举自由之火炬——而这自由之火炬，正是英国的自由之火点燃的。

自从英国军队来到波士顿，每次看到英国国旗，约翰都要行脱帽礼。有一次，他没有脱帽，一个英国士兵还打了他的头。现在，他想再次摘下了帽子——这是他第一次想到主动脱帽，无疑也是最后一次。可是，他最终没有摘下帽子——因为，太迟了，他听到，行进的枪声已经响了。

帕西爵士亮出了剑，一声令下，军队立即出发，口号声此起彼伏。战鼓声响起，战马疾驰，车夫扬鞭，像红色巨龙一般的军队向前行进，一开始有些懒散，向着城门的方向走去。数以千计的双脚汇成了一双红龙的巨爪，左，右，左，右。地面跟着那节奏颤动起来。约翰看着那些士兵走过，他们的军装没有一粒缺失的扣子，没有一根系得歪歪扭扭的皮带。每个子弹盒里装的子弹都是不多不少，三十六发子弹。每把火枪都配有一把刺刀，每匹战马都配有四个崭新的马掌。英军军容严整、军备精良，那景象可谓壮观，可是约翰只觉得忧心忡忡，胃里一阵恶心。

那些穷苦的，没接受过正规训练、武器残破的康科德农民，对抗训练有素的英军——他们会有机会获胜吗——会有一丝一毫的机会吗？哦，上帝啊，现在，就请保护我们吧。即便约翰在心中祷告的时候，也不忘看那些士兵军装上的标记。出征的军团有第四军团、二十三军团、四十七军团，还有五百名海军士兵，外加一辆小型军备车，和几辆行李车。粗略统计，约有一千二百人。

鼓声阵阵，上千双军靴踏着鼓点前行，巨龙缓慢前进。过了一会儿，鼓点声淹没在尖锐的横笛声中。每次英军想羞辱美国人，就会吹这首曲子。这一次，《扬基·杜德尔》再次响起，那个拍打着马屁股，帽子上插根破败的羽毛、戏谑的扬基·杜德尔的形象又被英国人搬了出来。

可怜的扬基·杜德尔，面对着这条巨大的红龙，他又有什么办法呢？

那些来看英军出征的几百名民众呆呆地站在那里，盯着英军离开后留下的空地。那笛声越来越微弱，最后飘来了结束音。站在约翰身边的一个人情绪激动，攥起了拳头，附身探头，像一头愤怒的公牛，他粗声粗气地说：“他们出征时，吹着《扬基·杜德尔》，不到晚上，就被打得哭爹喊娘。”

约翰看到了几位女士纷纷点头，表示赞同，还轻声预言：“不到晚上，就被打得哭爹喊娘。”这句话朗朗上口，很快就传开了。大家似乎不是口口相传，而是用心传颂。

老议会大钟敲了九下，帕西爵士和他的军队已然不见了踪影。

那天，大家都顾不得眼下的生活了，整个波士顿，都在屏声静气地等待前线传来的消息，几个小时过去了——听到什么消息都行——不管是好消息还是坏消息。突然，有人说话了：“你们听说了吗？今天早晨，在莱克星顿，英军向我们开火了。”没人知道，这个消息是从哪儿传出来的，可是现在它已经传的满城风雨。

虽然，盖奇将军的一半兵力已经出城，投入到战斗中，可是在波士顿大街上和酒店里，闲来无事的军官却比平时还多。他们都面无表情，还信口雌黄，不停地向民众保证，英军不会开枪，没有人被打死，油嘴滑舌地请大家相信他们、保持安定，回到店铺和家里。约翰确信，英国人和当地民众心里都很清楚，他们也听说了，战争已然打响了。

到了中午，有一小队士兵出现在街道上，挨家挨户地搜查。盖奇将军下令逮捕叛军首领，可是为时已晚，那些首领都走了。士兵们没抓到人，气急败坏，垂头丧气，他们吓坏了萨姆·亚当斯家的小黑女仆。他们弄坏了约翰·汉考克家的栅栏。可是，这两位先生早在一个月以前，就悄无声息地离开了波士顿。士兵们又冲进了约瑟夫·瓦伦的家，发现他也离开了，保罗·瑞威尔也不见了。那些叛军首领，一个也没在波士顿，连那些印反动传单的印刷商，似乎也都消失了。以赛亚·托马斯的印刷店已是人去楼空。他带着他的印刷设备，在前一天晚上离开了波士顿。士兵们又到埃德斯和吉尔斯报社，也就是印刷《波士顿公报》的地方，抓了小彼得·埃德斯。他父亲和报社已经悄悄转移到了沃特敦。

罗伯特·纽曼被怀疑，前一天晚上在教堂挂灯笼，因而被关进了监狱。约翰·普灵被怀疑帮助了纽曼，也受了牵连，被迫躲在了奶奶家的酒窖里。保罗·瑞威尔的表亲也被关进了监狱。那些英国士兵的脾气似乎越来越大，民众们却欢欣雀跃，不知是什么消息，让他们感到信心倍增。空气中，弥漫着自信的气息。

约翰听到抓捕队在街上抓人，就立即通知了罗恩姑父。他觉得，罗恩姑父应该先躲起来。很快，约翰就弄清楚了，抓捕队都抓了些什么人，他朝着索尔特大道走去。大街上空无一人，约翰看到每家每户，都有人从窗口探出头，观望大街上的动向。索尔特大道也变了，约翰四下看了看，看出了问题。他发现，《波士顿观察家报》报社大楼上，那个穿着蓝色外衣、用望远镜监视波士顿的小人儿不见了。“波士顿观察家报”那熟悉的牌子也不见了，被扯了下来，被踩扁、被焚烧，店铺的大门也被砸坏了。约翰走进了报社，发现印刷机都被砸坏了，打字机也都砸扁了。他和拉伯在阁楼的床被刺刀劈坏了。约翰害怕极了，慌忙跑到了马路对面罗恩姑父的家。

珍妮弗姑姑姑坐在厨房里。约翰看到，一个大羽毛铺盖有一半搭在姑姑膝盖上，一半在地板上。姑姑静静地缝着被套。约翰并未发现什么异样，只是觉得奇怪，珍妮弗姑姑这么能干的主妇，居然粗心地把羽毛洒了厨房一地。

小兔子对这些新玩具很感兴趣，他马上捡起一根羽毛，放到自己的头发里，还说：“扬基——杜。”

“他们来过了吧？”约翰问姑姑。

“是啊。他们走了吗？”

“我是没看见他们。”

“他们到了索尔特大道，我们就收到了你的消息。”

那大羽毛铺盖上下起伏。

“现在可以出来了。”珍妮弗姑姑轻声朝着那铺盖说话。

只见罗恩姑父从大羽毛铺盖的底下滚了出来，他被羽毛呛得够呛，身上粘满了羽毛，看上去像只大鸟。小兔子兴奋得尖叫起来，“爸，爸。”他一定觉得爸爸这副样子很好看呢。罗恩姑父是个胆怯的人，他惊魂未定，还在瑟瑟发抖，首先亲吻了妻子，又抱了抱孩子。

“我只能这么办了，”珍妮弗姑姑告诉约翰，“罗恩先生就站在这儿，说他不怕死。我们当时能听到大街上传来的士兵走步声……太可怕了。所以，我索性让他钻进了羽毛铺盖，继续做我的针线活儿。”

“那些士兵粗鲁吗？”

“粗鲁？我看他们气得发狂了。”

“很好，”约翰严肃地说，“也就是说，他们真的害怕了。盖奇将军派出去的那些士兵，一定遇到了什么糟糕的事儿。一些官员肯定知道了，可是士兵也肯定猜到了，他们四处乱跑，军装扣子都没扣，边跑边喊：‘他们想要战争，我们就给他们战争。他们不想交税？那我们让他们用鲜血来抵偿。’”

“真的！你能肯定，要开战了吗？”

“能肯定。我去了趟渡口，看到了一个英国少校从查尔斯敦来，他在军装外边披了一件平民衣服——用来掩饰自己的身份——他下了船就脱掉了伪装，直奔省议会大厦。他要去告诉盖奇，史密斯上校和帕西的手下吃了败仗。”

“孩子，可别急着说这话。”

“不，我看到了他的脸，筋疲力尽、满脸丧气。他的军装也乱糟糟的，看起来他的自尊心受到了伤害。打赢了仗，绝对不会是这副表情，只有被一群‘农民’和‘乡巴佬’打败了的英国军官才会这样失魂落魄。”

“哦，约翰，听你这么说，我真高兴。可是，我不会因为一个人这么说，就相信我们获得了胜利。你要去哪儿啊？”

“贝肯山庄。我想，那个少校去找盖奇，肯定是去告诉他一件事。在萨默塞特号战舰火力的掩护下，英军想打击的目标是查尔斯敦，就像他们计划的那样。他们不会按原路返回，因为那样太危险了。如果我猜得没错，用不了多久，我从贝肯山庄就能看到他们——那些抱头鼠窜的英军，被我们的人追击。”

“约翰，这儿有半块肉饼，你拿去吃吧，你真是个聪明的孩子。”

罗恩先生走出了卧室，小兔子帮他摘下了身上的羽毛。他说：“即便他们真的绞死我，”他声音颤抖，却无比自豪，“我也不枉活这一生。”他依然心有余悸。

约翰在大街上，看到英国军官正冲着手下的士兵大喊大叫，让他们回兵营去，还用剑背打他们。不能说英国正规军缺少战争磨练，可是他们成天喊些空口号，说要杀死多少鬼鬼祟祟的美国佬，和那些该死的叛军。可是一天之内，波士顿的战局就发生了变化。

双方都剑拔弩张，都要将对方置于死地。战争已经打响。

贝肯山庄后院的草地和果园十分拥挤，人们都站在那儿望着北方。看来，并不是只有约翰猜到了，帕西不会率领他和史密斯上校的残余部队通过剑桥的，他们只会走查尔斯敦。因为在那里，有萨默塞特号战舰掩护。

约翰看到，剑桥那边，有一些蚂蚁般大小的红点跑过剑桥的街道，穿过查尔斯敦公共马场的灌木丛。那景象是他亲眼所见，还是想象出来的？约翰周围的人都在大喊：“看啊，他们在那儿！”

那些红点是英国士兵。

在约翰的左边，是最后一抹落日的余晖。白天天气特别温暖，可是到了晚上，海边飘来了一袭清凉的风。查尔斯敦的万家灯火和战舰上的灯都亮了，从贝肯山庄似乎看不到什么了。人们静静地散开，回家去了。

“快看！”约翰大喊。

可以看到，火枪的火舌闪过，可是他们离得太远，听不到声音。只能看到飞来飞去的点点亮光，仅此而已。

把两千士兵装上船（或是残余军队，就像谣言传说的那样，他们被“嚼的很烂”），运回波士顿，就像瓦伦医生说的那样，场面一定会很混乱。可是，约翰想趁乱溜走并不容易。英国士兵现在脾气暴躁、草木皆兵。约翰想等一等，等到他们放松警惕，再趁机逃跑。先等到午夜再说。约翰看到莱特家灯火通明，想起了南瓜的军装。如果他穿上南瓜那身军装，就可以轻而易举地趁乱，混上船逃跑。

他走进莱特家的院子。看到莱特家门前，停着推车和马车，进进出出的人把屋子里的家具、箱子、行李箱、盒子——还有肖像画都搬上了推车。看来，莱特家想趁着夜色，即刻搬走。约翰来到了厨房门口。

贝茜本该去看着外边的人搬家，可是她却悠闲地坐在了厨房里——无所事事。希拉坐在她身边，也闲着无事。

贝茜伸出手，指了指屋子前门。

“他们吓坏了，”贝茜说，“他们管这叫‘暴乱’，说等暴乱一结束，他们就启程去伦敦。明天一早，就坐独角兽号走。盖奇已经同意了。”

“希拉，”约翰连忙说，“别跟他们走。”

“不会的。今天下午，消息刚传来，说扬基军队已经把英军打惨了，家里就乱作一团。家里的其他仆人都是托利党，他们都和主人走。只有贝茜和我是辉格党，我们是不会跟他们去的。最后，莱特先生说，他很高兴家里还有辉格党人，他让我们留下来，替他照看他的家产。盖奇已经答应莱特先生，不会动这里的东西。”

“可是他们不想让我们靠近，他们都不想看到我们，”贝茜洋洋自得地说。“他们一看到辉格党人，就怒不可遏。莱特先生又犯病了——不过不严重。拉维尼亚害怕了，她说如果她不把爸爸送出城，送到伦敦医治，她爸爸必死无疑。不过，她一直觉得伦敦什么都比波士顿好。他们今晚就出发，就要走了。”

“那伊萨娜怎么办呢？”

“伊西吗？”贝茜抿起了嘴，“她会跟他们走的。”

“她不会的，”希拉说，“拉维尼亚小姐去了汉考克码头，让妈妈同意她带走伊萨娜，可是妈妈绝对不会同意的——不会把她像个小猫一样送给别人。”

拉维尼亚小姐站在客厅通向厨房的门道那儿，她穿了一件黑色斗篷，用帽子遮住了脸。她站了一会儿，四下看了看，什么都没说。

约翰站起身，他知道，自己不会忘记拉维尼亚——永远不会。即使他到了晚年，也不会忘记拉维尼亚站在门口，默默无语的样子，似乎她的形象定格在了那一瞬间。她的眼睛里满是愤怒和疲惫，她眉间的那个胎记颜色更深了。约翰从未见过她这样憔悴、苍老，可是他此时才发现，她是那样楚楚动人。

"我会带走伊萨娜，"她终于开口说话了，"希拉，你妈妈的小猫太多了，她养不过来了。"

"拉维尼亚小姐，"希拉说，"您不能那么做！"

"不能？你妈妈已经签下了协议——你真是个恶毒的女孩儿，居然阻拦你妹妹过锦衣玉食的生活。"

伊萨娜似乎并没受什么影响，她从拉维尼亚小姐的黑色长裙后走出来。

"伊萨娜，"希拉温柔地召唤她，"你不能就这样一走了之，丢下我不管。不管妈妈是怎么说的。听着，亲爱的，如果你去了伦敦，可能就再也回不来了。伊萨娜……别走……别离开我。"

拉维尼亚见状，在黑斗篷下露出了得意的微笑。

“那我们就让伊萨娜自己来决定。选我还是选你，完全由她做主。小心肝儿，你是愿意跟我去伦敦，成为淑女，穿着丝绸衣裙，珠宝加身，坐着马车呢，还是留在这儿，当个穷苦的女工呢？”她还不怀好意地追问了一句，这让那小女孩儿更加为难，“你想怎么选，选希拉还是选我呢？”

伊萨娜还是一言不发。她不说话，约翰觉得，那孩子是故意不说话的，她想吸引大家的注意。现在，她一言不发，比说什么都能引人注目。约翰想，伊西可不是好姑娘，她会跟拉维尼亚走的。

希拉静静地站在那儿，特意远离小女孩儿。她生性骄傲，不愿再央求妹妹。也许她也和约翰一样，知道了妹妹会如何选择。

“说啊，”拉维尼亚不耐烦了，“我可没有整天时间跟你耗着，你想选谁？”

伊萨娜哭了起来。这是情理之中的事情，就连约翰也觉得，伊萨娜的哭是真诚的，不是为了博人眼球。

“我不知道，”她抽泣着说。

“那你是想当个淑女呢，还是想像你姐姐那样，当个普通人？”

“当淑女，”她哭哭啼啼地回答，接着，又神情恍惚地说：“我会有匹灰色的小马驹，还有个小马车。我都给马车准备好了金锁。”她用手摸了摸脖子。看来，她接下来会说，想要个小帆船了。即便是现在，她想要的，还是以前希拉想得到的那些东西。伊萨娜从来想不出什么属于自己的东西。

“好的，亲爱的，你会得到的——等我当上了普莱尔·莫顿夫人，你就是我的小宠儿。”拉维尼亚又告诉大家：“我上次从伦敦回来，就和勋爵订了婚。如今爸爸病重，活不到战争结束了。他不想看到家里的财产落到那群暴徒手里——可是，那又有什么关系呢？我的夫君很富有——这个可怜兮兮的房子，我们的船、商铺，在他看来，根本不值得一提。我丈夫本来就不希望爸爸做生意，可是到了现在，爸爸还是不愿意放弃他的生意——我也不忍心抛下他。”

她转过身，看着希拉，“我答应你，我会有高贵的地位，会给你妹妹提供最好的照顾、最好的教育。”

“教育，”约翰愤愤地问，“你能给她什么教育？”

“伊萨娜会成为一名演员。我就想当演员——可是我的身份地位不允许。而且，我个子太高。还有，我也不会演戏。可是，伊萨娜日后会成为伦敦炙手可热的明星。有一天，你们会为她感到骄傲。即便是在这种穷乡僻壤之地，你们也会听到她的大名，为曾经是她的相识感到荣幸。”

贝茜机智地回应了一句："我就盼着那一天早点儿来到了。"

约翰本以为，希拉就要和妹妹分开了，一定会悲伤欲绝，可是希拉并没像他想象得那样。现在，他明白了，几个月前，两姐妹刚到莱特家的时候，希拉就经历了这种伤痛。很早以前，她就失去了伊萨娜。

"现在，希拉，"拉维尼亚小姐说，"我会让你单独和伊萨娜相处一会儿。你是个好姑娘，希拉——比伊萨娜好——可是我只喜欢她。现在，带她下去吧，帮她收拾收拾东西。"

希拉没说什么，只是行了个屈膝礼，带伊萨娜上了楼，伊萨娜又哭了起来。

"还有你，"拉维尼亚生气地吩咐贝茜，"退下，我想跟约翰单独谈谈。"

贝茜慢慢悠悠地从那张舒服的椅子上站起来，走出厨房，关上了门。

拉维尼亚终于坐下了，小声说了一句，"我必须找你谈谈，乔纳森·莱特·特雷梅恩。"这句话，与其说她是对约翰说的，不如说她在自言自语。

约翰难以置信地抬起头，看着她。

"我想在离开之前，告诉你一些事情。首先，爸爸从没想从你手里骗来那只银杯子。他真的以为那是一场骗局。我想说的是，他认为在波士顿，有人偷了那只杯子，然后找来个孩子，假装我们失散已久的亲戚——用那只杯子作为证据。你的母亲离开波士顿时，的的确确带走了一只杯子。在法庭上，爸爸说的并不是实情。原来，真的有五只杯子！可是，自从他来到美国，就一直说，自己只带来了四只杯子。”

“他那可不叫暗示，”约翰说，“他可是在法庭上发过誓的。”

“哦，好吧——那又怎么样呢？你听我说。”

“知道吗，爸爸根本不知道，他的侄女文妮·莱特有个孩子。他从你父亲的家人那儿得到消息，说文妮·莱特和她丈夫，几乎刚到马赛，就染上了疟疾，双双去世了。知道吗，你父亲是海军军医，在波士顿被俘，成了战犯。哦，他没有什么可说的，”她轻蔑地补充，“既无财富，又无地位。可是，文妮·莱特爱上了他，还带着他出席波士顿的各种社交场合，你父亲是个战犯，莱特家族自然反对这门婚事。他们的身份差距太大了，他是个法国人，还是天主教徒。家里人告诉文妮，如果她敢和那人私奔，就跟她断绝关系，从此以后，不允许她再踏进莱特家半步。”

“可是她还是私奔了吧。”

“文妮天性狂野，她义无反顾地嫁给了那个人，一个船长主持了他们的婚礼。后来，他们去了男方家，男方家人自然也不接受你母亲，因为她是个异教徒。后来，你父亲死了。你的祖父去世了，他家人把这个消息告诉了爸爸——还说他们都去世了。可是他们没说实情，其实，他们把文妮送到了修道院——希望那里的修女能让她信天主教，就是在修道院——在你父亲去世三个月以后——你出生了。你出生在法国南部的一个修道院里。很奇怪，是不是？

“你为什么叫我妈妈文妮？”

“我们都这么叫她，文妮·莱特当时是波士顿最狂野、最漂亮的姑娘，我那时还是个学生，可是她那么漂亮，那么快乐。哦，你要是能看到她当年的样子……”

“可是我看到了……”他想起了生病的母亲那张甜美、哀愁的脸庞，她和拉维尼亚说的那个狂野、美丽的文妮·莱特是同一个人吗？他只记得，母亲耐心地缝缝补补，好让儿子活下去。她知道自己已经时日无多，就教儿子读书识字，还给他做了那些工作服。她知道，短短几年之间，她就从尊贵的莱特小姐沦为孤苦无依的寡妇，可是她还是硬着头皮，以特雷梅恩太太的身份回到了波士顿，这样，她的儿子就可以在那里长大，学一门体面的手艺养活自己。约翰想到，母亲替儿子与拉帕姆先生签下学徒协议，告诉拉帕姆先生，自己去世以后，儿子就会去当学徒，脸上还露出会心的微笑。

“我第一次看见你的时候，”拉维尼亚小姐接着说，“我注意到了一件事情——令我费解。那段时间，我并非不动声色，可是今年春天，我跟父亲的一名船长打听起了你母亲的事情，那位船长开的船就是去马赛的，我让他去那儿打探打探，查明事情的真相。这一切，我都是背着爸爸做的。爸爸病的很重，不能再打扰他了，我知道，他也想做正确的事情。”

“就像在法庭作伪证，说自己只有四只杯子。”

拉维尼亚面露愠色。

“能不能听我说话，你怎么能这么批评世界上最好的人呢？”

莱特先生是不是世界上最好的人，约翰心中自有判断。

“你注意的事儿是什么？”他问道。

“就是透过你额头前的头发帘，我看到了露出的发尖。文妮肤色黝黑，但是她额头上的发尖儿很明显。那天，在达纳法官的法庭上，我注意到，你走路的姿势，既轻盈，又狂野——就像一只豹子，或者”——她耸了耸肩，接着说——“也许，更像只野猫。我真的很欣赏我的表亲文妮，所以对她美好品质的赞美之词有些言过其实了。”

“那你家的船长打听到什么了？”

“就是我刚才告诉你的那些。还有一件事我没告诉你，你的父亲，那位海军军医，因为自己成了战犯，感到羞愧难当。他告诉莱特家的人，他叫拉徒，所以，你当时说你叫特雷梅恩，我们没认出你。”

“那是我的真实姓氏吗？”

“是的，可是时间不多了，我不能多说了。昨天，我才把这事儿告诉了爸爸，他太虚弱了，不能亲口告诉你。不过他想让你知道，他不是故意欺骗你——拿走你的杯子的。”

“是我妈妈拿走的那只杯子吗？”

“是的，那是她的杯子。她的女仆，丹尼夫人和她一起走的。把你妈妈和你从修道院接出来，就是玛格丽特·丹尼。她把你们送上了她哥哥开的船，把你们送到了缅因州的汤森。”

“我就是在那儿长大的，我记得玛格丽特阿姨。妈妈和我来波士顿之前，她去世了。”

“是啊，爸爸说，他向你保证，把整件事情写下来，公布于世。等到战争结束之后”——她耸了耸肩——“到时候，你就可以名正言顺地分家产了——如果能剩下什么家产，我看不太可能。你还有什么问题想问我吗？”

“有。我们是什么关系？我应该怎么称呼你呢？”

拉维尼亚听了，大笑起来。“上帝啊，这个我真不知道。我是你什么人呢？我想，应该算表亲吧——但是，你最好叫我姨妈。拉维尼亚姨妈。”

约翰犹豫不决地叫了一声。

“拉维尼亚姨妈？”

对于姨妈，绝对不能怀有爱慕之心。于是，约翰心中那埋藏了一年多，对于拉维尼亚那种奇怪的感情戛然而止。

拉维尼亚走近约翰，伸出了一只手，摸了摸约翰那美人尖——那是美丽的拉维尼亚姨妈给约翰留下的唯一留念。随后，她就离开了。

约翰差点忘了自己到莱特家是来干什么的。他很想安静地坐一会儿，好好想一想，刚才拉维尼亚小姐告诉他的消息。可是，现在，没时间想那些了。希拉和贝茜一起回来了。约翰告诉她们，他必须拿到南瓜的军装。贝茜告诉他，绝对不要有那种荒唐的想法。

“约翰，要是他们抓住你，他们会以趁战乱假扮英国士兵的罪名枪毙你。”

“今天，有很多义士都牺牲了——在莱克星顿——在康科德……英军今晚就会派出船只，把士兵从查尔斯敦运送回来。我可以跟他们混出去。”

“不行，我不许你这么做，约翰。你得待在这儿，帮我和希拉打理这房子。”

“我必须得去。”

“如果你就这么丢下我们，谁来照顾莱特家的那些马呢？盖奇将军已经保证，这个家里的人、马和财产，他们都不会动一下的，可是总得有人照顾马厩里的马呀。”

约翰突然有了一个想法。

“希拉，你可以帮我一个忙吗？”

“什么忙？”

“去趟非洲皇后餐厅，把高博林牵来。把它带到这儿来，让它和莱特家的马一起吃草。我觉得，它不介意当一会儿托利党的马。”

“我能骑它吗？”

“可以啊，如果你不怕摔下来。”

“我不怕。”希拉看起来很是兴奋，也很开心。

贝茜摇了摇头。“本来家里的马就没人管，你又把你的马送来了，谁来照顾这些马呢？你不帮我们分忧——还给我们添乱——家里就剩我们两个女人了。”

“马夫也跟莱特一家走了吗？”

“当然了，他可是个地地道道的英国人呢。”

“听着，罗恩先生，就是那个印刷商——虽然他不是马夫，可是他在农场长大，可以帮你们。而且他现在有麻烦了，得在这儿避避风头。”

“那些英国人还没把他抓起来吗？”

“他藏在了一个大羽毛被里。可是，在我们没把英国人赶出波士顿之前，他不能总是待在被子里啊。他能带妻子和孩子，到马夫的住处躲一阵子吗？别人问起来，你就说，他一直在这儿工作，行吗？”

“当然可以，他们可以搬来住。能收留他们我感到很自豪。希拉，等独角兽启航，你就去罗恩家一趟，告诉他们可以搬过来了。”

希拉点了点头。

约翰说：“如果他还能继续印刷什么就好了，我想，他可能会随身带来一点儿印刷用的设备——那样，我们就可以继续散播英军所说的‘反动言论’了，他马上就能印出东西来。”

“我们可以把他的印刷设备藏起来。没有人敢到这儿来搜查，是谁传播了反动言论的——盖奇将军已经答应莱特先生，不会搜查这里了。”

“那样的话，罗恩先生一定会很高兴的。我得走了。希拉，南瓜的那身军装你放在哪儿了？”

“我把它藏在我的床底下了。我现在就去拿。”

贝茜又摇了摇头，可是，这回她不再阻止约翰了。

“你多大了，约翰？”她问道。

“十六岁了。”

“那你算是——男孩儿，还是男人呢？”

约翰笑了笑，回答，“在和平年代，算是个男孩儿；在战争年代，就是男人了。”

“好吧，是男人的话，就有权力为自己认为值得的事情流血牺牲。愿上帝保佑你，我的孩子。不过，我可警告过你，要是他们真的枪毙你，可别怪我没提醒你。”

“我不会怪你的。”

南瓜的身材比约翰略微结实一些。所以约翰毫不费力地把他的军装套在了自己的衣服外面。贝茜帮约翰梳头，还特意像英国正规军的士兵那样，把约翰的头发从后面紧紧地扎起来。

“你这身打扮，他们根本看不出来你不是英国士兵，是不是？”希拉问约翰，“你为什么必须得在今晚跑出去呢？”

“看不出来的。瓦伦医生让我今晚去找他。他让我帮他打探消息，然后找他汇报。所以我得去找他——还有拉伯。”

“拉伯？”希拉的声音里透出了恐惧。

“他和莱克星顿的民兵在一起呢。他们今天早晨遭遇了英军，英军杀了不少民兵队的人呢。”

“哦，那，拉伯没事儿吧？”

约翰并没有马上回答希拉的问题。他坐在厨房的餐桌旁边，贝茜忙着梳理他的头发。自从瓦伦医生离开他以后，他就没提起过拉伯的名字。他不敢让自己想拉伯的事情。只要他一想起拉伯，就没法集中精力想别的事情。现在，他说出了拉伯的名字，压抑了整整一天的情绪，还有恐惧瞬间迸发出来。可是，他只是平静地说，“我得去找到他。所以，你得乖乖地留在这儿，希拉，照顾好贝茜太太。”

约翰站起身，戴上了那顶黑色的帽子，帽子上还有银色的帽章。他帅气地敬了个礼。他知道，这身军装的主人因为脱下军装，所以被枪决了。而这一次，他可能会因为穿上这身军装而被枪决。

约翰穿着那身血红色的军装，军装上那淡蓝色的图案，胸前白色的条纹，还有那白色的马裤，让约翰看起来像是变了个人。现在，他成了英国国王麾下的一名下士。一种自信和快乐的感觉油然而生。拉伯会怎么样呢？当然，他会安然无恙的。区区几发子弹，是打不死拉伯的。

约翰和贝茜握了握手，因为他穿着军装，因此觉得自己长大了，他跟希拉道别的时候，亲了她一下，就像拉伯在上个周日，跟姑姑道别时，亲吻她那样，不像是小孩子跟家里的女性长辈告别，被她们爱抚地亲吻。可是希拉调皮地打趣起来，“我怎么觉得自己像是在亲南瓜呢？”

就这样，约翰迈着军人的步伐，离开了贝肯山庄。他认为，长得越是瘦小，越是微不足道，踏步就越是威风凛凛。于是，他就卖力的踏步，这让他的精神也振奋起来，让他觉得自己变得高大起来。当然了，长得瘦小的士兵才会神气地昂首阔步呢。

约翰觉得，盖尔中士就是这样的。

第十二章　人，应该活得顶天立地

约翰走那些不起眼的胡同，和人迹罕至的小道，来到了波士顿以北的查尔斯河渡口。往来于波士顿和查尔斯顿之间的船只从这里进进出出，运送伤员。送回波士顿的伤员首先下了船。

平民不得进入码头，只有那些志愿提供医疗服务的波士顿医生可以靠近。约翰心想，幸亏自己穿上了南瓜的军装，才能混进来。不过贝茜说对了一件事，如果他被人发现，冒充英国士兵，一定会被枪决的。约翰有意避开月光和火把，躲到了仓库和防晒棚中间。

约翰看了看那身军装，发现上面的标志是第四军团，下士。南瓜长得瘦小，又很怯懦，所以当不了掷弹兵；他反应又不够快，因此也当不了轻步兵，最后只当了个普通的步兵。显然，第四军团的步兵应该在当天早上，跟着帕西爵士离开了波士顿，到现在已经经历了十二个小时的浴血奋战。除非他受了伤，否则现在是不可能回到波士顿的。约翰穿上这身帅气的军装，最初还满心欢喜，现在，这身军装让他置身险境。想到这儿，约翰马上躺在了地上，在满是灰土的地面滚来滚去，撕坏了军装，还特意扯掉了一枚纽扣。他摘下帽子，放在地上，踩了几脚，帽子被他踩得变了形，约翰才把它扣在头上，恰好扣在了眼睛之上。约翰还把泥抹在了脸上，划破了手腕，把血涂抹到脸颊上。经过这顿折腾，他才放心地走出了小棚，走向了码头。

一位整天都待在城里的军官向约翰走过来，约翰马上向他敬了个礼。

“受伤了？”

“不严重，长官。”

“很好，最好去到军医那儿报道。他们把那栋房子当成了临时医院。”

“其他人比我伤得严重。等那些重伤伤员处理好伤势，我再去。”

“精神可嘉。战事如何？”

“很胶着，长官。”

“那些该死的美国佬打枪能瞄准吗？”

约翰和英军的常规军队打交道时间不短，因此他知道，回答这个问题时应该咒骂美国人（尽管拉帕姆师傅教导他不应该骂人）。

那位军官大笑起来，朝着码头的方向走去。

虽然，除了医生，其他平民不允许到码头去。约翰知道，黑暗中站着数以百计的人，都在幸灾乐祸地看伤情惨重的英军。他们不多言语，只是冷眼观看。接着，有个人吹起了口哨，另一个人跟着他吹了起来，随后又有口哨声附和，口哨声就这样传导下去。口哨声很尖，听起来好像笛声。他们都没忘记早上的那个预言，“到了晚上，他们就会跳舞。”他们会伴着《扬基·杜德尔》的歌声，跳舞跳到夜幕降临。

此时此地，在黑暗中传来的《扬基·杜德尔》的笛声，就像在春天，黑洞洞的沼泽地传来雨蛙的叫声那样诡异。

又有四艘船回来了。约翰扮成受伤的士兵，壮着胆子走到码头上，只是，他还是躲在黑暗中。他发现船上有更多受伤的士兵。这些伤员，就是早上信心十足地出征的那些人吗？现在，如今他们的军装破破烂烂，脏兮兮的。他们血肉模糊，丢盔卸甲，狼狈不堪。他们的脸上，剩下的都是痛苦与疲惫。他们大都表情痛苦，有的伤势严重，疼得扭动着身子，大呼小叫。先到的两只船上，坐的都是些下士。他们都是整装出发，可回来时却是狼狈地被丢到了岸边，好像那些堆砌的木材。他们大多都尽量压制着满腔怒火，保持耐心和风度，可约翰看到了一位军官，在打一个喊叫的受伤士兵。

约翰攥起了拳头。“就像詹姆斯·奥提斯说的那样，”他心想，“我们奋勇抗战，最后却落得如此下场。不能因为他是下士，身份卑微，就像木头那样粗暴地对待。”

第三艘船也到了，船桨吱嘎吱嘎作响，约翰听到，有人喊“史密斯上校！”这艘船上，只有两名伤员，都是军官。想把那位身材肥胖的上校扶起来，再把他弄下船可不是件容易的事儿。上校被抬到担架上，送到了临时医院。他的腿中了一枪，约翰从未见过史密斯上校如此落魄。他以前都是喝完白兰地，满脸通红，指挥手下时，脸上流露出的，都是洋洋自得的表情。可是现在，他面如土灰，像一只泄了气的皮球。

没有人去搀扶另一位受伤的军官，那人自己爬下了船。火把突然照亮了他的脸。那是一张黝黑的脸，很年轻，他紧紧地咬着嘴唇，尽量忍着疼痛，不喊出声。他的一条胳膊鲜血淋漓。那是拉伯——哦，拉伯……不，当然不是拉伯，是斯特兰奇中尉。

别人都围着受伤的上尉转，约翰下意识地，想走上前，搀扶那位无人问津的中尉。没人去管斯特兰奇中尉，他只好自己往医院走。约翰转念一想，觉得自己处境危险，还是不要出头露面。战争是多么奇怪的东西啊！上周——不，就在昨天——眼前的这个人，从某种意义上说，还是他的朋友。约翰看着斯特兰奇中尉拖着僵硬的身子，表情痛苦地往医院走。

最后一艘船也回来了，船上有更多的伤员。约翰看见那些伤员，觉得一阵恶心。他们那毫无血色，紧咬住疼得变形的嘴唇，他们一个个都空洞呆板。约翰看不下去了，真想转身离开，“可是我不能走……我得留下，等待机会坐船离开。”

接下来，史密斯上校指挥的残余部队也从陆上回到了波士顿。那些士兵连续二十四个小时没有休息，大部分时间都在与敌军交火，没吃东西，也无暇喝水。约翰看到，最后一批伤员下了船，心中有很多疑问，却也明白了很多之前没弄清楚的问题。约翰无法告诉瓦伦医生英军具体的伤员人数，只能告诉他，他认为英军受到了重创。

史密斯指挥的部队，最后一个回来的，是皮特卡林少校。他看起来还是那么兴奋，那么自信。他们明明吃了败仗，不是吗？没关系。这位坚强的老海军战士以前也吃过败仗。他下了船，上岸之后，码头的战士突然欢呼起来，“让我们回去战斗，少校，打败他们。”他们高呼。

少校咧嘴一笑，昂起了头。“那就我们再试试，”他回答，“如果下次我们还没有消灭那群……”他又开始说起了亵渎的话，他常用这些脏话来描述他的敌军们，还因此出名，士兵们群情振奋。

约翰得知，帕西率领部队留在了查尔斯敦，他们会在邦克山庄安营扎寨，第二天一早再启程返回波士顿。约翰觉得，该是他采取行动的时候了。

约翰向一艘船走去，那艘船上的水手正站在船旁边，争论他们应该到萨默赛特号战舰上过夜，还是应该回查尔斯敦过夜。约翰跑到他们跟前，气喘吁吁地说：“我要给帕西爵士送个信儿”。约翰按捺不住内心的兴奋之情，喘着粗气，也许他一路小跑累坏了。“快开船，小伙子们。”

“哦，那你得把将军找来了，”一个船员告诉他。“你还是去喊你妈妈帮忙吧。我们是水手，不是士兵，明白了？”

“快让我上船……”

“这可不合规矩啊。”

“怎么了，我真要去送信，总不能游过去吧？”

“那你去问问斯威夫特中尉吧，我们归他管。”

约翰可不想被英国军官盘问。

“你们到底送不送我过河？”

“没收到命令，我们才不会送呢——你这个摇头晃脑的小子。”

“你们这儿是怎么回事儿？”一个冷峻的声音问道。那几个水手立即行礼致敬。

“这个小男孩儿说，他要去给帕西爵士送信儿。想让我们把他送到对岸。”

“那你们就送他过去吧。”

“是，长官。”

居然没人提出，检查一下约翰送的那封信。

几个水手摇着船，把约翰送到了查尔斯敦的港口。约翰迅速下了船，溜到了铺着鹅卵石的街道上。他钻进了一个园子，脱掉了军装，把它挂在了晾衣绳上。还找到了一个水泵，打水把脸洗干净了。

虽然已经过了午夜，街上的灯亮着，那些人去楼空的房子里都是黑洞洞的。查尔斯敦的民众都陷入恐惧之中。他们居住的城镇，突然驻扎了上千名英国士兵，他们根本没法安心睡觉——那些英军吃了败仗，可能会气急败坏，说不定，会做出什么凶残的事情来。可是他们不知道，这些英国士兵只想静静地待在这里，不受打扰，睡一会儿觉，可是居民们还以为，他们会屠城，不留下活口。

约翰去了两三个客栈，看到英军士兵睡在椅子上、长凳上、地板上。他想起了其中一位店主是一位有名的自由之子成员。于是，他蹑手蹑脚地走过了那些熟睡的英国士兵，在餐具室找到了一个藏在了面桶后面的九岁小女孩儿，并且让那小姑娘带路，去店主和妻子睡觉的地方找他。

他从店主口中得知，莱克星顿争斗爆发之后，都发生了什么事，在此之前，这些事他并不知情。史密斯上校果然率领部队去了康克德，占领了城镇，摧毁了他们没来得及藏好的军备。在那里，又爆发了一次战斗，规模可称得上是战役了，就在北大桥。可是，英军没想到，民兵似乎从四面八方而来，包抄了英军。史密斯上校显然是想留在村子里，那里似乎是唯一安全的地方。他已经在去莱克星顿之前，就请求了支援，想在村子里等待援军来解救他们。

可是，他等来等去，也没见帕西的军队来支援他。可是民兵却越来越多，把村子包围起来。到了中午，史密斯上校决定，率领手下的人突围出去，回到波士顿。他不敢再等下去了。接着，双方就交火了。民兵队的人从石墙后面、谷仓后面、大树和灌木丛后面，向英军开火。史密斯上校率领的军队猝不及防，陷入恐慌，勉强逃到了莱克星顿。直到那时，帕西的援军才赶到。如果他们没赶来，史密斯的军队就会全军覆没了。

接着，英军从莱克星顿，一路溃退到蒙诺托尼，那条受了伤的血色巨龙缓缓地爬到了查尔斯敦的公共马场，然后穿过查尔斯敦港的安全区域，那里有萨默赛特号战舰的掩护。最终，他们坐着船，回到了波士顿，成了残兵败将。

“瓦伦医生怎么样了？”

这几个地方，他都去了，有的时候，他加入战斗，有的时候，帮着伤员包扎伤口。他就像一只好战的野猫。不过店主也不知道，这会儿他身在何方。

“他没受伤吧？”

“我听说，他被打掉了一绺头发。差点儿连命都没了。”

“那，您听没听说，莱克星顿的那些民兵怎么样了？”

“我想，英军刚开火的时候，有七八个人牺牲了。”

“你知道他们的名字吗？”

“不知道。可是等英军从康克德返回莱克星顿的时候，莱克星顿的民兵已经准备好对付他们了。他们把他们打了个落花流水，一路把他们赶到了查尔斯敦。”

约翰知道，在驻守在查尔斯敦港口的几百名英军撤离之前，他根本没有机会离开查尔斯敦。第二天清晨，他看到，那些人开始撤离，便等待机会逃出城。他离开查尔斯敦时，已经十点了。当地居民都奔走相告：传播着英军溃败，离开了查尔斯敦的捷报。很多妇女、孩子和胆小的居民夜里都躲在泥坑里，如今也都爬出了泥坑，不再躲藏。

约翰兴致很高，他跳过了英军在前一夜匆忙修筑的防护墙。他见识了曾经看似不可战胜的英军，曾经，他也几乎相信，那军队真如他们自己所说的那样，战无不胜。美国农民根本无法与他们抗衡。约翰曾被英军那堪称完美的军备、庄严的军容和严明的军纪，还有军官的傲气所震撼，可是如今他可以骄傲地说："我们打败了他们，我们扬基人的军队做到了。上帝与我们同在。"

约翰踏上了去往剑桥的路，穿过了满目疮痍的查尔斯敦公共马场，那里满是盐沼、泥坑、绞刑架和绞刑台。约翰在那里，随处可见英军溃退的痕迹：大炮留下的轨迹、急行军时留下的凌乱不堪的脚印，还有丢弃的帽子、军装、火枪，还看到有几个军人正在往上拽陷入泥坑里的战马。那匹马似乎表现得从容自若，并没挣扎，它似乎知道，那些军人驱赶的牛会把自己拉上去的。约翰定睛一看，才认出，那匹马是史密斯上校的战马森迪。约翰觉得，这是个好兆头，便吹着口哨，继续前行。走了一会儿，他的口哨声戛然而止。他看到了第一批送葬的队伍。他看到了那些为乡亲送行的那些男男女女注视的地方，接着，他看到了一个冒着烟的坑洞，还有腐臭的气味从坑洞下涌上来。

附近，有一家酒馆，酒馆里坐满了人，他们在吹嘘自己的英雄事迹。约翰毫不怀疑，他们确实像自称的那样勇敢，可是他没有心情听他们讲述。他只买了面包、一小把咸鱼干，问酒馆的人知不知道瓦伦医生在哪儿，就匆匆离开了酒馆。酒馆里的人让他去剑桥碰碰运气。

一夜之间，这里似乎发生了一件怪事。到处能看到民兵队的人，数以百计，甚至数以千计，在路边休息。他们似乎从田间、店铺，甚至教堂冒出来。他们大多数都拿着枪，可是，只有少数人穿着外套。他们没有毯子，身上除了他们的妻子给他们带的一点儿口粮以外，没有别的食物——那些口粮根本不能支撑他们打一天仗。他们没有帐篷，没有额外的补给。他们现在该怎么办呢？是回家去——毕竟，他们被召集而来，已经完成了使命——还是应该留在这儿，等待到波士顿攻打英军的命令呢？他们没有大炮，除了手里的枪和心中的火焰以外，他们一无所有。

一个人告诉约翰，他是上校——他的狩猎服上，确实缝着自制的肩章——他说，安全委员会就坐在哈斯汀酒馆，研究把这些民兵训练成士兵的方案。会长就是瓦伦医生。约翰来到哈斯汀酒馆，他见到了保罗·瑞威尔，瑞威尔先生告诉约翰，瓦伦医生已经去了莱克星顿。

莱克星顿！约翰最想去的地方，正是莱克星顿。现在，他有了正当的理由去那儿。这一天，就像此前的天气，那样温暖柔和。在这安静而梦幻般的春日里，温暖的阳光照耀在依然冰冷的土地上，大地也开始苏醒。天空中万里无云，微风拂面。

约翰走得很快，直到他走到蒙诺特米，才再次发现溃败英军的踪迹，他一路循着那踪迹走。很快，他看到有几个人，站在一位身材结实的老妇身边，六个掷弹兵拜倒在那老妇前面，向她寻求保护。可是她似乎不知道，战争就发生在自己身边。在此之前，老妈妈巴瑟瑞克一直忙着挖地里的蒲公英呢。

约翰看到，那些没被炸毁的屋子，每个都是千疮百孔，这一次，他又遇到了送葬队伍。十二个死者的尸体，被匆匆忙忙地扔到了一个牛车上，拉去了他们合葬的墓地。那些死者，都是战死的英国士兵。他们要把这些尸体葬在哪儿呢？牧师说，他们会被安置在给奴隶安葬的墓地旁边，可是，从他们身边走过的人，尽管将死者视为仇敌和恶魔，依然向逝者脱帽致敬。约翰没戴帽子，只是低下头向逝者致哀。

他继续往前走，看见了一位年轻女子正在打水，觉得口渴难耐。约翰停下脚步，向那女子讨水喝。他坐在墙头，从木桶里打水喝，还不忘向那位女子问问题。他现在离莱克星顿还有多远？

原来，他刚过了莱克星顿的城镇边界。

“那些莱克星顿的民兵，昨天战争爆发时，有多少人牺牲了？”

“八个人，”女子回答。

他问下一个问题时，觉得自己的声音有些失真。

“那，你知道那些人的名字吗？”

女子转过身，她的脸冷冰冰的，盯着约翰回答，“我来告诉你他们的名字吧，让他们的名字永留人们心中。”她伸出手，一边说，一边用手指计算。“乔纳森·哈灵顿、乔纳森·加列布、罗伯特·门罗、乔纳斯·帕克、塞缪尔·海德利、伊萨克·马奇、那桑尼尔·怀曼，还有约翰·布朗。”

还好没有拉伯。约翰如释重负，露出了微笑。

“你知道锡尔斯比家的人都怎么样了吗？”

女子回答，他家的女人和孩子，都像其他人一样，躲起来了。女子说，他们可能躲在了沃伯恩，可是现在，可能都回到了锡尔斯比的家。

“他家里的男人们都参战了吗？”

“当然了。只有老祖父没有参战。他不想和女人孩子，还有家里的牲畜躲躲藏藏的，也不能去打仗了。每天喝得醉醺醺的，坐在家里醒酒。”

约翰喝完了水，又接着走。他路过了门罗酒馆，帕西爵士就是在那儿，与史密斯上校汇合的——约翰看到，地上有大炮留下的痕迹，还有英军搞的破坏。这说明，他已经到了莱克星顿周边的村子。约翰站在格林大街，朝南张望，他首先注意到了，以前他们集会的那个屋子已经被大炮炸得面目全非。

在那个和煦的四月午后，约翰来到莱克星顿的格林村。集会的地点已经被炸毁，只剩下小的木质钟塔。巴克曼酒馆在约翰的右边。春日的格林村，掩映在新绿的树叶之下。那些义士就是在这里，寥寥几人，站成了一排，他们是势单力薄的农民，却与七百英国常规军抗衡。他们就是在这里牺牲。哦，多么壮烈，他们是多么英勇，你可能会笑他们自不量力，也可能为他们的英勇之举哭泣。约翰鼻子一酸，眼泪不由自主地流下来，他连忙用胳膊擦了擦脸，拭去了泪水。

他是来找瓦伦医生的，不是来呆呆地看这块战斗现场的。到了现在，他还没找到瓦伦医生，不过，他马上就要找到了。约翰看到了瓦伦医生的马车，和他的那匹长耳朵的小马驹，拴在了哈灵顿酒馆门前。瓦伦医生站在台阶上，身边站着一些哭泣的妇女。约翰知道，那些女人为什么哭泣。乔纳森·哈灵顿在突击中受了伤，拖着中弹的身子，一路爬回了自己的酒馆门前，最后死在了酒馆门口。瓦伦安抚了那些女子，准备离开。

瓦伦医生没戴帽子，可是他那浓密的金发上，缠了绷带。子弹擦破了他的头皮。约翰走到瓦伦医生跟前，递给他一份名单。那份名单，是前一夜，约翰在查尔斯敦，在慌乱中抽出时间写的。瓦伦医生看了看那份名单，点了点头，把名单揣到了裤兜里。他太疲惫了，不想多说话，可是，约翰还是忍不住，想问他一个问题。

“瓦伦医生……那些莱克星顿的民兵就站在这儿……英国士兵站在那儿，朝他们开枪……我知道那几个烈士的名字。可是后来，英军从康克德回来，民兵又跟他们起了冲突，战争一直打到了查尔斯敦，莱克星顿的民兵追了过去……我不知道后来，又有谁牺牲了。”

“你是在找拉伯吧？”

“是啊，我必须得找到他。可是，好像没有人知道他在哪儿。”

“我来告诉你吧，约翰。”虽然瓦伦医生十分疲惫，也目睹了太多流血牺牲、哀鸿遍野的悲惨场面，可是，还是尽量克制着自己的情绪，平静地向约翰透漏了拉伯的消息。

“拉伯当时站在这儿……差不多是我们现在站的位置。皮特卡林少校让他们散开，拉伯并没有离开，还继续站在这里——和其他人坚守战地——他手里还拿着火枪。”

约翰仿佛看到了拉伯的样子，就像他本人站在自己面前。他站在黎明前的晦暗晨光中，面对众多敌军，面无惧色，手里拿着他的火枪，目露“杀气”——那凶残犀利的目光。

“可是，在那之后，拉伯跟着英军去了查尔斯敦吗？”

“没有，双方刚一交火，拉伯就受了伤，而且伤得很重。”

“你是说，他伤得很重，是吗？”

“是啊，非常严重。”

“我明白了。”约翰说完，就没接着追问。他感觉，空气清新的春日，突然变得灰暗下来，接着，眼前是无边的黑暗。即使在这无边的黑暗中，约翰依然能看到拉伯，他昂首挺胸——毫不畏惧。

“他在哪儿？”约翰无力地问。

“他被抬到了巴克曼的酒馆。我昨天还去看过他，现在正想去看他呢，可是……别报太大希望，他状况不太好。”

“我不会的。”

“拉伯是个真正的男子汉。你也应该和他一样勇敢。”

“我会的。”瓦伦医生是想提醒他，见到拉伯，不要哭哭啼啼，让人难受。应该克制自己，平静一些。

瓦伦医生吹了吹口哨，他的马很快就跑过来了，乖乖地跟在主人身后，像只小狗一样。约翰紧跟着瓦伦医生，进了酒馆。他右边是酒吧，挤满了人。约翰又听到了有人吹嘘着自己的英勇事迹，就像他在另一家酒馆买面包时，听到的那些谈话。难道他们都是战争英雄吗？还是，他们只是口头吹嘘——却什么也没做？拉伯虽然嘴上不说什么，可是，那些人自诩的英雄事迹，他都做到了。拉伯被抬到了二楼最里面的一个房间里。他并没有躺在床上，而是坐在了一个扶手椅里，身体用枕头支撑着。酒馆的一个女招待坐在拉伯旁边，安静地打着毛衣。她看到瓦伦医生和约翰走进来，马上站起身，什么也没说，就走出了房间。

约翰害怕，看到拉伯受罪，怕他疼得大喊大叫，像他看到的其他伤员那样，痛苦挣扎。他担心拉伯知道自己就快死去，他那一贯的冷漠、高傲在死神面前不堪一击。约翰和拉伯相处了整整一年半，却从未真正地了解他——他从来没有深入地了解拉伯，只知道他讨厌多弗。拉伯虽然很虚弱，半躺半坐，可是乍看起来，他和平时并没有什么差别。他的脸色苍白，却并不憔悴。他的双眼圆睁，眼圈很黑，看到约翰，他露出了微笑。

“你平安逃出来了？”

“是啊。”

“波士顿怎么样了？”

“英军吃了败仗，都要气疯了。”

拉伯的嘴角突然渗出了血，他伸出手擦了一下。

在短短的几小时里，他的手都变白了，变得消瘦而虚弱。他转过头，午后的阳光恰好照在他脸上。约翰看到，他的脸似乎变成半透明的了，眼圈还有淡淡的紫色。

“我在这儿很长时间了，想了很多事儿，”过了很久，拉伯终于有力气说话了。“我就躺在这儿，想起了那个发布寻猪启示的女人，你还记得吗？那头猪叫米拉，会变戏法……后来我抬起头，你就站在那儿，你的手揣在裤兜里？”

“我记得。”

拉伯闭上眼睛，休息了一会儿，他在回忆其他事情——也许那些事，他从未跟约翰说过。他在莱克星顿的童年时光——那些重要的和琐碎的事情，都一股脑儿地浮现在他脑海里。他小时候最喜欢的狗、父亲的离世、他第一天上学、第一天参加民兵队的军事训练。拉伯不安地动了动身体，接着说，“奈斯比上校……我想起来了，他告诉我，‘孩子，去买个玩具枪吧’。哎……就算我用玩具枪，最后也会是这个结局。”他似乎有些烦躁。瓦伦先生拿了一块儿布，放在水盆里浸湿，擦去了拉伯嘴角的血迹。

“我的火枪——放在那儿了。现在，这把火枪，比他们的都好。以前，我一想到，跟他们打仗时，手里没有像样的枪，就会发愁。不过，我得到了枪。”

他感谢约翰，帮他弄到了那把火枪。

“可是，我没有用上它。他们先开了枪。”

拉伯嘴角的血越流越多。瓦伦医生一边俯下身，看看他的情况，一边握紧了他的肩膀。约翰不安地在屋子里走来走去。他望着窗外，又拿起了烛台上的蜡烛，仔细辨认着蜡烛商的标志。他听到，瓦伦医生说：“别动，孩子，”过了一会儿，他又问，“这样好点儿了吗？”

“这样……好点儿了。”拉伯轻声说。很快，他又恢复了平静，喊了一声，“约翰。”

约翰走到拉伯身边，坐在他身边的椅子上，把自己的手放在拉伯瘦弱的手上面。

“怎么了，拉伯？”

“那火枪，你拿去吧。我想知道它好不好用。我敢说，它会更好用的。我已经调整了扳机的角度。看见那上面的火塞了吗？之前太滑了，我把它改造了。”

“我会好好保管它的。”

“你还能帮我做件事儿吗？”

“什么事儿都行。”

“去趟锡尔斯比家，看看家里的女人是不是都回来了。祖父应该会在家……他说过，不会躲起来的。他会在家——坐在他的扶手椅上。”

“我这就去。”

拉伯露出了微笑。他想说，却说不出来的千言万语，都凝聚在了那个笑容里。

约翰走出房间的时候，又看见瓦伦医生俯下身，检查拉伯的情况，他听到瓦伦医生问：

“这回怎么样？这样好点儿了吗？”

“这回……好点儿了。”

约翰来到锡尔斯比家，没看到妇女和孩子，也没看到家畜，只在放牛的草场看到了一两只断奶的小牛犊。当时战争一触即发，警报响起时，抓住它们、再把它们装上车肯定是来不及了，所以大家决定，把它们留在这儿。约翰走进空荡荡的谷仓看了看，看到了母鸡在到处走动。谷仓的地面洒满了燕麦和黑麦，这些母鸡靠这些食物，足够支撑很多天。从谷仓跑出了两只狗，冲约翰汪汪叫，好像在告诉他，一直没人喂它们。约翰看了看那两只小狗，说：“我敢说，他们走的时候，肯定带上你们了，只是你们又偷偷溜回来了，对不对啊，小伙子们？”

锡尔斯比家的猫也跑过来了，那是一只橙色的大公猫，是老祖父最喜欢的宠物。那只猫围着约翰“喵喵”叫，还不停地在他身边蹭来蹭去。约翰抱起那只猫，打趣儿似的问那只猫，“你才懒得像其他猫那样，去抓老鼠呢，是不是？”可是，他心里泛起了嘀咕，如果祖父没有像其他人那样躲起来，为什么不喂这些动物呢？老屋的门没锁，他走了进去。大猫觉得，这下，又可以像平时那样，优雅地饱餐一顿了，舔起爪子，咕噜噜地叫起来，嘶哑的声音透出了胜利的喜悦。

“老祖父？”约翰朝屋里喊。

没人回应他。老祖父平时坐的那把红色扶手椅，也是空的。自从老先生腿受了伤，平时就没离开过那把扶手椅。锡尔斯比上校也不在。约翰去了食物储藏室，找了些面包和酸牛奶喂动物。他很乐于给自己找点儿活儿干，这样就没时间胡思乱想了。他又去了趟厨房，喂那只大公猫，然后把食物拿到院子里，放在小盆里喂小狗。可是，他忙完了，又开始想，老祖父，到底去哪儿了？突然，他想到了一个地方，于是快步跑回厨房，向壁炉上方看了看，发现，老祖父那把旧枪也不见了，还有他在一七四五年带到路易斯堡的那个保德霍恩冲锋号？锡尔斯比老祖父毫无踪影。

约翰回到了村庄，他低着头，手揣在裤兜里，一阵麻木感悄悄袭来，这麻木感一半是情感上的，一半是身体上的。他的脚像灌了铅，头脑中不时闪过一些琐碎的事情，比如锡尔斯比爷爷养的那只橙色的大公猫。他突然看到了一个活泼的小女孩儿，头上戴着掷弹兵的熊皮帽，帽子很大，差不多遮住了她上半边脸。约翰注意到，帽子上的军团号标志。那个掷弹兵现在多半已经死了，他是第十军团的士兵。

约翰在巴克曼酒馆门前，看到了瓦伦医生的马车。瓦伦医生就在门口等着他呢。

“拉伯死了？”

瓦伦医生闭上眼睛。“走了有一会儿了，”他回答，“我们以后肯定会知道，那种伤情该怎么止住血，只是，我们现在还不清楚。”

“他特意把我支走，就是因为他知道自己要死了吗？”

“是啊，他知道。”

瓦伦医生走过乱糟糟的酒吧，来到了空无一人的门厅。酒吧那些人——他们在反反复复地讲述着自己的英雄事迹。

“你没必要上楼了。”

约翰点了点头。他好像来到了一个陌生而孤独的世界，周围的一切看起来都那么不真实——就连拉伯的死也那么不真实。

酒馆的女招待蹑手蹑脚地走过来，她给瓦伦医生端了一盘吃的东西。瓦伦医生筋疲力尽，一下瘫坐在椅子上，用手抱着头，他的头疼了起来，那金黄色的头发上缠着绷带。

“你还记得那天晚上的事吗，”瓦伦医生问约翰，“在报社召开的最后一次会议。詹姆斯·奥提斯来了，大家都不欢迎他来。他说了什么，我记不清了，可是，我记得，他的话让我很激动，胳膊上都起了鸡皮疙瘩。”

“我永远也不会忘记的。他说……‘人，应该活得顶天立地。’”

“是啊。我们中，有些人会牺牲——只有这样，其他人才会像男子汉那样，活得顶天立地。为此，会有很多人流血牺牲，就像在我们之前，献出生命的先烈，在一、两百年以后，为了自由，献出生命的义士。愿上帝保佑，这样的勇士会不断涌现。像拉伯这样的勇士。”

那个女招待又悄悄地走过来。她做了个煎蛋，默默地放在了医生面前。

“能麻烦你到楼上去，把那支火枪拿下来吗？”瓦伦医生请求她，她点了点头，按医生说的做了。

瓦伦医生吃起了煎蛋，即使医生太疲惫，太紧张，也需要吃饭。

“你不吃吗，孩子？”

“我吃不下。”

“那就去睡一会儿。”

“不用了。”

约翰在屋子里走来走去，他现在还没缓过神儿来，根本没法思考。他想，也许明天，也许后天，我才会知道，拉伯不在了。可是，现在，我不会伤心。可是明年，我的余生，每当我想起他……

他突然看到了那支火枪。于是，他走过去，拿起了那支枪，把它举起来，靠近从玻璃投进来的阳光，仔细察看拉伯说的那些改造过的地方。拉伯虽然把这支枪带到了莱克星顿的战场上，可是他没有用上，他没机会用上。他还在想念拉伯，瓦伦医生走到了他身边。

“约翰，把枪放下。站在窗户旁边。像这样，伸出右手。”

约翰不再为那只烫伤的手感到羞愧了。他按照瓦伦医生说的那样，伸出了右手。他感受到，瓦伦医生用他发凉的、干净的手把他的手指弯了弯，来回拉伸，直到约翰疼得咬紧了牙关。

“约翰，你这只手伤得并不像你想得那么严重。是烫伤的吧？”

“是的。”

“你站在那儿，拿起那支枪的时候，我才第一次看清楚那只手。在伤口愈合期间，你的手是伸直的吗？”

“不是。”

“依我看，当时，你师傅找的老巫医给你治的手吧？”

“是个接生婆，是的。”

“哎呀……这些老妖婆真是害人不浅！波士顿无论哪个医生，都知道……你看，你的拇指弄成今天这样，并不是受了伤，而是组织结疤造成的。”

“那是什么意思？”

“我是说，如果你很勇敢，我可以切断伤疤——这样你的拇指就可以活动自如了。”

“我的手还能自由活动吗？”

“我不能给你太多承诺。我不知道你的手治好以后，还能不能再当银匠了。可我看，连保罗·瑞威尔都要有一阵子不做银器了。”

“那我能用这只手拿枪吗？”

“这点我可以保证。”

“我不着急做银器。您什么时候能帮我做手术，瓦伦医生？我很勇敢。”“我会叫酒吧的几个人来，我做手术的时候，他们会按住你的胳膊，不让你动。”

“没那个必要，我自己就能行，我不会动的。”

医生看着约翰，眼中流露出钦佩之情。

“好的，我相信你能做到。你去外面走走，呼吸呼吸新鲜空气，我去准备手术用的工具。”

约翰站在格林大街上，四下看了看。他听到一位妇女在喊：“唧唧，过来。”他听到附近的牛棚里，有挤奶的声音。他还听到了铁匠铺的打铁声，他凭借着学来的本事，判定那是铁匠在做枪。

他能闻到泥土的味道和花蕾的芬芳。不知从哪儿飘来的木炭的香味，钻进了他的鼻孔，让他想起了昨天充斥在空气中的火药味。晴朗的一天就要过去了，在这绿意盎然的春日，约翰畅想起未来，可是未来却鲜血淋漓。

这里是他的国家，这些是他的同胞。

那俯身的牛、挤奶的人、奔跑的小鸡、小鸡的主人、犁地的农民和土地的香味，他拥有这里的一切。铁匠铺里，铁匠的那双巧手成了他的双手。那追赶着哀鸣的乌鸦、拿起石头驱赶乌鸦的老妇，是他的同胞——那些乌鸦成了他的乌鸦。那木头燃烧时，从烟囱里升腾起的阵阵青烟，是从他心底升起的。

约翰觉得，那一天，没有什么能让伤到他。拉伯的死不能，医生的手术刀也不能。他觉得自由自在、一身轻松、如梦似幻、却又感到孤独无助……明天——后天——就会不同了，可是他要活在今天，活在当下。

远处，从蒙诺托米大道，传来了鼓点声，越来越近。人们从查尔斯顿归来。约翰静静地站在那里，转过身，倾听着他们的脚步声，接着，笛声响起。吹笛子的人笛子吹得不好，连音调都吹错了，可是约翰听了，却倍感很亲切——那扬基·杜德尔的歌声——再次在镇上响起。

村子里的其他地方，都是一片寂静。那笛声虽小，就像蟋蟀的窸窣叫声，却打破了周围的宁静。约翰看到，在路的尽头，有二、三十个衣衫褴褛、疲惫不堪的人。他们有的身上还带着血迹，都没穿军装。手里的武器也很粗糙、怪异。落日的余晖投下长长的光束，照在那些人的脸上，他们看上去都很相像。都是瘦削的脸庞，典型的扬基人的长相，高颧骨，神情坚毅。这些疲惫的人行进着，步调并不一致，队伍也不整齐划一。约翰注意到，他们那瘦高、挺拔的身姿，昂首阔步的神气，拉伯就是那样。

上帝啊，请眷顾新英格兰土地上的人们，他们一定会在必要时奋勇战斗，捍卫自由，一代一代，永不停息。

紧随着行进的队伍的，是一辆老旧的马车，里面坐着这次行动的指挥官。如果你无法走路，参与战斗，就在马背上指点江山——如果你没法在马背上指点江山，就坐在马车里运筹帷幄。

马车里的指挥官，正是老锡尔斯比祖父，他那把破旧的枪就放在他的膝头。

约翰跟着那辆马车跑，一边高喊，“祖父，祖父，你还没听说吧……拉伯死了。”

可是约翰知道，那位老少校是不会因此停下来的。他还要带着手下的民兵去剑桥，去波士顿。

没错，拉伯死了。还会有数以百计的人献出生命，可是，他们为之奋斗的东西，将永存于世。

“人，应该活得顶天立地……”